Anneleen Van Offel

HIER IST ALLES SICHER

Anneleen Van Offel

HIER IST ALLES SICHER

Aus dem Niederländischen von
Christiane Burkhardt

OKTAVEN

Die Originalausgabe mit dem Titel *Hier is alles veilig* erschien 2020 bei Lebowski Publishers, Amsterdam.

Die Arbeit der Übersetzerin am vorliegenden Text wurde im Rahmen des Programms «NEUSTART KULTUR» aus Mitteln der Beauftragten der Bundesregierung für Kultur und Medien vom Deutschen Übersetzerfonds gefördert.

Die deutsche Ausgabe wurde freundlicherweise gefördert durch Flanders Literature, Antwerpen.

FLANDERS LITERATURE

1. Auflage 2023

Oktaven

ein Imprint des Verlags Freies Geistesleben
Landhausstraße 82, 70190 Stuttgart
www.geistesleben.com

ISBN 978-3-7725-3031-9

ⓔ auch als eBook erhältlich

Gestaltungskonzept: Maria A. Kafitz
Umschlagfoto: © plainpicture / Tal Paz-Fridman
Satz: Bianca Bonfert
Druck: GGP Media GmbH, Pößneck / Printed in Germany

FSC www.fsc.org MIX Papier aus verantwortungsvollen Quellen FSC® C014496

Klimaneutral Druckprodukt ClimatePartner.com/53248-2106-1005

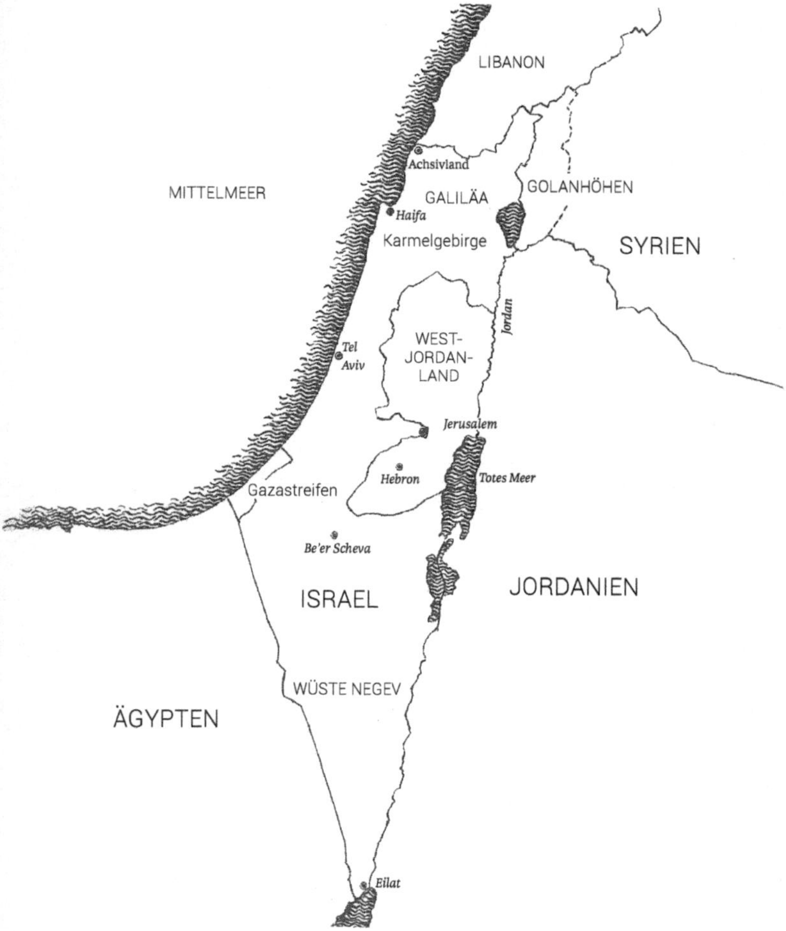
LIBANON
MITTELMEER
Achsivland
GALILÄA
GOLANHÖHEN
Haifa
Karmelgebirge
SYRIEN
Jordan
WEST-
JORDAN-
LAND
Tel
Aviv
Jerusalem
Hebron
Totes Meer
Gazastreifen
Be'er Scheva
ISRAEL
JORDANIEN
WÜSTE NEGEV
ÄGYPTEN
Eilat

KOMM NACH ISRAEL, MAMA

1

Dieser Tote ist nicht mein Sohn, das ist ein Mann, den ich nicht kenne. Die schwülwarme israelische Luft drückt mich zu Boden, fesselt mich an den Ledersessel, meine Finger umklammern die Knöpfe, mit denen man die Lehne bequem nach hinten verstellen kann: ein Relaxsessel, wie es so schön heißt. Es gelingt mir nicht, meinen Sohn zu sehen, in dem Toten auf dem Krankenhausbett meinen Sohn zu sehen.

Draußen fahren Autos an, jemand hupt, der Wind streicht sanft durch die Palmen hinter der Scheibe, und hier drin atme ich weiter, in meinem Körper findet ein Verdauungsprozess statt, das Herz pumpt Blut durch die Adern, die Uhr in der Zimmerecke tickt viel zu schnell und viel zu laut. Hinter der Tür, in einem anderen Leben, eilt jemand mit quietschenden Sohlen vorbei. Ich versuche, nicht in Panik zu geraten – darüber dass unser Weg weitergeht, wir gehen weiter und lassen Immanuel zurück, jeder Atemzug ein Vorsprung vor meinem Kind. In der Mitte der Zimmerdecke dreht sich ein Ventilator. Die Luft flirrt über einem Riss, der von einer Ecke aus hinter der Fußleiste ansteigt, um dann neben dem Bett steil abzufallen wie die Kurve eines Kardiogramms. Ich lasse mein Handy von einer Hand in die andere wandern, ganz so als gäbe es jemanden, den ich anrufen kann.

Im Dämmerlicht verschwimmen die Konturen des Bettes, des Rolltisches daneben und des Buches darauf. Es lässt die Flecken auf den Fliesen, den Staub auf der

Fensterbank, die vom hölzernen Fensterrahmen abblätternde Farbe und den Glanz der Scheiben verschwinden. Dahinter versinkt Haifa im Abendrot.

Ich fotografiere ihn. Aus Versehen wird der Blitz ausgelöst. Grell beleuchtet liegt er auf dem Bett. Im Nebenzimmer setzt Platzregen ein. Jemand ruft etwas, es hallt wie in einem Bad, jemand anders antwortet. Gelächter.

Die Neonröhren flackern auf. In der Tür steht eine Krankenschwester, die ich noch nie gesehen habe. Klein, gedrungen, die Finger am Lichtschalter. Sie presst die Lippen zu einem schmalen Strich zusammen. «Es tut mir leid», sagt sie in einem Ton, dem man anhört, dass ihr vor allem eines leid tut: dass ich hier bin. Wie lange bin ich schon hier? Ich habe sie gebeten, mich allein zu lassen, als sie mich herbrachten, mich mit ihm allein zu lassen. Ich bin gekommen, Immanuel, ich bin da.

Sie tritt näher, einen Metalljesus um den Hals, der das Licht reflektiert. Er hat weder Nase noch Augen: ein kantiges, völlig ausdrucksloses Gesicht. Das Kreuz ragt ihm wie Flügel aus dem Rücken. «Wer sind Sie?»

Ich lasse das Handy in meine Handtasche gleiten, die Kamerafunktion ist noch aktiv. «Ich bin Touristin», habe ich heute Nachmittag noch zum Zollbeamten gesagt und dachte das wirklich: Ich habe meinen Sohn seit zehn Jahren nicht mehr gesehen, ich schneie kurz in sein Leben und bin im Nu wieder weg. Man hat mich in der Annahme ins Land gelassen, dass ich in wenigen Tagen wieder abreise.

«Kann ich den behandelnden Arzt sprechen?», frage ich.

Die Krankenschwester schüttelt den Kopf.

«Ich bin selbst Ärztin», sage ich – auch um ihr zu verstehen zu geben, dass ich schon bei Betreten des Zimmers gesehen habe, was er getan hat. Ich kann Körper lesen, ich brauche es nicht laut zu hören, sie soll gefälligst den Mund halten. Mit dem Kinn zeige ich aufs Bett, auf dem mein Sohn nicht aufgebahrt ist, sondern auf dem bloß eine andere Version von ihm liegt. Noch heute Morgen war er hier, er kann nicht weit sein.

Die Krankenschwester kehrt mir den Rücken zu, schiebt sich wie eine Wolke zwischen mich und das Bett. Es ist soweit. Ruckartig komme ich zum Stehen, meine Haut löst sich nur mühsam vom Lederbezug. Und dann sehe ich plötzlich meinen Mann dort liegen, den ich streng genommen gar nicht mehr so nennen darf; auf dem Bett liegt mein Mann, wenn auch vor zwanzig Jahren. Ich drehe mich zur Krankenschwester um, sehe mich selbst in einem weißen Kittel und ringe nach Luft, umklammere das Metallgestell des Bettes.

«Zu schnell aufgestanden?» Die Krankenschwester hält mich am Ellbogen. «Möchten Sie ein Glas Wasser?»

Er ist seinem Vater wie aus dem Gesicht geschnitten, hat seine braunen Locken, seine Wuschelmähne, seine wächserne Stirn und seine Lippen. Weiter unten jedoch: rote Striemen um den Hals, schwarze Blutergüsse vom Nacken bis zu den Schultern, dünne, schlaffe Arme, knochige Handgelenke. Auf seinem T-Shirt grelle Buchstaben. WE WERE STONED IN HEBRON. Ein Cartoon mit kiffenden Soldaten, die von palästinensischen Jugendlichen mit Steinen beworfen werden. Es ist verschossen, vermutlich wurde es schon oft gewaschen.

An seiner rechten Hand sind nur noch Daumen und Mittelfinger übrig. Verbranntes Fleisch voll weißer, wulstiger Narben.

«Kann ich Ihnen ein Glas Wasser bringen?»

«Ich möchte ihn herrichten», sage ich.

«Entschuldigung?», sagt sie. Das ist keine Entschuldigung, sie verlangt eine von mir.

«Waschen will ich ihn, ich will meinen Sohn waschen.»

Sie spielt mit dem Kreuz an ihrer Halskette, pikst sich damit in den Busen. «Das geht doch nicht. Er ist schon hergerichtet.»

Das sehe ich auch. Ich weiß, dass er wieder eine Windel trägt, eine Inkontinenzeinlage, die auffangen soll, was er nicht mehr halten kann. Sein Rücken unter dem T-Shirt dürfte bereits dunkelrot, das zum Stillstand gekommene Blut am tiefsten Punkt zusammengeflossen sein. Ich weiß mehr als mir lieb ist, das bringt mein Beruf so mit sich: Ich nehme diejenigen, die mir nahestehen, auch als Körper wahr.

«Ich brauche einen Eimer», sage ich. «Und einen Lappen.» Meine Stimme bricht und damit auch ich. Sie spürt das, sie schüttelt den Kopf. Ich will ihn waschen, ich werde warmes Wasser verwenden, jeden Quadratzentimeter seiner Haut liebkosen, bis ich kein Detail je wieder vergesse und er nicht anders kann, als es doch noch zu spüren. Ich bin da, Immanuel, ich bin gekommen.

Ich beuge mich zu ihm, ziehe ein Hosenbein etwas nach oben. Auch hier ein dunkelvioletter Fleck unter der Haut. Sein Bein ist behaart, ein Männerbein. Das ist nicht der Junge, von dem ich mich nie richtig verabschiedet habe. Er ist jetzt dreiundzwanzig, das weiß ich, ich habe weiterhin jeden Geburtstag gefeiert.

«Er hat mir gemailt», sage ich. «‹Komm nach Israel, Mama. Sderot Yitzhak 5.›»

Seine Härchen sind weich. Ich drücke seine unversehrte Hand; als ich das letzte Mal seine Hände hielt, war er dreizehn, und ich hatte nichts mehr zu sagen; ich drückte sie, und er verschwand, tagelang brachte ich kein Wort mehr heraus. Als er ins Taxi stieg, waren seine Lippen zu einem blassen Strich zusammengepresst. Wie seine Stimme wohl hinter diesem geschlossenen Mund klingt? Ich habe ihn mir stets mit dieser Jungenstimme, kurz vor dem Erwachsenwerden, vorgestellt, mit seiner hohen, leicht kieksenden Stimme. Ich will sie hören. Ich bin gekommen, Immanuel.

«Bringen Sie mir Wasser», sage ich. Seine Haut ist eiskalt. Ich kann ihn aufwärmen, ich muss seine Hände nur in meine nehmen, dann wird ihm automatisch wieder warm. Das Brot, das er heute Morgen gegessen hat, ist noch in seinem Darm.

«Misses ...» Die Krankenschwester atmet hörbar ein.

«Bringen Sie mir Wasser», wiederhole ich, diesmal schon ein Stück lauter. Ich drücke seine Finger, bohre die Nägel so fest ich kann in seine Haut. Die gibt leicht nach, ist noch nicht starr, und aus den Augenwinkeln sehe ich, wie die Frau auf mich zueilt, sie packt mich am Handgelenk, versucht, mich von ihm zu lösen, aber ich lasse ihn nicht zurück, nicht noch einmal, ich stoße sie fort, sie knallt mit dem Ellbogen gegen den Rolltisch, dessen Bremsen quietschen.

Komm nach Israel, Mama. Vier Worte, und ich

habe mich vier Wochen lang nicht getraut, zu antworten. Die Nachricht hat mich unter meiner beruflichen E-Mail-Adresse erreicht. Er musste auf der Internetseite des Krankenhauses nach mir suchen, um Kontakt aufnehmen zu können.

Die Dusche im Nebenzimmer wird abgestellt.

«Ich möchte den Arzt sehen», sage ich, vielleicht schreie ich es auch.

«Der Arzt schaut nur ein Mal die Woche vorbei. Das ist hier eine spezielle Einrichtung, wir sind quasi eine Art ...» Ihre Halsmuskeln spannen sich an. Sie wartet, sie weiß nicht, ob ich schon soweit bin, die dumme Gans, dabei habe ich es schon längst gemerkt. Oder aber sie traut mir nicht. Ich lasse seine Hand los.

«Wo ist sein Vater? Joachim Polak?», frage ich.

Joachim Polak. Vor zweiundzwanzig Jahren in einem Krankenhauszimmer: Ich sage ihm, dass er sich keine Sorgen zu machen braucht, sein Sohn wird durchkommen. Ich habe dem Kind eine kleine Maske aufgesetzt, die Sauerstoffdosierung eingestellt; wieder sage ich dem Vater, dass es schlimmer aussieht, als es ist. Er ist kreidebleich, starrt ununterbrochen auf die kleine Gestalt, die jetzt ruhiger atmet. Ich bleibe länger im Zimmer als nötig.

Joachim Polak, ein Name in einer Patientenakte. Ein Name, der schnell zu einem Mann wurde: ein Mann mit dunklen Locken und einem herzförmigen, markanten Gesicht, hinter dem stets ein Feuer zu wüten scheint. Ein Mann, der sich über das Kinderbett beugt wie ein Fragezeichen. Ein Mann, der versucht, eine Lücke zu schließen, ein Mann, der sich breiter macht als er ist, um die Lücke zu schließen, die seine Frau hinterlassen hat. Ein Mann, der versucht, dem Tod zuvorzukommen. Ein Mann, der sich mit Schicksalsergebenheit auskennt. Alles wird gut, sage ich, und er nickt. Ihr Sohn wird wieder gesund, verspreche ich und höre mir selbst dabei zu.

Joachim Polak. Keine Kurzform, keine Kosenamen, immer nur Joachim. Wenn er panisch aus dem Schlaf hochschrak. Wenn er seine Hand in der Elternsprechstunde mit meiner verschränkte. Wenn ich mich in leidenschaftlichen Nächten an ihm festhielt.

Später sollte ich seine Angst nachempfinden. Von dem Moment an, als ich zur Mutter seines Sohnes wurde (was übrigens genauso intensiv war wie eine natürliche Geburt), habe ich versucht, mich auf Immanuels Tod vorzubereiten. Wenn ich jemanden wiederbeleben musste, wiederbelebte ich auch mein eigenes Kind. Beim Überbringen schlechter Nachrichten kündigte ich nicht nur den Tod meines kleinen Patienten an, sondern auch Immanuels, in meiner Fantasie baute ich eine wacklige Brücke zu den Eltern. Ich übte mich im Trauern. Als frisch gebackene Mutter schlüpfte ich in eine Rolle, etwas von außen bestimmte, wie ich mich zu verhalten und was ich zu empfinden hatte, und das Schlimmste daran war, dass ich mich tatsächlich immer mehr so verhielt und empfand, was ich zu empfinden hatte. «Joachim Polak, sein Vater. Wo ist er?»

Die Krankenschwester schaut zur Tür, als wollte sie abschätzen, wie weit es bis dahin ist, um notfalls fliehen zu können.

Ich lege Immanuel die Hand auf die Schläfe. Sanft fahre ich mit dem Daumen über die Haut unter seinem geschlossenen rechten Auge, dann hoch zur Wange, nur so konnte ich mein Kleinkind beruhigen. Wir müssten hier eigentlich gemeinsam stehen, Joachim und ich, unseren Sohn betrachten und sagen: «Schau nur, wie schön er schläft.»

Das Problem ist nur, dass ich mehr weiß als andere Mütter. Ich kenne den schmalen Grat zwischen Leben und Tod. Ich weiß, wie weit der Körper geht, um zu überleben, auch dass wir ihm letztlich völlig egal sind. Im Schnitt stehe ich einmal im Monat machtlos da; dann kann ich nicht mehr tun, als den Vorhang zuzuziehen, die Mutter oder den Vater im Relaxsessel Platz nehmen zu lassen, alle Kabel und Schläuche zu entfernen und den Brutkasten rauszurollen. Ihnen das Baby auf den Oberkörper zu legen.

Als ich zu Immanuels Mutter wurde, hatte er das Wort «Mama» längst gesagt. Allerdings nicht zu mir.

Der Blick der Krankenschwester hat sich etwas verhärtet, sie beißt die Zähne zusammen. Sie wartet darauf, dass ich noch eine Bitte äußere, damit sie sie erneut verweigern kann, aber den Triumph gönne ich ihr nicht. Das gibt mir ein lächerliches Gefühl von Kontrolle, ein letztes bisschen Kontrolle.

Mit dem Selbstbewusstsein eines Menschen der glaubt, man würde ihn erwarten, taucht ein Mann im Türrahmen auf. «Wie ich sehe, hat man Ihnen den Weg gezeigt.» Rasch tritt er aus dem Gegenlicht und streckt mir so energisch die Hand hin, dass man meinen könnte, er wollte mich auf Abstand halten. Das rote Basecap lässt sein widerspenstiges Haar über den Ohren abstehen. «Chernoff», sagte er. «Joseph Chernoff, ich bin hier der

Leiter. Hat Krista Sie bereits informiert?» Kopfschüttelnd dreht er sich zum Bett. «Dabei haben wir uns so bemüht. Ich finde es einfach nur schrecklich. Zum Glück ist er jetzt in guten Händen, er wurde von seinem Leid erlöst.» Chernoff schürzt die Lippen und legt den Kopf schräg. «Ich weiß genau, wie Sie sich jetzt fühlen.»

Seinetwegen scheint das Zimmer die Luft anzuhalten, sie entweicht, sodass ein Vakuum entsteht, ein Ort, der nicht mehr von dieser Welt ist, und das ist auch so, das hier geschieht nicht wirklich. Das ist nur ein Warnschuss, ich bekomme noch eine zweite Chance. Es summt in meinem Kopf. Wenn ich die Augen schließe, stehe ich vielleicht einfach wieder auf der Rollbahn des Flughafens wie vor ein paar Stunden, und alles ist gut; ich kann auf der Landebahn eines Landes stehen, das ausschließlich in meiner Fantasie existiert. Es ist der Ventilator, der brummt, und ich bin in einer Stadt, die nicht so ist, wie ich sie mir vorgestellt habe. Dieses Zimmer ist eine Folge davon. Siehst du. Da hast du's.

«Ms Lamont? Sie sollten wissen, dass wir alles versucht haben, um ihn wieder auf den rechten Weg zu bringen. An uns lag es nicht. Wir haben nie gesagt, dass es einfach werden würde. Sie kommen freiwillig mit.»

Ich versuche, dem Riss zu folgen, von ganz unten bis knapp über Immanuels Kopf, wo er einen abrupten Knick macht und bis unters Bett abfällt; ich folge ihm solange, bis ich mir vorstellen kann, ich wäre der Riss; ich spüre, wie mich ein fremdes Augenpaar von Kopf bis Fuß taxiert und nicke. Eine Frage, die ich überhört habe. Chernoffs Blick durchbohrt mich wie Röntgenstrahlen.

«Ich habe eine Nachricht von ihm erhalten», sage ich. «Warum hat er mich gerufen?»

Chernoff schüttelt den Kopf. «Man weiß nie, was in ihnen vorgeht. Es ist zum Gotterbarmen ...» – er wendet sich jetzt an die Schwester – «... wie schwer diese jungen Leute zu durchschauen sind.» Er stößt einen lauten Seufzer aus. «Man kann sich noch so sehr anstrengen, aber wenn sie es nicht wollen, tja ... Dann sind wir machtlos.» Er lässt die Schultern hängen, nimmt die Haltung ein, die er in seinem Körper als «Mitgefühl» gespeichert hat. «Wir haben ihn vor ein paar Wochen in Tel Aviv aufgelesen. Es ging ihm dreckig, aber das brauche ich Ihnen nicht zu erzählen. Er hat kein Wort mehr rausgebracht. Ich war selbst dabei, zusammen mit Krista. Wir beugen uns zu ihm runter, und er schaut einfach an uns vorbei. ‹Junge, du musst nicht hier sein›, hab ich gesagt. ‹Du hast kein Drogenproblem, du hast ein spirituelles Problem. Hast du ein Zuhause?›»

Er holt einen Kuli aus der Brusttasche, klopft damit mehrmals aufs Bettgestell. «Nun, anscheinend nicht. ‹Unser Herrgott liebt dich, mein Junge›, sag ich. ‹Es gibt jemanden, der dich liebt.› Da schauen sie alle sofort auf, wenn man das sagt. Damit hat man ihre Aufmerksamkeit. Gut, und dann sagt man: ‹Es gibt ein Zuhause für dich. Du kannst mitkommen, wenn du willst.› Sie kommen fast alle mit, verlassen ihr destruktives Umfeld in Tel Aviv, auch wenn das die schönste Stadt der Welt ist, das ist unbestritten. Sie ist die einzige echt hebräische Stadt Israels. Zusammen mit dem Land aufgebaut, aus dem Morast gestampft sozusagen. Jedenfalls bringen wir sie dann ins grüne, ruhige Haifa. Wir sagen übrigens von Anfang an, dass in dieser Einrichtung keine Drogen erlaubt sind. Wir wollen keine bösen Überraschungen. Die Bibel ist die Entziehungskur. Und sie funktioniert. Kalter Entzug, wenn man so will. Unangenehm, aber sie schaffen es.» Er schweigt kurz. «Die meisten zumindest.»

Ich kann nicht fassen, dass das hier existiert, dieses Zimmer, dass wir alle drei aus unserem hektischen Alltag gerissen und hierher verpflanzt worden sind, ans Bett meines Jungen; ich kann nicht fassen, dass das mein Junge sein soll.

Derselbe Junge, der Pflanzen mit Keksen gefüttert hat – sie hatten schließlich Hunger.

Derselbe Junge, der unter Albträumen litt. «Schlechte Träume sind Eigenbrötler», pflegte ich damals zu sagen, «sie kommen immer allein, du kannst jetzt also beruhigt einschlafen, ich lass die Tür einen Spalt offen stehen.»

Mein Junge, der seit seinem fünften Lebensjahr auf Geheiß seines Vaters eine Kippa tragen musste, der sich nach und nach mit alten Ritualen vertraut machte.

Mein Junge. Noch heute Morgen muss er die zugestellten Balkone gegenüber gesehen haben, wo Mülleimer stehen und die zerfranste israelische Flagge schlaff vom Geländer hängt; vielleicht hat er in der Ferne das Mittelmeer im Morgenlicht glitzern sehen, es kann aber auch sein, dass er gar nicht mehr so weit geschaut hat. Vielleicht hat er an mich gedacht, an die Nachricht, auf die keine Antwort kam. Vielleicht hätte all das gar nicht passieren müssen, wenn er gestern in den Aufenthaltsraum gegangen wäre und sich in sein E-Mail-Postfach eingeloggt, dort die Antwort vorgefunden hätte, die zu lang auf sich hatte warten lassen.

«Ich komme, Immanuel. Ich freue mich, von dir zu hören. Bitte entschuldige, dass ich erst jetzt antworte, aber morgen (Dienstag) bin ich gegen 17 Uhr in Haifa. Ich werde zu der von dir angegebenen Adresse kommen. Alles Liebe, Lydia (Mama).»

Oder – und das ist der Gedanke, der mir die Luft abschnürt – er hat die Nachricht sehr wohl gelesen und ist heute Morgen in dem Wissen, dass ich gerade die Sicherheitskontrolle in Brüssel-Zaventem passiere, auf den Stuhl gestiegen. Der Metalldetektor piepte, meine Uhr war schuld. Ich nahm sie ab, sie zeigte die Uhrzeit an, als er sprang. Ich legte sie in den Korb und durfte weitergehen. Ich ahnte nicht das Geringste.

Ich habe Wasser bekommen, ein Glas Wasser. Ich habe mich wieder hingesetzt, Chernoff beugt sich zu mir, direkt vor mein Gesicht, überprüft, ob ich in Ohnmacht falle. Das Schmerzmittel (ein Schmerzmittel!), das sie mir zugesteckt haben, zermalme ich in der Faust zu weißem Pulver. Ich schüttle den Kopf, anscheinend sage ich, dass es geht. Es geht schon, es wird schon, wir setzen unseren Weg fort, wir lassen Immanuel zurück.

Chernoff trommelt nervös mit seinem Kuli. «Sie dürfen sich selbstverständlich die gesamte Patientenakte durchlesen, wir sind hier generell so transparent wie möglich.»

«Haben Sie seinen Vater informiert?», frage ich erneut.

Die Kappe des Kulis fällt herunter. Reflexartig bückt sich Chernoff und greift danach, während er am Bett Halt sucht. «Soweit wir das wissen, hatten die beiden keinen Kontakt mehr. Die meisten jüdischen Eltern tun sich recht schwer mit uns, müssen Sie wissen, und dafür haben wir durchaus Verständnis. Unsere Arbeit stößt auf großen Widerstand in Israel.»

Joachim. Joachim Polak. Ruhelos, sich stets nach einem Ort sehnend, an dem er gerade nicht ist. Ich könne das unmöglich verstehen, das war seine feste Überzeugung. Das sei etwas Jüdisches, etwas zwischen Immanuel und ihm. Sein Sohn war alles, was Joachim nach dem Verlust seiner Frau noch am Leben hielt, und die Vorstellung von diesem Leben schien letztlich nur die Gestalt Israels annehmen zu können. Und da gehörte ich einfach nicht dazu. Ich konnte noch so viele Bücher darüber lesen: Joachim war fest davon überzeugt, dass ich seine Bedeutung nie ganz erfassen würde. «Israel ist nicht nur ein Land», sagte er. «Israel ist ein Seinszustand.»

«Haben Sie Kontakt zu seiner Freundin?», fragt Krista.

«Hat er eine Freundin?»

«Das vermuten wir, denn anfangs hat er ständig nach ihr gefragt. In den ersten Wochen müssen sie ihr Handy abgeben. Wir halten es für das Beste, wenn die Jungs ihre Isolation so lange wie möglich genießen.» (Sie sagt doch tatsächlich «genießen»).

Ich hole mein Handy wieder aus der Handtasche und gehe auf Facebook. Ihm näher zu kommen als ab und an sein Profil aufzurufen, habe ich mich in den letzten Jahren nicht getraut. Auf dem Foto trägt er eine Armeeuniform und hat den Arm um eine junge Frau gelegt. Er schaut nicht in die Kamera, sondern strahlt sie an. Eine riesige Waffe liegt locker in seiner Hand vor ihrer Brust. Das Foto ist drei Jahre alt. Wie die junge Frau heißt, steht nicht dabei. Lustlos klicke ich mich weiter. Mehrere

Stunden nach seinem Tod schicke ich meinem Sohn eine Freundschaftsanfrage. «Haben Sie ihre Kontaktdaten?»

«In seinem Handy vermutlich, doch das ist gesperrt. Aber Sie finden bestimmt jemanden, der es für Sie hacken kann.» Krista grinst, als sie das Wort in den Mund nimmt.

Aus der Schublade des Rolltisches nimmt Chernoff einen alten, verblichenen Rucksack. «Den hier dürfen Sie natürlich mitnehmen und auch die Kleidung, die er im Moment trägt. Wir bestatten sie in einem Totenhemd.» Er drückt mir den Rucksack in die Hand. Den hat jemand über und über mit hebräischen Buchstaben bemalt. Die Vorstellung, dass Immanuel das geschrieben hat, ist mir viel zu intim, mein Kind kommuniziert in Geheimsprache. Sanft fahre ich mit den Fingern über die Buchstaben, Spuren seiner Gedanken, die mich vielleicht zu ihm führen, zu etwas von ihm.

Komm nach Israel, Mama.

Von meinem Stuhl aus scheint sein Körper kein Körper mehr zu sein, sondern das Konzept eines Körpers, seine Essenz, und auch der Riss ist kein Riss, sondern das Negativ der Wand, ein Spalt im Zimmer, eine Öffnung, ein Dahinter: Israel, das Land, über das Joachim und ich sooft diskutiert haben. Das Land, das ich bisher nur aus den Nachrichten kannte, und das er mir erklärt hat, stundenlang: Angefangen von den Ruinen von Caesarea bis hin zu den Stränden rund um Haifa, von der sagenumwobenen Stadt Akkon und ihrer Zitadelle über die weißen Mauern Jerusalems bis hin zu den himmelstürmenden Hotels in Tel Aviv ließ er ein Land zwischen uns entstehen, wo er noch nie gewesen war und das in Edegem über den ganzen Küchentisch verteilt lag.

Ich könnte schwören, dass ich den Riss knacken höre. Der Ventilator wird langsamer und verstummt klappernd. Es ist, als entweiche der letzte Rest Sauerstoff in einem einzigen Seufzer aus dem Zimmer.

«Sie müssen jetzt gehen», sagt Chernoff – das Ergebnis eines Gesprächs, das nicht geführt wurde. «Wir schließen gleich. Morgen findet die Beerdigung statt, sobald wie möglich. So läuft das hier.»

Ich gehe zum Kopfende des Bettes. Ich beuge mich zu Immanuel hinab, flüstere seinen Namen wie damals, als ich ihn sooft weckte, so als könnte ich, indem ich in seiner unmittelbaren Nähe bleibe, das Zeitloch zwischen uns kitten.

«Machen Sie sich nicht zu viele Gedanken», höre ich Chernoff sagen. «Er war hier sehr glücklich. Unter der Pergola im Garten konnte ich stundenlang mit ihm diskutieren. Wir waren die Antwort auf seine Fragen.»

Krista bejaht eifrig. «Vor allem die Vorstellung, dass es Vergebung für ihn gibt, hat ihn nicht losgelassen.»

Ihre Worte bleiben für einen Moment zwischen uns im Zimmer hängen. Ich drehe mich um und schaue ihr direkt in die Augen. «Ich komme nicht mit», sage ich ruhig. Wieder drehe ich mich zum Bett, zu Immanuel, und dann sehe ich, wie sich der Riss wie Eis, das bricht, über die gesamte Wand verzweigt.

«Sie werden das Zimmer trotzdem verlassen müssen.» Wer von beiden das sagt, höre ich schon nicht mehr, ich lasse den Riss nicht aus den Augen, langsam versinkt er im Boden. Joachim. Er wollte sich doch um ihn kümmern.

«Für den Jungen ist es besser so», meinte er, wo ist Joachim, Joachim müsste eigentlich hier sein, er hat versprochen, sich um Immanuel zu kümmern, unter meinen Füßen kriecht der Riss weiter zur Tür, und in diesem Augenblick schaue ich wieder auf und sehe, wie Chernoff und Krista mich befremdet anstarren, ihre Lippen formen Worte, Krista gibt mir ein Zeichen, aber ich werde Immanuel nicht zurücklassen, noch einmal werde ich das nicht zulassen, Joachim, wo ist Joachim, ich werde dieses Land nicht verlassen, bevor ich ihn gefunden habe, bevor ich Immanuel gefunden habe. Und als der Riss die Tür erreicht, beschleunigt er sein Tempo, er saust um Chernoff und Krista herum Richtung Flur, vorbei an den nicht zu entziffernden Plakaten, durch die Tür hinaus ins Freie, die Steintreppe hinunter in den Garten, wo die Zitronen gelb in den Bäumen hängen, die Passionsblume in voller Blüte steht. Er läuft unter dem Zaun hindurch, folgt der Sderot Yitzhak zum Gipfel des Berges, auf dem der Tempel steht, von dem Joachim mir sooft erzählt hat, dort hält er kurz inne, um durch die Gittertore zu den symmetrisch angelegten Gärten des Tempels vorzudringen: große Kreise aus Rosen auf der einen und große Kreise aus Rosen auf der anderen Seite. Vorbei am Heiligen Schrein mit der goldenen Kuppel, zwischen den grünen Heckenbögen und Veilchenbeeten hindurch, die fein säuberlich um das Heiligtum angelegt wurden, nur ich sehe, wie der Riss die Stadt einnimmt, wie er an den Fassaden der Häuser emporklettert und sich in den Seitenstraßen verzweigt wie die Nerven eines Blattes. Wie er unter schlendernden Füßen hindurchhuscht, die Unterstadt wie eine Krakeleeschicht zurücklässt und das Karmelgebirge erklimmt. Sich über den Asphalt der Sderot Morya ausbreitet, wo mich der Taxifahrer heute Nachmittag abgesetzt hat, vorbei an den Dönerläden und Geschäften mit Billigklamotten, in denen die Schaufensterpuppen aus durchsichtigem Plastik sind und die schon vor dem Verkauf aus der Form geratenen Fähnchen sie eher wie Feigenblätter als wie Mode verhüllen.

Über den Bergrücken eilt er weiter nach Achuza, dem höher gelegenen Teil der Stadt, der überwiegend jüdisch ist, und in dem die Zeit noch schneller zu verstreichen scheint als in der lebhaften Unterstadt. Die Menschen hasten unter lautem Hupen von einem Moment zum nächsten, der Riss lässt sich mit zur Autobahn hetzen, die ihn direkt mit dem Rest des Landes verbindet.

Während ich sehe, wie Chernoff auf mich zukommt, beuge ich mich über Immanuel, ich sage seinen Namen, rufe ihn, meinen Sohn, ich rufe ihn, spüre, wie sich ein Zittern in mir Bahn bricht. Chernoff packt mich am Arm, und ich gebe ihm einen Klaps, viel heftiger als gewollt, ich wende mich ab, als wäre nichts passiert. «Tut mir leid, Immanuel», sage ich, «tut mir leid.» Er muss das doch hören, irgendwo muss er mich doch hören. «Tut mir leid», es kommt von weit weg, und nur wenn er es hören kann, ist es ausgesprochen, ist es wahr.

Und tief in der Klagemauer in Jerusalem beginnen die Steine zu weichen, nur ein winziges bisschen, für niemanden sichtbar, auch hier ist der Riss durchgegangen, bis ins Innerste von dem, was vom Zweiten Tempel übrig blieb. Die Juden pressen die Stirn gegen die Mauer und spüren kleine Erschütterungen, dieselben, die die Muslime spüren, wenn sie den Kopf ein Stück weiter in den Boden der Al-Aqsa-Moschee drücken. In den engen Gassen des armenischen Viertels läuft ein Junge neben seiner Mutter her und ruft, seine Hand sei rissig, «Schau nur, Mama!» Und die Mutter sagt, dass diese Linien zu seiner Hand gehören, dass er nur lernen muss, sie richtig zu lesen. Der Junge will sich auf eine Mauer setzen, es gelingt ihm nicht. Unter ihm saust der Riss zu den Mauern der Altstadt, die eine Eroberung der Stadt unmöglich zu machen scheinen.

Unweit dieser Festung stellt eine Großmutter die Einkäufe, die sie gerade auf dem Markt gemacht hat, auf den Tisch, sie nimmt ihr Kopftuch ab und staunt über den Schwindel, der ihren Körper zu erfassen scheint wie ein elektrischer Schlag. Sie muss sich kurz hinlegen, dort auf dem Bett wird sie von einer Enkelin gefunden, die erst denkt, die Oma würde den Riss an der Decke betrachten, um sich dann zu wundern, dass sie so lange gucken kann, ohne zu blinzeln. Als Nächstes rennt das Kind durch den Souk und sucht nach seinem Vater, der gerade auf einem Hocker vor seinem Souvenirladen eindöst. Während die Kleine mit ihrem Vater an der Hand nach Hause zurückeilt, schießt der Riss unter ihren Füßen bis ans andere Ende der Stadt, wo er langsamer wird und weiterkriecht, durch das Goldene Tor. Er lässt sich von keiner Mauer aufhalten, der Riss, auch nicht von den israelischen Sperranlagen, er durchdringt das Bauwerk aus Stacheldraht, Gräben, Toren, Türmen und Beton, rast auf direktem Weg weiter bis zu den dahinter liegenden Palästinensergebieten. In den Olivenhainen gabelt er sich. Der eine Teil verschwindet in der Wüste Negev Richtung Gazastreifen, wo er sich mit der Mauer eines Hauses vor der Großen Moschee verbindet. Er spürt, wie ein Kind ihm mit dem Finger folgt, bis zu der Stelle, wo er neben einem Fenster endet. Die andere Verzweigung führt an den kleinen Palästinenserdörfern vorbei nach Hebron, und von dort aus flieht der Riss zum Toten Meer, wo er sich über die Salzstrände zum Wasser vorarbeitet, um dann auf dem Grund des flachsten Meeres der Welt zu verschwinden.

Ich stehe auf dem Flur. Chernoff hat mich am Arm gepackt. Krista löscht hinter mir das Licht, sie schließt die Tür. Noch ehe ich etwas sagen kann, werde ich nach draußen geführt, das Tor schließt sich hinter mir. Ich lasse mich auf eine Bank sinken. Die Schatten der Blätter malen Muster auf den Kiesweg. Ein Piepen kommt aus meiner Handtasche. Eine Benachrichtigung auf meinem Handy. Eine Nachricht von Facebook, das sich ungefragt wieder aktiviert hat. Ich muss sie mehrmals lesen, bis ich sie verstehe, aber da steht doch tatsächlich: «Immanuel hat deine Freundschaftsanfrage bestätigt».

DAMALS, IRGENDWO IM NORDEN BELGIENS

Wollen wir nicht einfach noch mal von vorn anfangen? Dann lege ich jetzt den Rückwärtsgang ein, rase rückwärts über die schmalen Straßen des Niemandslands, in dem ich hier gelandet bin, wieder nach Edegem, mit um die achtzig Stundenkilometer lege ich den gesamten Fluchtweg erneut zurück, ja sogar noch schneller, während der Mond in der Abenddämmerung verschwindet, lenke den Wagen anschließend in die Auffahrt und betrete rückwärts das Wohnzimmer, in dem du dich von mir abwendest und erneut auf dem Sofa Platz nimmst, und im selben Moment wird es auch schon wieder hell, und die Sonne fällt ins Zimmer, direkt in dein Gesicht, Joachim, und du machst den Mund auf, und alles, was du sagst, ist nicht zu verstehen, weil du es rückwärts sagst, und eben deswegen können wir gemeinsam weiter zurück, wir schalten einen Gang höher, unser Haar wird kürzer und länger, unser Blick wird offener, und irgendwann berührt meine Hand die deine, wir versinken tiefer in der Zeit, und unser Sohn läuft zwischen uns, wird kleiner, bis er das Laufen verlernt hat, und du nimmst ihn hoch, reichst ihn mir, woraufhin ich ihn in ein Kinderbett aus Metall lege, und auch jetzt ist es Abend, dunkel, nur das Krankenhauszimmer ist erhellt, und hier verstummen wir, Joachim. Wir schauen uns an, und das ist der Anfang.

Ich sage, dass alles gut wird. Eine RSV-Infektion ist beängstigend, aber gut zu behandeln. Ein paar Tage im Krankenhaus beatmet werden – das klingt schlimmer als es ist. Du siehst erschöpft aus. Die Trauer hat ihre Klauen ausgefahren, dir Falten ins Gesicht gegraben, die nicht mehr weggehen werden. Ich sage, dass es einen Psychologen auf der Station gibt, dass du dich jederzeit an ihn wenden kannst. Es ist eine Leine, die ich auswerfe und die irgendwo zwischen uns treibt, ohne dass du darauf reagieren würdest. Du hast eine leise Stimme, das Polnisch klingt noch durch in deinem Englisch. Ich müsste eigentlich weiterarbeiten, ich bin die einzige Kinderärztin, die gerade Dienst hat. Ich trödele. Du setzt dich in den Ledersessel neben dem Bett. «Möchten Sie meine Frau sehen?», fragst du.

«Natürlich.»

Du greifst zu deinem Kalender auf dem Rolltisch, holst ein Foto heraus. Ich nehme es entgegen. Du lässt mich nicht aus den Augen, während ich die Frau auf dem Foto betrachte. Auf den ersten Blick käme man nicht auf die Idee, dass sie gestorben ist, doch alle Mimik ist bereits erstarrt, für die Ewigkeit festgeschrieben. Ich bemühe mich nach Kräften, nicht aus der Rolle zu fallen.

«Sie ist schön», sagst du.

«Ja.»

«Manchmal vergesse ich, dass sie tot ist.» Du drehst dich weg, zu Immanuel, der auf dem Rücken schläft, die Arme über dem Kopf. «Dann denke ich, jetzt ist es dann mal gut, Edyth. Du verpasst so viel.»

«Sind Sie nur vorübergehend in Belgien?», frage ich.

«Ja. Aber ich gehe nicht zurück nach Polen.» Du sagst

nicht, wo du stattdessen hingehst. Du legst die Hände in den Schoß. Ich gebe dir das Foto zurück, unsere Blicke verhaken sich, nur ganz kurz, bis wir uns beide auf das Krankenhauszimmer konzentrieren.

«Ich geh dann mal», sage ich. Ich streiche über die Flecken auf dem Resopaltisch, so als müsste man sie nur miteinander verbinden, um ein Motiv zu enthüllen. Eines, das bereits besteht, sich aus einzelnen Punkten zusammensetzt, nur noch auf die Linie wartet, die es sichtbar macht.

«Bleiben Sie doch noch einen Moment», sagst du.

Ich gehe zum Bett, stütze mich auf die Kante. Immanuel schmatzt leise. Ich beuge mich zu ihm, kontrolliere, ob der Sauerstoffschlauch noch gut in der Nase sitzt, obwohl ich auf Anhieb sehe, dass er sitzt. Wir sind uns der Anwesenheit des jeweils anderen deutlich bewusst – so sehr, dass wir unsere Bewegungen betonen, uns an unsere Rolle als Ärztin und als Vater eines Patienten klammern, und ich versuche, dich nicht zu lange anzuschauen, denn wie kann es sein, dass in den Augen eines Menschen so viel Ohnmacht und Liebe zu sehen ist, ich habe noch niemanden erlebt, der sowohl mit Trauer als auch mit Zuversicht in die Welt schaut. Schicksalsergebenheit, das ist das Wort. Wie kann es sein, dass jemand dem Leben mit so viel Schicksalsergebenheit begegnet.

«Alles in Ordnung», sage ich. Ich nicke dir kurz zu, nehme meine Patientenakten, klopfe kurz gegen die Tasche meines Arztkittels. Dann gehe ich zur Tür.

«Frau Doktor», sagst du.

Ich drehe mich um.

«Sind Sie schon oft umgezogen?»

Ich drücke die Klinke herunter. «Wenn irgendetwas ist, rufen Sie mich bitte.» Ich zeige nicht auf den roten Knopf neben dem Bett. Dafür auf das Feldbett am Fenster. «Versuchen Sie ein wenig zu schlafen.»

«Ich schlafe schon seit Jahren nicht mehr», sagst du. «Aber ich werde mich hinlegen und die Augen zumachen.»

«Das ist schon mal ein guter Anfang.» Ich ziehe die Tür nicht hinter mir zu. Neben Immanuels Zimmer steht der Tisch mit meinem Computer. Wenige Sekunden später höre ich, wie du die Tür leise schließt.

Den ganzen Abend bleibst du an meiner Netzhaut haften, eine vereinfachte Version von dir, die stark genug ist, um bei mir zu verharren. Wie kann jemand ein so intensives Nachbild erzeugen?

«Wie heißen Sie?», fragst du, obwohl du weißt, wie ich heiße. Ich habe Immanuel soeben entlassen. Du hast ihn auf dem Arm und stehst in der Tür des Krankenhauszimmers, einen kleinen Koffer neben dir. Immanuel schmiegt sich weinerlich an deinen Hals, hat die Arme darum geschlungen. Ich streiche ihm über den Rücken, über die zerbrechlichen Zweige unter seiner Haut. Du bist etwas größer als ich und schaust auf mich herunter. Meine Hand auf Immanuel, und Immanuel an deiner Brust, wir beide spüren, wie er atmet, ohne Rasseln und Pfeifen, ohne das tiefe Brummen, mit dem du ihn vor einer Woche voller Panik hergebracht hast. Ich habe ihm seinen Atem zurückgegeben.

«Lydia», sage ich. Meinen Titel und meinen Nachnamen lasse ich wie Kleidungsstücke zu Boden fallen, und damit fängt es an.

Es fängt an mit Härchen an den Armen, die sich beinahe berühren, es gibt nichts Erotischeres als zwei Arme, die sich beinahe berühren. Dicht an dicht im Kino, vor uns liegt eine andere Welt, aber wir sind ausschließlich diese zwei Arme, zwei Arme, die sich später am Abend zum Abschied umschlingen werden, und so kommen wir uns immer näher, bis wir im Kopf des anderen Wurzeln geschlagen haben und uns dort gegenseitig ablösen: Wir werden zu einer Version unserer selbst, die wir noch nicht kannten, und nach und nach gehen wir in diesem Leben auf, verlieren den angehaltenen Atem bei unserer ersten Verabredung, vergessen das schutzlose Prickeln der Härchen an den Armen, die einander beinahe berührten.

Nachts liebkost du jeden Millimeter meines Körpers, und sagst mir, warum du mich schön findest. Du ziehst zu mir. Du sagst, ich sei so ehrgeizig, dass alles nach mir gehen müsse, dass ich bis an meine Grenzen gehe, um sie ignorieren zu können, dass ich mir meiner Stärke gar nicht bewusst sei.

Und, soll ich kehrtmachen? Ich dürfte irgendwo im Norden Belgiens sein, ich habe die Hauptstraßen gemieden und bin in einem engmaschigen Netz dunkler Feldwege gelandet. Ich lasse den Motor aufheulen, noch lauter, und dabei breche ich zusammen. Hinter dem Auto eine Krümelspür, Trümmer eines gemeinsamen Lebens, das du soeben beendet hast. Hundert Stundenkilometer, Kanäle zu beiden Seiten, vorbei an den Kopfweiden, die wie Fäuste aus der Dunkelheit ragen. Soll ich den Wagen wenden und den ganzen Weg wieder zurückfahren, unterwegs sämtliche Momente aufzählen, die unsere Ehe retten müssen? Wir dürfen die Linie, die diese Momente miteinander verbindet, nicht aus dem Blick verlieren. Die Abende, an denen wir aneinander geschmiegt noch mal den Tag durchgehen, die Morgen, an denen wir die Augen vor dem durch den Vorhangspalt einfallenden Lichtstreifen schützen, indem wir uns einander zuwenden, die helfenden Hände, die wir uns gereicht haben, die Finger, die dazu da sind, umklammert zu werden.

Alles andere bleibt außen vor. All die Nicht-Tage, die Un-Momente, die Nicht-Stunden. Die Nicht-Zeit, wenn wir nicht wussten, warum wir überhaupt noch zusammenblieben, warum wir keine Pläne schmiedeten, die Nicht-Zeit, wenn wir uns entfremdeten, entzogen, entzauberten, entfernten, entließen und ent-söhnten.

In der wir leiser wurden, bis wir irgendwann nur noch dachten und das Gedachte nicht mehr teilten, woraufhin es weiterwuchs und wucherte.

EINE
FANTASTISCHE,
WUNDERBARE
STADT!

2

Gelb und zähflüssig hängt das Licht wie ein Farbfilter zwischen den Möbeln in Ofras Wohnzimmer. Überall Collagen aus Bildern von ihren Reisen. Ofra umringt von niedlichen asiatischen Kindern. Ofra auf einem Elefanten, Ofra in einer Hängematte mit einer Kokosnuss in der Hand. Gebräunte Haut, dunkle Augen, langes Haar. Jedes Mal hält sie den Kopf schräg – eine junge Frau, die weiß, wie man sich auf Fotos in Szene setzt.

Draußen hat es weit über dreißig Grad, und trotzdem erfasst mich blanke Kälte. Ich könnte die Klimaanlage runterdrehen, aber aus irgendeinem Grund gehorcht mir mein Körper nicht mehr. In mir ist etwas erstarrt, etwas, was meine Bewegungen träge macht. Kein Problem, dass ich eine Weile hierbleibe, sie fahre sowieso für ein paar Tage zu ihrer Familie nach Jerusalem, und ihre Mitbewohner seien nicht da. Jetzt, wo ich hier bin, fühlt es sich viel zu intim an. Ich bekomme viel zu viel von ihr mit. Und dadurch zu viel von dem, was hätte sein können, wäre sie immer noch mit Immanuel zusammen.

In der Küche finde ich eine mit Elefanten bemalte Tasse. Sie wurde absichtlich schlampig bedruckt, um es wie Kunsthandwerk wirken zu lassen. LOVE FROM CAMBODIA. Kaffee im dritten Fach des Küchenschranks, zu weit oben, um dranzukommen. Neben dem Schrank steht ein Tritthocker, ich kann mich nicht dazu durchringen, danach zu greifen, die Signalübertragung zwischen Gehirn und Muskeln bricht irgendwo ab. Geschirr trocknet im Abtropfgestell, ein Geschirrtuch liegt zerknittert auf der Anrichte, stapelweise schmutzige Teller und Schüsseln in der Spüle.

Sie hatte mir aufgemacht wie jemand, der nicht weiß, dass sein Leben innerhalb weniger Minuten nie mehr so sein wird wie zuvor. Mit professioneller Kaltblütigkeit wollte ich ihr die Nachricht überbringen. Jetzt, wo ich die junge Frau von dem Facebook-Foto zum ersten Mal vor mir sah und in ihr auch einen Teil Immanuels, geriet ich ins Stocken.

«Kaffee?», hatte sie gefragt. Ihr Ton hatte etwas Beschwingtes, das ich ihr nicht abnahm, es klang, als bemühte sie sich übertrieben mir zu zeigen, dass es ihr gut ging. Ich lief verlegen in ihrer Wohnung auf und ab, folgte ihr auf die nach vorn hinausgehende, ummauerte Terrasse, wo sie sich auf ein arabisches Sofa fallen ließ.

«So!» Sie stellte die Metallkanne auf eine alte Weinkiste. «Immanuels Mutter.» Ihre Mundwinkel kräuselten sich.

«Ja», sagte ich nur. Ich ließ den Kaffee in der Tasse kreisen. «Und was machst du so?», hörte ich mich fragen, um Zeit zu gewinnen.

«Es ist ein bisschen spät, sich kennenzulernen», erwiderte Ofra.

Ich schaute auf. Sie saß irgendwie selbstbewusst aufrecht – etwas, das mir das Sofa zu verunmöglichen schien.

«Immanuel und ich sind schon eine ganze Weile nicht mehr zusammen, wir haben keinerlei Kontakt mehr.»

«Oh.» Ich schüttete mir heißen Kaffee auf den Oberschenkel, tupfte ihn rasch auf und tat so, als würde mir das nichts ausmachen.

«Eiswürfel drauf?»

«Nein, nein, das geht schon.»

«Ich studiere im zweiten Jahr Bioingenieurwesen und versuche mich darauf zu konzentrieren. Das klappt besser, seit Immanuel mich in Ruhe lässt.» Sie schwieg kurz, fast vorwurfsvoll. «Er hatte so seine Schwierigkeiten mit unserer Trennung.» Ich wurde nicht so recht schlau aus ihr. Viel zu betont spontan, ich glaubte das Gegenteil von dem, was sie mir weismachen wollte.

«Ofra, ich muss dir was sagen, wegen Immanuel», brachte ich dann doch noch heraus.

Ich versuchte sie anzuschauen, ohne sie anzustarren. Sie schwieg lange.

«Er hat mir noch eine SMS geschickt», sagte sie irgendwann.

«Wann?»

«Kurz bevor er es getan haben muss, vermutlich. Am Dienstagmorgen. Er hat geschrieben, dass er mich liebt. Einfach so, nachdem ich eine Ewigkeit nichts mehr von ihm gehört hatte.»

Ich schob die Hand zwischen Schulter und Bluse, fuhr mir damit übers Schlüsselbein. «Hast du ihm geantwortet?»

«Ob alles okay ist. Wenn er ‹Ich liebe dich› schrieb, hatte ich immer das Gefühl, das was nicht stimmt, auch als wir noch zusammen waren.» Sie setzte ein angestrengtes Lächeln auf.

Wir hätten uns so viel zu sagen gehabt, doch wir schwiegen. Wenn sie aus Jerusalem zurück sei, könnten wir reden, meinte sie. Doch ihr Körper sprach eine ganz andere Sprache. Sie hielt die Arme wie ein Schutzschild davor, und als sie mir Gute Nacht wünschte, schaute sie mich nicht an.

An der Küchentür hängen weithin sichtbar mehrere Fotos von Ofra in Uniform, wie eine schöne Erinnerung. Ofra, lachend in einer Gruppe aus Schulkindern. Ofra, die andere Soldaten umarmt, sogar in ihrem steifen grünen Hemd und der steifen Hose sieht sie attraktiv aus. Ich versuche Immanuel in einem der jungen Männer auf dem Bild zu erkennen, den Immanuel von seiner Facebook-Seite, den unversehrten Immanuel.

«Nach dieser SMS hab ich mich gefragt, wie es ihm wohl geht», hatte sie gesagt. «Er hat mir nicht geantwortet, und da wurde ich nervös. Ich bin auf seine Facebook-Seite, um zu gucken, mit wem er in letzter Zeit Kontakt hatte.»

Ich mustere ein Foto, auf dem sie den Kopf an die Schulter einer Freundin gelehnt hat, sie lacht breit in die Kamera, sie lacht mir zu, und ich versuche mich aus der Starre zu reißen, die mich erfasst hat, seit ich auf der Bank vor dem Institut eine SMS von Immanuel bekam («Hallo, Lydia».) (...), bis Ofra sich mir zu erkennen gab und sich für ihre Dreistigkeit entschuldigte, aber das las ich eigentlich schon nicht mehr. Einige Passanten mussten mich beruhigen, sie glaubten, ich würde verrückt, und ich glaubte das ebenfalls.

Und dann hat diese junge Frau Hunderte Fotos von sich in ihrer Wohnung, kein einziges von Immanuel, nicht mal eines, aus dem er rausgeschnitten worden sein könnte.

Wenn ich mich ganz lang mache, kann ich den Kaffee

zu mir ziehen. Ich lehne mich an die Anrichte, stelle mich auf die Zehenspitzen, greife daneben. Herausfordernd schaut die Packung von oben auf mich herab, rot und glänzend, mit einem silbernen Schnabel aus aufgerissenem Zellophan. Wieder recke ich mich, greife mit einer fließenden Bewegung danach, und höre mich gleichzeitig fluchen, eine Stimme, die sich überschlägt, als nicht nur der Kaffee runterkommt, sondern auch eine Packung Reis, die aufplatzt und mit der Gewalt eines Wolkenbruchs auf dem Steinfußboden auseinanderspritzt.

Als Nächstes sitze ich an den Mülleimer gelehnt da. Langsam verlasse ich meinen Körper und sehe mich dort sitzen, auf dem Fußboden einer Wohnung, in die heute niemand heimkehren wird, der mir meinen Sohn vorstellen könnte. Einer Wohnung an einem Platz, der nach einem ermordeten Politiker benannt wurde, weil er wichtige Schritte für den Frieden unternommen hat. Darum herum: Tel Aviv. Die Stadt hat mich auf der Taxifahrt an einen Frauenkörper erinnert, der so perfekt ist, dass er fast schon unecht wirkt.

Kurz darauf merke ich, dass der Reis unter die Schränke gekullert ist, der gemahlene Kaffee steckt im Relief der Bodenfliesen. Sie hat mich schon oft gerettet, meine Fähigkeit, mir in solchen Momenten vorzustellen, dass ich meinen Körper verlasse, mich von außen betrachte und bloß einen Körper sehe, der Wut empfindet. Aber jetzt stehe ich auf, und der Schmerz fährt erneut die Klauen aus. Es funktioniert nicht mehr. Das war bloß ein Trick, und der Trick hat ausgedient.

3

Der Mann wirft die Falafel ins Frittierfett, ruft mir über die Schulter hinweg zu, dass ich mich setzen darf. Das Fett auf dem Tisch saugt sich sofort an meinen Unterarmen fest, große Kringel früherer Gläser verraten die Anwesenheit anderer vor mir. Das ganze Fenster ist voller Fingerabdrücke, so als hätte hier jemand zu wenig Luft bekommen und verzweifelt versucht, in Kontakt mit der Außenwelt zu gelangen. Die Dunkelheit zeigt ein neues Gesicht der Stadt. High, hyperaufmerksam, aufgedreht in ihrer eigenen Blase. Nackte Bäuche, nackte Schultern, dabei ist es gar nicht mehr so warm. Fast Mitternacht, und alle haben was vor.

Während meiner Facharztausbildung sagte einer der Supervisoren, Neonatologen sprächen eine Sprache, die anderen Ärzten fremd sei. Mehr als andere Fachärzte verlassen wir uns auf die subtilen Signale, die unsere Patienten aussenden, auf die Sprache von Warm und Kalt, auf Puls und Blutwerte, Röntgenbilder und Hautfärbung, auf den beschränkten Wortschatz, der Frühgeburten in ihrer Zwischenwelt zur Verfügung steht. Wir müssen aufmerksamer sein, noch genauer hingucken. Es ist meine Veranlagung zu beobachten, die mich bei allem, was ich sehe, auf Distanz hält. Es gibt zwei Möglichkeiten: einfach in der Welt aufgehen oder versuchen sie zu begreifen – hinter einer Scheibe voller fettiger Fingerabdrücke.

Mit weit ausholenden Gesten stellt der Mann alle möglichen Schälchen auf den Tisch, lauter Sachen, die ich ganz bestimmt nicht bestellt habe. Falafel mit Hummus, das schon, aber auch Salat, Brot, eine undefinierbare rote Soße, Bohnen und Oliven. Er nimmt das Geld aus der Schale, zählt ausdrücklich nach und bleibt dann vor mir stehen. In diesem Land sei es üblich, Trinkgeld zu geben. Beschämt zücke ich erneut den Geldbeutel.

Er sagt, dass ich unbedingt das Independence-Hall-Museum anschauen, Fisch im alten Hafen essen und einen Strandtag einplanen soll. Sonst sei es so, als wäre ich nie hier gewesen.

Statt in die Wohnung zurückzukehren, gehe ich zum Rothschild Boulevard. Die Mitte ist Radfahrern und Fußgängern vorbehalten. Sie schlängeln sich zwischen den Saftständen voller glänzender Äpfel, überreifer Bananen und Netze mit Orangen hindurch. Fast jeder hat einen Hund an der Leine. Der Boulevard geht in die Uferpromenade über. Ich betrete den Strand, laufe weg vom hektischen Treiben Richtung Jaffa, in der Ferne das Licht. Das Mittelmeer erreicht fast meine Füße, Gischt spritzt auf meine Schuhe. Alles kommt um ein paar Sekunden verzögert bei mir an. Der Salzgeruch, die sich brechenden Wellen, das Geschrei einiger Möwen, unsichtbar über den Wassermassen. Auf der Promenade flitzen Leute in Neonfarben auf Rädern und Rollern vorbei. Sie leben in einer Zeit, in der es Immanuel nie gegeben hat, während ich immer noch an seinem Bett in Haifa stehe.

Joachim, Immanuel und ich. Zwischen uns das zarte Gewebe, das uns zu einer Familie machte. Hafen und Meer zugleich. Wir entschlossen uns, selektiv blind zu sein, um nicht zu sehen, dass in allem, was wir taten, auch mitschwang, wer wir ohne einander waren. Wir versuchten es. Joachim, Immanuel und ich.

Vor langer Zeit wollte er Immanuel zeigen, wo er herkam. Ich war zunächst verwirrt, dachte, er meine Polen, hatte wieder einmal nicht verstanden, dass ich das bildlich zu verstehen hatte. «Israel», sagte er, «ist ein schlagendes Herz. Und früher oder später müssen wir Juden dorthin, um es in uns zu spüren, um wieder ganz zu werden.»

Joachim war gut darin, zwischen den Zeilen zu reden, in Metaphern, Vergleichen und mit Verweisen auf Künstler und Schriftsteller, die ich nicht kannte. Hinzu kam, dass wir auch weiterhin Englisch miteinander sprachen. Niederländisch zu lernen, fand er von Anfang an überflüssig. Ich habe das viel zu spät bemerkt. Weil wir beide nicht in unserer Muttersprache kommunizierten, waren wir auf Augenhöhe, aber irgendwie befanden wir uns dadurch in einem Zwischenreich, in dem scharfe Nuancen stumpf geworden waren, in dem Bedeutungen und Deutungen aneinander vorbeigingen. Zu oft ersetzte ich ein Wort, auf das ich nicht kam, durch einen Kuss auf seinen Mund.

Ich fand es unverantwortlich, in einem Land Urlaub zu machen, das hauptsächlich wegen dem, was dort alles schieflief, in den Nachrichten kam. Da konnte es noch so sehr ein schlagendes Herz sein. Tagelange Diskussionen. Wir könnten doch nach Polen fahren, schlug ich vor. Zu Joachims Eltern, die Immanuel noch nie gesehen hatten. Doch das kam nicht infrage, und ich wusste auch warum. Der Schmerz über den Tod seiner Frau durfte nicht auf sein neues Leben übergreifen, er glaubte, dass so etwas machbar ist. Joachim stand mit dem Rücken zu mir vor der Anrichte und schüttelte den Kopf. Er sprach leise, doch ich hatte ihn gehört. «Was sagst du da?», fragte ich.

«Du verstehst das nicht.»

Ich starrte ein paar Sekunden auf seinen gekrümmten Rücken. (Einige Monate davor: das letzte Mal, dass wir über ein gemeinsames Kind reden. Ich bin fast siebenunddreißig. Immanuel hat meinen Kinderwunsch nur noch verstärkt, ihn unausweichlich werden lassen. Ich bin längst mit jeder Faser meines Körpers Mutter, ohne je selbst ein Kind zur Welt gebracht zu haben. Du verstehst das nicht, sagte Joachim auch damals, um noch hinzuzufügen: «Du kannst daran sterben.» Ein Satz, wie eine zugeknallte Tür.)

Er hat *mich* nie verstanden, die tiefe Trauer nie verstanden, den Abschied von etwas, das für mich existenziell war. Er hat nie verstanden, dass ich Immanuel zuliebe bei ihm blieb, dem ich nicht noch mal die Mutter nehmen wollte. Joachim hat nie verstanden, was sich mit scharfen Widerhaken tief in mir verankert hatte: die alberne Hoffnung, dieses Opfer könnte mich vielleicht mehr zur Mutter machen als jedwede natürliche Methode.

«Also, ich versteh das nicht», sagte ich zu seinem Rücken, wobei sich meine Stimme überschlug. Noch ehe er sich umdrehte, übernahm die Wut die Kontrolle über meine Hände, und ich sah, wie meine Hand auf einen Teller niedersauste. Ich zerschlage einen Teller, dachte ich. Er zersprang in drei große, fast identische Scherben. «Hör endlich damit auf zu behaupten, ich würde das nicht verstehen», sagte ich. «Das sagst du doch nur, weil du willst, dass ich es nie verstehe.» Er schaute mich ungerührt an. Als ich aus der Küche rannte, merkte ich, dass ich die Hand zur Faust geballt hatte, ich versuchte mich zu entspannen, doch mein ganzer Arm verkrampfte sich.

An einem abgesperrten Stück Strand, im weißen Licht von vier hohen Scheinwerfermasten, spielen junge Leute Volleyball. Sie brüllen nicht, sie lachen nicht, nur die dumpfen Schläge gegen den Ball übertönen das Meer, als ich an ihnen vorbeigehe. Zwei Personen kommen auf mich zu, sie leuchten mit Taschenlampen. Weit voneinander entfernt, den Blick zu Boden gerichtet. Der Mann ruft mir etwas auf Hebräisch zu. Ich zucke nur mit den Schultern, erwidere auf Englisch, dass ich ihn nicht verstehe.

Die junge Frau kommt näher, sie hat geweint. Ich gehe weiter, höre, wie der Mann sie hinter mir barsch anblafft, ein tiefes Knurren entringt sich seiner Kehle.

Man braucht zwei Menschen nur in einem kleinen Raum miteinander einzusperren, und schon nach zehn Tagen wollen sie sich am liebsten die Augen auskratzen oder hassen sich zutiefst.

«Das ist das Problem bei längeren Raumfahrtmissionen», sagte Joachim eines schönen Sommerabends, ein paar Wochen nach der Diskussion über unsere Reise. Immanuel lag da bereits im Bett, zwischen uns flackerte die Kerze, die Mücken fernhalten sollte. Ich saß mit einer Fleecedecke über den Knien da und ging meine Mails durch. Wenn er las, überkam ihn eine Ruhe, die ich sonst nur selten an ihm wahrnahm. Er war von Natur aus nervös und konnte unerträglich besserwisserisch sein, aber ich habe ihn schon früh durchschaut und einen Blick auf den Menschen erhaschen können, der nur selten zum Vorschein kam. Joachim hatte im Leben schon zu viel verloren, um sich Zweifel erlauben zu können. Er hatte seine eigene Wahrheit konstruiert und wich nicht davon ab. Die Augenblicke, in denen ich mit diesem anderen Menschen in Berührung kam, waren so selten, dass ich frustriert war, nur mit einem Teil von ihm verheiratet zu sein. Ich habe mir noch lange eingeredet, er wäre eine bessere Version seiner selbst, seit er in Israel lebt, ja er habe mich notgedrungen verlassen müssen, um zu dem Menschen werden zu können, nach dem ich mich so sehnte. Auch um diese Illusion bin ich ärmer – jetzt, wo er es anscheinend geschafft hat, dass ich diejenige bin, die ihm den Tod seines Sohnes mitteilen muss, in einem Land, in dem es nichts Wichtigeres gibt als die Familie.

«Meinst du, wir würden schon nach zehn Tagen versuchen, uns gegenseitig die Köpfe einzuschlagen?», fragte ich.

«Bei uns dürfte es elf Tage dauern.» Joachim lachte, und ich zog die Decke höher, denn zu Hause würden wir bei dieser Temperatur niemals draußen sitzen, aber wir waren im Urlaub und saßen deshalb abends auf der Terrasse unseres Chalets. In der Schweiz. Auf neutralem Gebiet.

Die Lichter in der Ferne bleiben in der Ferne, ich scheine ihnen nicht näher zu kommen. Ich mache kehrt. Das Pärchen ist stehen geblieben, schmiegt sich jetzt eng aneinander. Ich wende mich ab, gehe Richtung Promenade

«Kein Kontakt mehr.» Von alldem, was Chernoff mir gesagt hat, treibt das weiterhin wie ein Wrackstück im Meer meiner Gedanken.

Ofra zuckte nur mit den Schultern, als ich nach Joachim fragte. «Er lebt in Jerusalem», sagte sie schließlich, in einem Ton, der signalisieren sollte, dass sie nicht weiter darüber reden wollte. Sie stand auf, goss ihren restlichen Kaffee in den Übertopf der großen Sukkulente auf ihrem Balkon und ging wieder rein.

Jerusalem: eine gute Stunde mit dem Auto, schätze ich. Ich habe mich mit dem Land beschäftigt, als Joachim vor so vielen Jahren davon anfing. Obwohl ich das Gefühl hatte, es so gut zu kennen, dass ein Besuch meiner Vorstellung nichts mehr hinzufügen kann, frage ich mich jetzt, ob es mir wirklich geglückt ist, das, was sich unter der Oberfläche verbirgt, zu ergründen. Erst als er bereits mehrere Jahre in Belgien wohnte, begann Joachim, sich an den Sabbat zu halten, eine Kippa zu tragen und das auch von Immanuel zu erwarten. Und erst da wurde mir so richtig klar, dass sie zu einem Volk gehörten, das seit jeher verfolgt und ausgeschlossen wird, seiner Ausrottung nur knapp entkommen konnte. Jude zu sein, das kann alle möglichen Glaubensnuancen bedeuten, doch was sie ausnahmslos miteinander verbindet ist ein Band, das über Landesgrenzen hinausreicht. Das Sprechen einer Sprache, die keinen Unterschied zwischen siezen und duzen macht, und eine Kultur, in der ein jeder im gleichen, schlichten Totengewand aus Baumwolle begraben wird.

So viele Bücher ich auch darüber las – ich ließ mich nicht überreden, das Land tatsächlich zu besuchen.

Immer kam etwas dazwischen: zu viel Stress in der Arbeit und dann das dringende Bedürfnis nach echtem Urlaub (Schweiz, Italien), oder eine Intifada. Jetzt frage ich mich, ob mich eigentlich im selben Israel aufhalte wie er.

Ich saß mit einem Buch auf dem Schoß auf einer Bank. Immanuel hing mit dem Kopf nach unten am Klettergerüst. Joachim stand daneben, um Anweisungen zu geben, korrigierte ihn mit wilden Gesten. Wäre sonst niemand im Park gewesen – er wäre selbst aufs Klettergerüst.

«Weil das Juden sind», hörte ich hinter mir eine Mutter zu ihrem Kind sagen. Ich drehte mich um und sah ein kleines Mädchen an ihrer Hand, gemeinsam beobachteten sie Joachim und Immanuel, sahen die Kippa, die beide trugen, wodurch sie in den Augen der Belgier zu Angehörigen eines fremden Volkes wurden.

Ich hörte, wie sie vor meinem Sohn warnte («Nein, du kannst nicht mit ihnen spielen, mein Schatz, das haben die nicht so gern»), und als sich unsere Blicke kreuzten, lächelte sie mir zu, als Beteiligte an einer Verschwörung, in die ihre Tochter soeben eingeweiht worden war. Ihr Lächeln zog mich auf eine Seite, auf der ich nicht stehen wollte, aber stand, allein kraft meiner Geburt. Ich betrachtete mein Kind, das gar nicht mein Kind war. Immanuel machte eine Vorwärtsrolle. Joachim reckte den Daumen. Der Mann mit dem markanten Kinn und den dunklen, tief liegenden Augen, in den ich mich verliebt hatte, Joachim, – auch er wurde durch ihre Worte Teil einer Geschichte. Wir waren erst seit kurzem ein Paar, als er mir eines Abends von seiner Frau und seiner Familie erzählte. Er sollte auf das, was er mir damals sagte, nie wieder zurückkommen, es musste bei unserer Beziehung außen vor bleiben. Ich wusste, dass sein Leben schon von Geburt an mit dem Tod verstrickt war.

Als Joachims Vater in sein Dorf bei Łódź zurückkehrte, vier Jahre älter als bei seiner Deportation und ohne seine Eltern, fand er den Bauernhof, auf dem er aufgewachsen war, verfallen und teils ausgebrannt vor. Erst nach ein paar Tagen war er in der Lage, ihn zu verlassen und im Dorf um Hilfe beim Ersetzen der Fenster, beim Unkraut jäten und Entrümpeln zu bitten. Er nahm den Pfad zur Straße und sah seinen Nachbarn auf der anderen Seite des Zauns. Vor dem Krieg hatten sie sich nie viel zu sagen gehabt, ab und zu halfen sie sich, wie man das als guter Nachbar eben so tut. Die Nazis wären wohl nicht gründlich genug gewesen!, rief ihm der Mann zu.

Über das, was im Lager geschehen war, sollte sein Vater erst viele Jahre später sprechen. Bis dahin hatte sich Joachim selbst ausgemalt, was sein Vater erlebt hatte. Normalerweise ergänzt die menschliche Fantasie Lücken noch grausamer, als es in Wirklichkeit je war. Hier schien das anders zu sein.

Nachdem er den Bauernhof renoviert hatte, heiratete Joachims Vater eine der wenigen jüdischen jungen Frauen, die es noch gab. Er lernte sie in Łódź kennen und begann mit einer Nerzzucht. Während seiner gesamten Kindheit sah Joachim zu, wie die kleinen Welpen zu schwarzen, lebhaften Tieren wurden. Jeden Tag holte sein Vater einige erwachsene Exemplare aus den Käfigen und setzte sie in eine spezielle geschlossene Kiste. Dann rief er Joachim, der zuschauen musste. Einmal ließ er Joachim das Gas in die Kiste einleiten.

Das Schaben der Felle geschah in einer kleinen Kammer neben dem großen Raum, in dem die Nerze aufwuchsen, spielten und das Futter in ihren Verschlägen verteilten. Während sein Vater die toten Tiere aufschnitt und Fell von Muskeln löste, übertönte das Fiepen aus dem Schuppen mühelos das Radio. Sein Vater hatte versucht ihm beizubringen, wie man die Nerze aufspannen und über die Bretter im Trockenraum hängen muss, doch Joachim wollte in die Stadt und studieren, weg von dem Fiepen, dem Gestank nach Gas und totem Tier, ja weg von seinen schweigenden Eltern. Er heiratete Edyth, die bald nach der Hochzeit schwanger wurde und bei Immanuels Geburt an einer Fruchtwasserembolie starb.

Wen liebte ich da? Liebte ich nur den kleinen Teil von Joachim, den er mir zeigte? Im Lauf der Jahre schob sich das, was wir am jeweils anderen nicht verstehen konnten, zwischen uns wie ein Riss, bis der so tief war, dass wir auf verschiedenen Seiten zu stehen schienen.

Von meiner Seite aus sah ich zu, wie Joachim eines Morgens einen Ausdruck mit Verkehrsstatistiken neben Immanuels Teller legte, da ihm aufgefallen war, dass Immanuel seinen Fahrradhelm mehrere Straßen vor dem Schultor absetzte. Allein, dass er ihm mit dem Auto gefolgt war, um das zu kontrollieren, schockierte mich, aber das Blatt mit den Säulendiagrammen der nach Alter und Verletzungsgrad sortierten Verkehrsopfer (in Farbe, mit Pfeilen, Kringeln und anderen Notizen, die Joachim mit einem Kugelschreiber gemacht hatte), war der endgültige Beweis, dass ich vielleicht doch nicht nachvollziehen konnte, was für ein Päckchen er da zu tragen hatte. Die Angst konnte in Zahlen messbar vom Vater an den Sohn weitergegeben werden.

Natürlich weinte Immanuel. Nach und nach brach es aus ihm heraus: der Helm, der mal als Fußball fungierte, dann wieder als Nachttopf. Er hatte versucht, ihn auf der Toilette zu säubern, doch sogar bis dahin hatten sie ihn verfolgt.

«Sie werden auf deiner Beerdigung am lautesten heulen», sagte Joachim. «Sie werden in der ersten Reihe sitzen, neben Mama und mir. Wenn du heute ohne diesen Helm zur Schule fährst, wirst du am Samstag beerdigt werden. Schon heute in einer Woche kannst du unter der Erde sein. Wenn du in deinem eigenen Blut auf dem Asphalt liegst und stirbst, wirst du es bereuen, ihn nicht aufgehabt zu haben.»

Von meiner Seite aus sah ich zu, wie mein Kind zu alt für einen Kuss gegen den Schmerz geworden war. Als Immanuel mit dem Rad davonfuhr, den Fahrradhelm viel zu locker und viel zu weit nach hinten geschoben aufgesetzt, hörte ich, wie Joachim zufrieden sagte, «Das Problem dürfte gelöst sein.»

Ich war wütend und brachte kein Wort heraus. Joachim beugte sich ganz nah zu mir, eine Aggression in den Augen, die mir Angst machte, zum ersten Mal hatte ich Angst vor meinem eigenen Mann. Er hob die Hand. Ich wollte nicht, dass das passierte, und es passierte nicht. Er ließ die Hand auf meine Schulter sinken.

«Wenn diesem Kind je etwas zustoßen sollte ...», zischte er zwischen den Zähnen hindurch und drückte zu. In seinem Blick stand mehr, als er in Worte fassen konnte.

4

Ich habe sie natürlich direkt bei meiner Ankunft gesehen. Man braucht nur das Flugzeug zu verlassen, und schon sind sie da, die jungen Frauen und Männer, die ihren Militärdienst ableisten. In Uniform, mit ihrem großen, achtlos umgehängten Gewehr (ich muss wissen, was das für eines ist, es kann nicht sein, dass ich etwas, das mit meinem Kind zu tun hat, nur mit großes oder kleines Gewehr benennen kann) beweisen sie, dass es in diesem Land um weitaus mehr geht als nur um Smoothie-Stände, Orangenbäume und Spielgeräte am Strand.

In Haifa sind sie mir nicht aufgefallen, aber das heißt nicht, dass sie nicht da waren, ich weiß es bloß nicht mehr. Man sieht, was einen beschäftigt, denke ich und versuche damit vor mir zu rechtfertigen, dass es mich all meine Kraft kostet, aufs abendliche Meer zu schauen statt zu dem Mann neben mir auf der Bank. Er hat dunkles Haar, genau wie Immanuel, eine drahtige Figur genau wie Immanuel, und trägt Uniform, wie Immanuel es auch getan haben dürfte.

Immanuel ist (war) dreiundzwanzig, müsste seinen Wehrdienst also vor etwa anderthalb Jahren beendet haben, und trotzdem sehe ich ihn genau so vor mir. Für mich bestand seine Zukunft aus Olivgrün, aus einer Waffe, aus einer Gruppenzugehörigkeit. Ein einseitiges Bild, ich weiß, aber wenn es um die Zukunft meines Kindes ging, dachte ich deutlich weniger nuanciert über die Welt nach, als ich das gerne gehabt hätte.

Ich scheine für den Soldaten gar nicht vorhanden zu

sein. «*Hi*», sage ich laut. Meine Stimme klingt viel zu alt für mich. Er schaut zur Seite, lächelt irritiert.

«Was ist das für ein Gewehrtyp?», frage ich und zeige auf die Waffe.

«Warum willst du das wissen?», fragt er.

«Mein Sohn war auch bei der Armee.»

«Dann frag doch ihn.» Kurz sehe ich mich mit seinen Augen, eine Touristin, die viel zu gut gekleidet ist, um eine Touristin zu sein. «Wo hat er gedient?»

«Das weiß ich nicht, er lebt nicht mehr.»

Er runzelt die Stirn. «Ein Unfall bei der Armee?»

«Nein, das war nach seinem Militärdienst, erst kürzlich.» Mit jedem Mal, dass ich das ausspreche, wird es endgültiger. Dass er es selbst getan hat, will mir nicht über die Lippen, das würde so klingen, als wäre es seine Schuld.

«Das tut mir sehr leid für dich», sagt er. Er hat braune Augen, schaut mir direkt ins Gesicht. Die Leute hier sind sehr offen, ohne Mauern zwischen sich. Bis auf Ofra, warum auch immer. «Soldaten sterben hier nicht so schnell, es ist ganz anders, als ihr glaubt. Woher kommst du?»

«Belgien.»

«Waffeln.»

«Ja.»

Er holt eine zerknitterte Packung Zigaretten aus der Hosentasche und zieht eine heraus. Ich versuche ihn unauffällig zu mustern. Seine langen Beine, die er lässig von sich gestreckt hat. Er hängt mehr auf der Bank, als dass er sitzt, die Arme sind locker verschränkt. Ich sehe genug und doch zu wenig von ihm, um mir vorstellen zu können, dass er Immanuel ist, und ich weiß, dass ich mich vor solchen Gedanken hüten sollte, trotzdem beruhigt es mich auf eine alberne Weise. Man weiß, dass es einem nicht gut tut, aber man macht es trotzdem – eben drum.

«Könntest du mir vielleicht einen Gefallen tun?», frage ich. Ich zücke mein Handy und scrolle bis zu dem Foto, das ich suche. «Kannst du mir übersetzen, was auf seinem Rucksack steht?»

Er nimmt mir das Telefon aus der Hand. Das Herz rutscht mir in die Hose. Zum Glück wischt er in die richtige Richtung. Es dauert eine Weile, bis er die Buchstaben entziffert hat, obwohl es hebräische sind. Sie sind schlampig geschrieben, und ich brauchte mehrere Fotos, um den ganzen Spruch fotografieren zu können.

«*They were swifter than eagles, they were stronger than lions.*», sagt er. Er beugt sich zu mir und gibt mir das Handy zurück. Dabei rutscht ihm die Waffe vom Schoß, er hält sie mit dem Ellbogen fest. Seine Zigarette glüht kurz in der Dunkelheit auf. «War er vielleicht bei der Kfir-Brigade?» Seufzend stößt er den Rauch aus.

«Keine Ahnung, wie kommst du darauf?»

«Ich kenne ein paar Jungs, die das auf ihren Rucksack oder in ihr Facebook-Profil geschrieben haben. Das ist der Spruch, der auf ihrem Denkmal in Afula steht.»

«Die Kfir-Brigade, die sind so was wie ...»

«Die wahren Helden unseres Landes, die sind von unschätzbarer Bedeutung. Für den Wehrdienst ist das eine der härtesten Brigaden überhaupt, dort kann man wirklich was für Israel bewirken.»

Ein Mordsrespekt in seinem Blick. Alles andere als beruhigend.

«Ich weiß, was du denkst», sagt er, «du denkst bestimmt, dass ich dieses Ding hier täglich benutze, um damit auf unschuldige Zivilisten zu schießen.» Er beugt sich vor, stützt sich auf die Knie. «Bei der Armee geht es nicht um Krieg. Sondern darum, dem eigenen Land endlich etwas zurückgeben zu können, sich nützlich zu fühlen. Ich kenne kein einziges anderes System, durch das man dermaßen mit allen Bevölkerungsgruppen in Kontakt kommt. In der Schule ist man mit Gleichgesinnten zusammen, bei der Armee muss man mit allen zusammenarbeiten. Es ist eine Art Ausbildung. Aber das seht ihr natürlich nicht.» Er fährt sich über das kurzrasierte Haar.

«Nein», erwidere ich.

«Das ist übrigens ein M16.» Er tätschelt den Schaft wie den Rücken eines Hundes. «Alles in Ordnung?»

«Ja», sage ich rasch. Es klingt wie eine Frage.

Wir schauen eine Weile aufs selbe Meer. Der Strand ist fast leer. Er drückt seine Zigarette an der steinernen Bank aus und wirft sie in den Sand. Dann steht er auf und gibt mir umständlich die Hand.

«Take care», ich kann es mir nicht verkneifen.

Und schon verschwindet er wieder in ein Leben, zu dem ich keinen Zugang habe. Tief ein- und ausatmen – es hilft nichts. Schreien wollen, gucken was dann passiert, wie lange es wohl dauert, bis ich mit den Armen auf dem Rücken am Boden liege, den Lauf eines solchen Ausbildungsprojekts im Nacken. Um mich herum breitet sich die Stadt aus, alle sind happy, alle arbeiten an ihrer Figur, Jogger kommen vorbei, von den Fitnessgeräten auf der Uferpromenade wird rege Gebrauch gemacht. Bizepse,

Trizepse, Quadrizepse – jeder Muskel wird gedehnt, der Körper in eine Idealform gepresst. Alle hier geben sich so abartig glücklich. Chernoff hatte recht: Diese Stadt ist ein Symbol: für Massenhedonismus, und je mehr man mir dieses zwanghafte Glück vor die Nase hält, desto deutlicher sehe ich Immanuel im Rinnstein von Süd-Tel Aviv vor mir, seinem Schicksal überlassen, ein Ausgestoßener. Und dann die Bilder aus den Nachrichten. Siebzig Kilometer weiter südlich. Hölle und Himmel teilen sich hier denselben Boden.

5

Ich wisse ja nicht, worum ich ihn da bitte, behauptet der Taxifahrer.

«Wie viel Geld wollen Sie?»

Er drückt seinen Zigarettenstummel an der Tür seines Wagens aus, umrundet ihn und setzt sich ans Steuer. Ich klopfe gegen die Scheibe, er lässt sie herunter.

«Was möchten Sie dafür?», wiederhole ich, den Kopf halb im Auto.

«Das ist der gefährlichste Ort von Tel Aviv, eine Frau ohne Begleitung setze ich dort nach Einbruch der Dunkelheit nicht ab.»

Ich knülle den Kaffeebecher zusammen. «Hundert Schekel?»

«Fahren Sie morgen früh hin. Um diese Uhrzeit sollten Sie nicht dort sein.»

Die Scheibe geht wieder hoch, mit seiner Rechten winkt er ab. Ich gebe auf, setzte mich auf eine Bank auf dem Bürgersteig. Um mir keine Blöße zu geben, wühle ich in meiner Tasche und suche nach dem Handy. Das Taxi steht weiterhin vor mir, der Fahrer modelliert seine Pomadentolle im Rückspiegel. Eine SMS von Ofra. Ob mit der Wohnung alles okay sei, sie bleibe noch länger in Jerusalem. Ich schreibe ihr, dass ich noch kein Rückflugticket gekauft habe und verstaue das Handy wieder. Gleich darauf überlege ich es mir anders, hole es wieder aus meiner Tasche. «Am besten, ich komme nach Jerusalem, ich möchte unbedingt über Immanuel mit dir reden. Würdest du mir auch Joachims Nummer geben?»

Die Scheibe geht wieder runter. «Zweihundert Schekel», ruft er, während er sich zu mir beugt. Halsabschneider. Ich lasse mir Zeit, werfe den Kaffeebecher in den Mülleimer und gehe dann wieder auf den Wagen zu.

«Hundertfünfzig», sage ich. Er entriegelt die Tür.

«Galilea Street», wiederhole ich, «Süd-Tel Aviv.»

Galilea Street, Süd-Tel Aviv: Junge Männer schlendern langsam über den Bürgersteig, vornübergebeugt, die Kapuzen ihrer Pullis tief ins Gesicht gezogen. Ab und zu treten sie plötzlich auf die Straße, klopfen an die vor den Ampeln wartenden Autos. Sie strecken die Hand ins offene Fenster, bekommen etwas und kehren in die Nischen der Wohnblocks zurück. Dicht zusammengedrängt, zwischen Haufen aus illegalem Müll. Hinter einem Tor steht eine Asiatin in hellblauer Jogginghose, sie umklammert einen der Gitterstäbe, als ein dicker Mann stehen bleibt. Sie öffnet das Tor, das Jäckchen ist zu kurz, es gibt einen Teil ihres Rückens frei. Die Kanalisation spuckt ihren Inhalt wieder aus, die ganze Straße ist voller Pfützen.

Ich verabrede mit dem Taxifahrer, dass er mich in zwei Stunden wieder vom Busbahnhof abholt. Es ist fast eins, jede Faser meines Körpers ist seltsam wach. Es ist naiv, aber einen Versuch ist es wert. «Kennt ihr Immanuel Polak?»

Alle Männer der Gruppe mustern mich ungeniert. Einer von ihnen stellt sich etwas zu nah hinter mich. Ich rieche seinen intensiven Schweißgestank.

«Kennt ihr ihn? Ich bin seine Mutter, er hat bis vor ungefähr vier Monaten hier auf der Straße gelebt, er war heroinsüchtig.»

Sie lachen. Einer der Männer hat keine Zähne mehr, seine Wangen sind eingefallen, sein Blick ist glasig. Er gibt den anderen ein Zeichen, der Mann hinter mir versetzt meiner Schulter einen Stoß. Sie lachen, weil ich erschrecke, schlurfen ein paar Meter von mir weg. Der zahnlose Mann wendet sich erneut an mich und spitzt die Lippen zu einem Luftkuss. Allgemeine Heiterkeit. Ich werfe ihm einen Blick zu, den ich mir für solche Momente aufspare.

«Gute Frau, hier hat niemand einen Namen», zischt er, als ich an ihm vorbeigehe.

«Es gibt so viele von ihnen, Sie werden niemals einen finden, den Sie kennen», sagt der pakistanische Inhaber des Spätkaufs. Ich stecke die Hände in die Jackentaschen, laufe an seinen Regalen vorbei, die hauptsächlich Chips und Alkohol beherbergen.

«Es werden immer mehr, und dann verschwinden sie wieder, niemand vermisst sie.» Er trommelt mit den Fingern auf den Tresen, zupft am Kragen seines Polohemds. Alles an ihm ist kurz, er hat keinen Hals, scheint in sich selbst zu verschwinden. «Menachem Begin Street ist die Grenze. Es gibt keine Absperrung, keine Mauer, aber jeder weiß, dass das die Grenze zwischen Nord- und Süd-Tel Aviv ist. Sie haben hier nichts verloren.» Er schaut nach draußen, durch die Scheibe, auf der spiegelverkehrt SPÄTKAUF steht, kein Name, es ist, was es ist. Junge Frauen auf dem Bürgersteig lachen und werfen ihr langes schwarzes Haar in den Nacken. Stiefel bis zur Leistenbeuge. «Nicht einmal die Polizei lässt sich hier gern blicken. Wenn sie Asylanten im Norden der Stadt findet, bringt sie sie hierher und setzt sie ab: Aus den Augen, aus dem Sinn.»

Unvorstellbar, dass Immanuel an diesem Ort seine letzten Lebensmonate verbracht hat, ein junger Mann, der in Edegem aufgewachsen ist und den Spielplatz im Meihof-Park besucht hat. Und jetzt stehe ich hier, die Erziehungsberechtigte. Wenn ich über ihn rede, scheint es um jemand anders zu gehen. Die Distanz hilft kein bisschen.

«Kennen Sie Eitanim?», frage ich.

Der Mann verlagert sein Gewicht auf das andere Bein und starrt weiterhin feixend nach draußen.

«Die religiöse Organisation, die hier Junkies einsammelt, um sie nach Haifa zu bringen.» Ich versuche, seinen Blick aufzufangen, bin aber eindeutig weniger interessant als die jungen Frauen. «Sie drücken ihnen eine Bibel in die Hand, bekehren sie zu messianischen Juden.»

«Es gibt durchaus Hilfsorganisationen.» Er bohrt in der Nase. «Vor ein paar Jahren ist hier jemand geköpft worden, einfach so in einer der Gassen. Der Kopf wurde nie gefunden. Und in diesem Wohnblock», er zeigt auf den Gang hinter der Eingangstür aus Glas, «sind schon zwei Frauen vergewaltigt worden.» Er presst die Lippen zusammen und hebt die Hände. «Ich habe nichts gesehen.» Er setzt sich auf den Plastikhocker, der ächzend nachgibt. Hinter der Scheibe hält ein Auto, eine der jungen Frauen steigt ein. Man gewöhnt sich an alles, schon bald ist es so, als wäre es nie anders gewesen. Vielleicht ist das ja das Problem.

«Wissen Sie, wie sich ein junger Mann hier die Hände

verstümmeln, Finger verlieren oder schwere Verbrennungen davontragen kann?»

Der Mann schaut weiter nach draußen. Worüber nicht gesprochen wird, das existiert auch nicht.

Ich lege eine Packung Kaugummi auf den Tresen, er nickt der Münze zu, ohne dafür aufzustehen.

Im Eingangsbereich schläft ein Mann, den Arm unters Gesicht gelegt, inmitten eines Bergs aus Tüten, in denen sein gesamter Hausrat steckt. Ein Hund scharrt in der Gosse, sein Fell hat kahle Stellen, auf den Mauern sitzen unzählige Katzen, die sich nicht für ihn interessieren.

Am Ende der Straße ragt der Busbahnhof wie ein Betongerippe in die Nacht, auch die Palmen wirken ausgezehrt, ihre Blätter wie schwarze Hände. Sie winken verhalten.

DAMALS, IRGENDWO IM NORDEN BELGIENS

Ich drücke noch fester aufs Gaspedal, das Auto rumpelt über die ausgehärteten Schlammfurchen. Im letzten Moment schaffe ich es, die Kurve zu nehmen. Ich mache das Fernlicht an, und die Straße rast vor mir davon, grell erleuchtet.

Hinter mir zerfällt unser Leben, bildet eine Krümelspur, die zu mir führt und nicht zu einem Traumhaus aus Zucker und Mäusespeck, sondern zu einem sich entfernenden Punkt, tiefer in den Wald hinein, eine Frau in einem Auto, die Finger ums Lenkrad gekrallt, der Motor brüllt auf wie ein Tier. Wie ein wildes, knurrendes Tier, ein verwundetes Tier. Tiefer in den Wald hinein.

Immanuel Polak. Im-ma-nu-el, du hast deinen Namen ganz anders ausgesprochen als ich, bei dir klang unser Kind anders. Ich kann mir nur ausmalen, wie du dem rituellen Beschneider seinen Namen genannt hast, nachdem der ihm durch eine energische Geste mit dem Messer denselben allmächtigen Vater beschert hatte. Immanuel, «Gott sei mit uns» – acht Tage alt, lag er nackt und weinend in deinen Armen und du hast erzählt, wie du an seine Mutter gedacht hast, daran, wie ihr seinen Namen geübt und ausprobiert hattet, ob er auch zu dem kleinen Jungen passte, den ihr euch in der Küche eurer Wohnung in Łódź vorstelltet, und du hast ihn angeschaut, und Immanuel war so, wie ihr euch das vorgestellt hattet.

Alles nur Geschichten. Satzfetzen, Anekdoten, Antworten auf alle meine Fragen.

Hat er viel geweint?

Hast du dich ganz allein um ihn gekümmert?

Wie war die medizinische Begleitung?

Und mit jeder Frage versuchte ich ihn mir anzueignen. Wir brechen auseinander, Joachim. Wir bilden uns ein, eine feste Form anzunehmen, bei der alle Gewohnheiten, Gedanken und Charakterzüge ihren Platz haben, aber das stimmt nicht. Wir sind fließend, wir sind so fließend wie das Wasser, aus dem wir bestehen.

Du bist in mich eingedrungen, genau wie Immanuel, wir wurden zu einem Teil des jeweils anderen.

Ohne zu schauen, ob jemand entgegenkommt, lenke ich das Auto auf die asphaltierte Straße. Warm erhellte Häuser mit schemenhaften Gestalten an den bodentiefen Fenstern rasen vorbei, abwechselnd mit Firmenblocks, deren Parkplätze kahle Stellen im Gras bilden.

Soll ich kehrtmachen?

Ich zähle auf: Sonntags Spiegeleier, gemeinsam Lieder singen, in der Heide spazieren gehen. Samstags schwimmen gehen, Ostereier suchen, auf Luftballons zeigen. Ein Kuss zum Abschied. Anhaltspunkte, nach denen wir unser Leben ausgerichtet haben.

Bei allem, was du tust, diese Schicksalsergebenheit. Edyths Tod hat dich aus der Bahn geworfen. Er ist größer, als ich das ermessen kann. Wenn Edyth sterben konnte, ist alles möglich. Und darunter stellt man sich etwas Unvorhergesehenes, eine Katastrophe vor, die einen mit einem Mal überkommt, und kein schleichendes Scheitern, das man erst bemerkt, wenn es bereits zu spät ist. Ich habe es zu spät bemerkt, Joachim.

Du hast große Träume. Dein Leben ist zu klein für all diese Träume.

Du hast das Problem, dass du ständig all die Menschen vor dir siehst, die du einmal werden könntest. Und dass du dein Leben theoretisch jeden Tag über den Haufen werfen und in der Informatikabteilung von HP aufhören könntest, lässt dich nicht aktiv werden, sondern lähmt dich. Mit der Zeit hast du auch deine Umgebung als erstickend empfunden. Und letztlich hat dich deine Angst vor Stillstand zum Stillstand gebracht.

Wollen wir einfach noch mal von vorn anfangen? Soll ich den Wagen wenden und alles, was sich in den letzten Jahren angehäuft hat, abstreifen, bis wir wieder unverhüllt und unschuldig voreinander stehen: Du fragst, wie ich heiße.

Was bleibt denn noch von mir, wenn du uns von mir abziehst? Eine Frau in Weiß.

Eine Frau in Weiß in einem Flur voller Glas. Die Intensivstation der Neonatologie liegt neben dem Krankenhaus, in einem achteckigen Turm. Nicht nur die Außenwände der Zimmer sind aus Glas, auch die Wände zwischen den Zimmern und zum Flur, sodass die Zimmer aussehen wie überlebensgroße Brutkästen. Die Philosophie dahinter ist die, dass Eltern eine Perspektive brauchen. Das soll ein Gefühl der Schwebe erzeugen, das die Architekten mit Hoffnung verbinden. Ich habe nach ein paar Wochen trotzdem Vorhänge anbringen lassen, um den Eltern ein wenig Privatsphäre zu ermöglichen.

Eine Frau in Weiß in einem Flur voller Glas mit Kindern, die gleich nach der Geburt dem Tod nahe sind. Ich arbeite mit moralischen Werten, die zwischen einer oder keiner Zukunft entscheiden. Wir versuchen immer, das so zu lösen, dass wir aufzählen, wozu sie noch alles in der Lage sein werden. Oft beginnen ihre Leben namenlos, dann hängt nur ein Schild mit der Aufschrift JUNGE oder MÄDCHEN am Brutkasten. Während sie bei uns sind, verwandeln sie sich jeden Tag mehr in den Menschen, der sie einmal sein werden. Und ihre Entlassung lässt mich nie unberührt. Loslassen, ins Leben entlassen.

Wenn ich manchmal an einem Zimmer vorbeikomme und dort die Umrisse eines Menschen auf einem Stuhl sehe, den kleinen Ausschnitt eines Lebens, ergänzt meine Fantasie den Rest: ein Vater neben einer Mutter, das Kleine direkt auf der nackten Haut um eine Bindung herzustellen, das Gefühl zu vermitteln, dass da jemand ist, der es beschützt. Es gibt schon einen Unterschied zwischen sicher und unsicher, zwischen allein und gemeinsam. Ich spiegle mich in der Scheibe, eine weiße distanzierte Gestalt in der Ferne. Immer aus der Distanz. Immer eine Arbeit der Extreme, bis an die Grenzen der Moral, bis an die Grenze dessen, was noch menschlich ist und was nicht, eine Grenze, die jedes Mal erneut infrage gestellt wird. Arbeiten in einer Umgebung, in der so etwas wie Zeit fast nicht existiert, schon gar nicht, wenn es viele Patienten gibt, geschweige denn, wenn jemand wiederbelebt werden muss. Erst bei der Übergabe wird uns klar, dass es Abend ist. Meinen Mantel anziehen und euch langsam in meine Gedanken einsickern lassen.

Nach Hause kommen, wenn für ihn längst Schlafenszeit sein sollte. Dich schlecht gelaunt am Computer vorfinden, «Immanuel ist in der Küche.» Das Kind sitzt im Schlafanzug auf einem der Hocker, die nackten Füße unter sich gezogen. Der Junge hat *Das Leben ist schön* in der Schule gesehen und rechnet jetzt damit, jeden Moment in den Zug gesetzt zu werden. Ihn auf den Schoß nehmen. Nicht mehr tun können, als ihn an die Brust drücken, ihm die Hand auf den Kopf legen. Einen Gott verfluchen, den es für mich gar nicht gibt. Ihn ins Bett bringen, bei ihm bleiben, bis er eingeschlafen ist. Du zuckst nur mit den Schultern, er muss lernen, dass er nach seiner Schlafenszeit keinerlei Aufmerksamkeit mehr bekommt. Am nächsten Tag wieder um acht im Morgenbriefing sitzen.

In meinem Beruf gibt es keine exakten Wahrheiten, für jedes Kind erfinden wir unsere Wissenschaft neu. Ich arbeite mit Körpern, für die die Welt nur hell und dunkel, warm und kalt ist. Noch keine Erinnerungen, keine Sprache, keine Träume. Der Anfang. Manchmal bilde ich mir ein, etwas Wesentliches zu übersehen, die Realität nicht fassen zu können. Bombenanschläge im Irak, Spannungen in Russland, ich brauche die Zeitungsseiten bloß wegzuklicken, und schon gibt es sie nicht mehr. Meine Arbeit ist eine Flucht aus selbst gewählter Unwissenheit. Hier bin ich die Expertin, und so werde ich auch von meinen Kollegen gesehen, ich kann gar nicht anders als mir zu vertrauen. Die Welt schrumpft zu einem Glaskasten, in dem Temperatur und Luftfeuchtigkeit perfekt auf das abgestimmt sind, was der Körper braucht, und während ich, die Hände durch die Brutkastenöffnungen gesteckt, arbeite, bin ich die Summe all dessen, was ich mir bisher aufgebaut habe, das Wissen, das ich erworben, alle Babys, um die ich mich bisher gekümmert habe. In solchen Momenten werde ich eins mit meiner Arbeit, den Sauerstoffpumpen, den Schläuchen, dann bin auch ich fast ausschließlich Körper, Anspannung, Konzentration – ich und mein Team. Das sind die Momente, in denen ich durchaus von Bedeutung bin, in der kleinen Welt, die ich mir geschaffen habe.

Eine Frau in Weiß. Sie müssen noch dort sein, Joachim, die Frau in Weiß neben dem Mann in Schwarz, sie halten sich an den Händen, sie können unmöglich verschwunden sein.

Trümmer.

Es ist ein Wintertag, das Licht kristallklar, hauchdünn und grell fällt es auf die Kalmthoutse Heide. Immanuel läuft ein Stück voraus, du hast mir den Arm um die Schultern gelegt. Ab und zu bleibt Immanuel stehen, um etwas aufzuheben. Schöne Steine, einen Zweig in Form einer Zwille. Das ist die Zwille der Krabbeltiere, wird er später sagen, als er seine Fundstücke auf dem abgewetzten Tisch des Cafés präsentiert und auf seine heiße Schokolade wartet. Wir haben schon lange keinen Blick mehr dafür, sondern suchen Schönheit in den hehren Worten Liebe, Familie. Je größer das Wort, desto schwerer ist es, es ganz auszufüllen. Ich habe dadurch etwas verloren, und um das zu kompensieren, neige ich dazu die Dinge übertrieben zu vereinfachen. Aber an diesem Nachmittag ist alles so, wie es sich gehört. Ich sehe, wie du hinter Immanuel herrennst, ihn gewinnen lässt, mir aus der Ferne zuwinkst. Ihr wartet in einer kleinen Forsthütte auf mich, wo ich Salamistücke verteile.

«Mama», sagt Immanuel plötzlich «Können andere eigentlich genau dasselbe fühlen wie ich?»

«Wie meist du das, mein Schatz?»

«Ich fühle jetzt, dass ich Essen im Bauch habe, weniger als Papa, denn der hat mehr gegessen als ich. Außerdem sehe ich andere Sachen als du, und meine Jacke ist anders als deine.»

«Ich glaube tatsächlich nicht, dass wir alle dasselbe fühlen können», sage ich, als hätte ich bereits darüber nachgedacht.

Immanuel sitzt auf der Bank und lässt die Beine baumeln. «Kann irgendjemand auf der Welt dann genau dasselbe fühlen wie jemand anders?»

«Ich glaube nicht», sagst du. Du legst Immanuel die Hand auf den Rücken. Er schüttelt sie ab.

«Dann sind wir doch alle ganz allein?», fragt er.

Ein kalter Wind weht durch die Hütte, das Holz ächzt. Gänse flattern über die Heide, sie gackern, es klingt wie ein Echo.

«Du kannst es auch so sehen: Eben weil nur du allein fühlst, was du fühlst, stehst du mit allem in Verbindung. Der Wind ist hier», ich kitzle ihn an der Nase, «und die weiche Jacke hüllt dich ganz ein, alles berührt dich, du bist mit allem verbunden.»

«Ich glaube, dass wir alle gleichzeitig allein sind», sagst du.

Immanuel fährt mit dem Finger einen Riss im Holz nach, keine unserer Antworten stellt ihn zufrieden.

Wie kann ich ihn dann trösten, wie kann ich mein Kind trösten, wenn ich ihm nur den heutigen Kummer aus dem Gesicht streicheln kann, den Kummer des heutigen Tages? Wenn ich nicht mehr sagen kann, als dass wir in einer anderen Zeit leben, und dass es die Lager nicht mehr gibt, wo ich doch genau weiß, dass sich ein uralter Kummer in ihm verbirgt, ein Kummer, den es noch nicht versteht, geschweige denn dass *ich* ihn verstehen könnte. Ich kann zwar wütend auf dich werden, wegen des Kindes in der Küche, verstehe aber erst jetzt, dass auch du auf Distanz hältst, was sonst einer Wunde viel zu nahe kommt. Einer Wunde, die du so gut vor mir verbirgst, dass ich ihr Vorhandensein vollkommen vergessen hatte.

BLOODY MARY

6

Der Taxifahrer wartet wie vereinbart am Busbahnhof von Süd-Tel Aviv auf mich. Die Stadt zieht mit ihren flackernden Lichtern am Fenster vorbei wie ein Stummfilm, ihr Rhythmus ist der der Neonreklamen und Hunderttausenden Herzschlägen, die alle in einem anderen Tempo den Takt der Stadt vorgeben. Und dann entgleitet mir auch noch die Zeit, der Tag stülpt sich wie eine Kuppel über die Nacht und zieht sich zäh bis zum Abend. Die Straßen nehmen mich mit auf ziellose Irrfahrten, bei denen jeder junge Mann um die zwanzig eine Version von Immanuel verkörpert, ein junger Mann, aus dem alles hätte werden können. Es ist, als könnte ich ihm nur in dieser Zwischenwelt näherkommen, indem ich in immer neue Autos steige, die mich an der Stadt vorbeiziehen lassen, statt mich irgendwohin zu bringen. Zwei ganze Tage verstreichen, an denen ihre Stimmen zu einem rastlosen Rauschen miteinander verschwimmen. Es schwillt langsam an, bis es mit einem einzigen lauten Knall erstirbt, als ich auf einem Parkplatz in Jerusalem aus einem anderen Taxi steige und die Tür zuwerfe.

Es ist bestimmt zehn Grad kälter als in Tel Aviv, aber immer noch schwül. Nur an einem grell beleuchteten Falafelstand am Rande des Parkplatzes drängen sich Menschen. Ich bücke mich nach meiner Tasche. Es ist schon fast Mitternacht. Der Rabbiner, bei dem ich wohnen werde, kommt erst in einigen Stunden nach Hause.

«Er ist kein wirklich orthodoxer Rabbiner», hat mir Ofra heute Nachmittag erklärt. «Du wirst schon sehen.»

Ich überquere die Straße, gehe auf das Hochhaus gegenüber zu. Die Straße befindet sich auf einer Anhöhe, die tiefer gelegenen Hochhäuser sind über eine Treppe erreichbar. Ich versuche mir alles, was Ofra heute Abend erzählt hat, gut einzuprägen, ich darf Immanuel nicht aus dem Kopf bekommen. Ich gehe die Treppe hinunter und dann im Hochhaus noch mal vom Erdgeschoss aus zwei Stockwerke tiefer, bis ganz unten in den Keller. Der Schlüssel liegt angeblich im Sicherungskasten. Ein riesiger Totenkopfaufkleber prangt an der Tür, DANGER! DEATH! Ich leuchte mir mit dem Handy, öffne den Kasten.

Als ich zu Ofra sagte, ich werde mir in Jerusalem ein Hotel nehmen, damit wir reden können, reagierte sie zunächst verletzt. «Wir sind hier nicht so», hatte sie verkündet. «Ich organisier dir schon was.»

Ein Schlüssel ist nirgends zu sehen. Ich krieche tiefer in den kleinen Kasten, stelle meine Tasche in die Tür, damit sie nicht zufällt. Der Schein meiner Handytaschenlampe huscht über alte Sicherungen, lose Drähte, tote Fliegen, hinauf zu den Haken, an denen undefinierbare Dinge hängen, halb zerfranste Schnüre und tatsächlich ein Schlüsselanhänger, aber ohne Schlüssel.

Ich drücke auf die SMS des Rabbiners. «Auf Augenhöhe», hat er geschrieben, «direkt neben der Tür». Da ist ein Spalt zwischen dem Sicherungskasten und der Tür, ich fahre mit den Fingern durch den Staub, bis ich tatsächlich auf einem Regalbrett im Staub den Schlüssel ertaste.

Ich ziehe mich gerade aus dem Kasten zurück, als ich Schritte höre. Ein Mann mit Kippa und Schaufäden an den Hosentaschen kommt die Treppe hinunter und erschreckt sich zu Tode, als er mich sieht.

«*Hi*», sage ich.

Wortlos geht er auf die einzig andere Tür in diesem Souterrain zu.

«Sind Sie Yitzhak, der Rabbiner?», frage ich.

Der Mann dreht sich zu mir um und bemerkt meine Reisetasche. Seine Mimik ändert sich abrupt, er zischt verächtlich, zieht die Tür zu seiner Wohnung mit einem dumpfen Knall zu.

Kurz weiß ich nicht, was ich machen soll. Mir bleibt der Mund offen stehen, und in diesem Moment stößt er ein lautes Lachen aus, das tief aus meinem Innern kommt, von einem Ort in meinem Körper, dessen ich mir kaum bewusst bin. Stoßweise und laut, ich halte mich daran fest. Ich nehme meine Tasche. Als ich die Treppe notgedrungen wieder hochgehe, fällt mir eine weitere Tür hinter dem Sicherungskasten auf. Die hatte ich vorhin übersehen. Ich mache kehrt und gehe wieder nach unten. Der Schlüssel passt.

Nachdem ich ihr hartnäckig eine SMS nach der anderen geschickt hatte, nannte mir Ofra dann doch einen Ort und einen Zeitpunkt, sodass wir den ganzen Abend in einem kleinen Lokal namens Tmol Shilshom zugebracht haben, benannt nach dem Roman *Gestern, vorgestern,* wie mir der Kellner beim Bringen der Speisekarte erklärte. Stimmungsvolle Beleuchtung, mit Büchern vollgestopfte Wandregale. Ofra entschied, dass wir mit dem Nachtisch anfangen. Sie bestellte zwei Sahlab.

Der Kellner brachte ein milchiges Getränk, von einem

Haufen Kokosraspeln bedeckt, dickflüssig von Sahne und Zucker.

«Hast du schon was von der Stadt gesehen?» Ofra steckte ihren Löffel ins Glas.

Mein *Lonely Planet* hatte mich am Nachmittag hinein in den Souk geführt, in die Via Dolorosa. In der Straße, durch die Jesus einst sein Kreuz getragen haben soll, liegt heute eine österreichische Pilgerunterkunft, umgeben von Gärten mit einer fantastischen Aussicht auf die Stadt. Während ich dort ein Stück Sachertorte aß, las ich mir noch mal durch, was der Reiseführer über Jerusalem zu sagen hat, doch nichts drang durch den Kokon, der mich von der Stadt abschirmte. Ich beugte mich über die Mauer, betrachtete das Gewusel unter mir, spürte, wie ein Gesicht in der Masse zu mir aufsah. Ein unsichtbares Gesicht, wie von der Stadt selbst, die irgendwo meinen Mann beherbergte und noch tiefer versteckt die Seele meines Kindes. Verlegen zog ich mich zurück, wartete, bis die Sonne schwächer auf die Terrassenfliesen fiel, mild und orangefarben, zum Zeichen, dass es langsam Zeit wurde, mich in den modernen Teil der Stadt zu begeben, wo ich mich mit Ofra zum Abendessen treffen sollte. «An der schönen blauen Donau» vermengte sich mit dem Gebetsruf des Muezzin.

«Ein bisschen», sagte ich. Auf dem Hinweg war ich an der Klagemauer vorbeigekommen. Bei einer Aussichtsplattform in einer Straße oberhalb der Mauer setzte ich mich auf eine Bank, starrte ausgiebig auf die goldene Kuppel der Moschee, die funkelnd den Platz überragte, ein Spiegelbild der Sonne. Unter mir liefen immer wieder Männer und Frauen zur Mauer, Soldaten patrouillierten, und ein paar Touristen machten Selfies.

Ofra rührte konzentriert in ihrem Sahlab. Sie hatte Glitzerlidschatten aufgelegt, ihr gesamtes Gesicht war durch eine dicke Make-up-Schicht getarnt. Ich versuchte sie so wahrzunehmen, wie Immanuel sie wahrgenommen haben musste: Morgens aus dem Bett kommend. Selbst dann sähe sie schön aus.

«Hast du eigentlich noch was von ihm?», fragte sie. Sie schaute zu mir auf, mandelförmige dunkelbraune Augen, die mich auftauen ließen. Sie wirkte noch angespannter als in Tel Aviv, weil sie so krampfhaft versuchte, entspannt zu wirken. Ständig schüttelte sie ihr Haar, band es wieder zum Pferdeschwanz, hielt den Kopf schräg. Wenn sie mir zuhörte, nickte sie übertrieben freundlich.

Was ich noch von ihm hatte, war sicher in meinem Koffer verstaut. Sein T-Shirt (WE WERE STONED IN HEBRON), sein Rucksack (STRONGER THAN LIONS).

«Hat er das T-Shirt immer noch getragen? Typisch. Jedes Mal wenn ich ihn gesehen habe, hatte er das an. Oder irgendein kostenloses Werbe-T-Shirt.»

«Hat er denn in Hebron gedient oder so?»

«Das auch, ja.» Endlich sah sie mich länger als ein paar Sekunden an.

Wir bestellten Shakshuka und etwas zu trinken. Wenn Ofra erzählte, saß sie auf ihren Händen. Vielleicht, um ihrem Zittern Einhalt zu gebieten.

Ich betätige die Klospülung. Neben dem Toilettenpapier liegt ein aufgeschlagenes Buch auf dem Boden, sein Rücken ist gebrochen. *Kabbala-Einflüsse auf das tägliche Leben.* Im Wohnzimmer suche ich in den Schränken der Kochnische nach einem Glas. Der Rabbiner scheint nur einen einzigen Teller, ein einziges Glas und ein einziges Besteck zu besitzen. Ich wasche das schmutzige Glas und entferne die Saftreste mit dem Finger, da ich kein Spülmittel habe.

Er werde erst spätnachts heimkommen, hatte Ofra gesagt. Nach seinen Kursen in Tel Aviv versacke er immer mit seinen Studenten. Es ist viertel vor zwölf. In einem der Zimmer wurde ein Schlafsofa ausgezogen, die Laken sind einladend zurückgeschlagen. Ich hole mein Deospray aus der Tasche, lege es zur Sicherheit neben mein Kissen.

Ich recke mich zu dem Klappfenster über mir und ziehe es auf. Eine laue Brise dringt herein. Vermischt mit süßlichem Müllgestank. Die Laken, so steif wie dünne Pappe, sind zu kurz, um mich ganz damit zudecken zu können.

In der Ferne ist ein lang gezogenes Heulen zu hören, das immer einen Ton höher klettert. Dann kurzes, jaulendes Bellen. Wilde Hunde oder Schakale, die am Stadtrand von Jerusalem leben. Das Geräusch vermischt sich mit dem lauten, aggressiven Zirpen der Zikaden. Ich schließe die Augen, versuche mir vorzustellen, dass ich mich nicht in einem Jerusalemer Keller befinde sondern auf einem Bergrücken stehe, zwischen Lorbeerbäumen und Kiefern. Ich bin Immanuel, ich bin allein.

Immanuel und Ofra waren sechs Jahre zusammen, als er sich ohne jede Vorwarnung in einen Wald im Karmelgebirge zurückzog. Er kehrte in seine Heimatstadt Jerusalem zurück, schnappte sich Joachims Wagen und nahm die Autobahn nach Haifa. Erst einen Tag später sollte er zerzaust und mit leerem Blick wieder bei Ofra vor der Tür stehen. Die rief Joachim an, der ihn wütend abholte. Er setzte ihn sofort in den Bus zum Armeestützpunkt Hebron, wo man seinen anderthalbmonatigen Urlaub sofort strich.

Bald darauf kam er ins Krankenhaus, woraufhin er seinen Wehrdienst vorzeitig abbrechen musste.

Ich versuche, mich auf eine aufgehende Tür zu konzentrieren, auf unbekannte Schritte, aber das einzig andere Geräusch stammt vom Hochhaus selbst, Wasser rauscht in den Leitungen, es ächzt und stöhnt, die Mauern seufzen wegen des Windes, der sanft durch die Ritzen dringt.

Dabei hatte eigentlich alles ganz gut begonnen, in der Armee. Nach ein paar schwierigen Jahren bei Joachim, der rasch nach seiner Auswanderung eine strenggläubige Witwe mit drei kleinen Kindern geheiratet hatte, fand er dort Ruhe und Struktur. Immanuel konnte den Wehrdienst kaum erwarten – nicht nur um von zu Hause wegzukommen, sondern auch um endlich etwas beitragen zu können, wie er Ofra in den Monaten davor erzählt hatte. Er meldete sich zur Kfir-Brigade, die Antiterroraktionen in dicht bevölkerten palästinensischen Städten durchführt.

«Es ist eine der härtesten Brigaden, und Immanuel wurde irgendwann dermaßen fanatisch, dass ihn einer seiner Vorgesetzten beiseite genommen hat. Er meinte, dass er in der Infanterie noch in sehr schwierige Situationen geraten wird. Auch dass er nie vergessen darf, dass sein Wehrdienst eines Tage vorbei sein wird. Dass er nichts tun sollte, das ihn später um den Schlaf bringt.»

Nach seiner Grundausbildung wurde er offiziell an

der Klagemauer vereidigt. Bei einer feierlich organisierten Veranstaltung bekam er sein M16 und ein Tanach («seine universelle und seine jüdische Waffe»), und mit einer Hand auf dem Gewehr und der anderen auf der Hebräischen Bibel schwor er dem Land Israel die Treue. Und obwohl Joachim, seine neue Frau Zivat und Ofra als eine der wenigen Verwandten kein T-Shirt mit WIR SIND STOLZ AUF DICH, IMMANUEL bedrucken ließen, spürte Ofra, wie sich schon jetzt etwas in der Familie verändert hatte, erst recht als Joachim die Hand auf Immanuels Schulter legte und meinte, er sei in diesen drei Monaten nicht nur vom Zivilisten zum Soldaten, sondern auch vom Jungen zum Mann geworden. Unser Sohn Zions, hatte Zivat ihn genannt. «Ich fand das auch übertrieben», meinte Ofra.

Anschließend bekam er eine Fortbildung, überwiegend im Städtekampf, dazu gehörten Kurse in Navigation, Sprengstoffeinsatz und Arabisch. Die letzte schwere körperliche Prüfung bestand er glänzend, um anschließend mit dem aktiven Dienst zu beginnen. Damals bekam er eine ganz neue Rolle innerhalb der Familie. Aus dem Ältesten, dem störenden Stiefsohn, der an zwei gescheiterte Familien erinnerte, war ein Held geworden. Er könne etwas zurückgeben, rief ihm Joachim regelmäßig in Erinnerung. Israel garantiere für seine Sicherheit, jetzt könne er für Israels Sicherheit garantieren.

«Ich sehe, wie schwer dir das fällt, wenn du willst, höre ich damit auf.»

Nein, Mädchen, erzähl weiter, erzähl weiter! Ich schob die gusseiserne Pfanne mit dem Rest kalt gewordenem Shakshuka von mir und stützte mich mit verschränkten Armen auf den Tisch. Ich beobachtete, wie sie ganz darin aufging, Immanuel zu rekonstruieren, wie sie selbst zu verblassen schien, wie das Lokal um uns herum, die Farben, die Wärme und die vorbeihuschenden Kellner zu einem Ort verschmolzen, an dem Körper so gut wie keine Rolle spielen, an dem ein Mensch aus dem bestehen kann, was über ihn erzählt wird.

«War er wütend auf mich?», wagte ich es schließlich zu fragen.

«Weil du nie versucht hast, Kontakt zu ihm aufzunehmen?»

«Ich habe es sehr wohl versucht.»

«Nein, deswegen war er nicht wütend.»

Ofra stocherte ein wenig mit der Gabel in ihrem Shakshuka. In der Stille zwischen uns saß Immanuel, wir hatten ihn beide verloren, auch wenn wir um eine andere Person trauerten. Ich drehte einen Bierfilz um, auf der Suche nach etwas, das die Stille unterbrach, nach einer Möglichkeit zu sagen, dass ich bei allem, was ich seit ihrer Auswanderung getan hatte, auch versucht hatte, die Vergangenheit zu verändern. «Möchtest du noch was trinken?», fragte ich.

Sie schüttelte den Kopf.

Die ganze Zeit über behielt ich die Tür des Lokals im Blick, so als könnte Joachim jeden Moment hereinkommen – seine strenggläubige Witwe und ihre drei kleinen Kinder im Schlepptau. Ofra zog ein Feuerzeug aus der Hosentasche und zündete die Kerze in der Weinflasche zwischen uns an. Die Flammen erhellten ihr Gesicht, etwas war anders, sie wirkte älter oder ernster als noch vor wenigen Stunden. Inzwischen ließ sie ihre Haare in Ruhe, sah mich direkt an. Ich glaubte sogar, feine Fältchen um ihre Augen zu erkennen.

«Ich habe Immanuel in diesen Jahren über sich hinauswachsen sehen, Lydia. Er hatte irgendwie etwas überwunden und wollte das wiederholen, immer wieder aufs Neue, sobald er seine Uniform trug.»

Während seines ersten Urlaubs von Hebron, mehr als ein Jahr, bevor er sich ins Karmelgebirge zurückzog, bemerkte sie, dass er in seinem Geldbeutel das ikonische Foto vom kleinen Jungen im Warschauer Ghetto bei sich trug. Umringt von jüdischen Frauen und Kindern, die gerade aus ihrem Versteck gejagt worden sind, hebt das Kind die Arme, Angst in den Augen. Jeder, der das Foto betrachtet, weiß, dass er Menschen sieht, die kurz darauf den Tod fanden. Immanuel hat es neben seinem Personalausweis aufbewahrt.

Schräg einfallendes Licht weckt mich. Staubteilchen wirbeln auf. Ich habe Kopfschmerzen, ich habe wild geträumt. Immanuel verließ ein palästinensisches Haus, hielt ein Baby in die Luft. Ich kneife die Augen zu. Verzweifelt versuchte ich, auf ihn einzureden, sprach keine einzige Sprache, die er verstand. Erst als ich die Augen wieder aufschlage, merke ich, dass die Tür zu meinem Schlafzimmer sperrangelweit offensteht.

Durch den kurzen Flur gehe ich ins Wohnzimmer, halte mir mit einer Hand den Bademantel zu. Das Zimmer badet förmlich in Sonnenlicht, das von den hohen Fenstern gebrochen wird. Ein älterer Mann steht vor dem Fenster. Sein Kopf reicht genau bis zu den Wurzeln eines kräftigen Baumes.

Ein weißes Tuch über Kopf und Schultern, Handflächen, die zum Licht zeigen. Schwarze Riemen sind um seine Arme gewickelt. Er beugt sich vor, berührt die Scheibe mit der Stirn. Er murmelt etwas in nasalem Ton, richtet sich wieder auf, wiegt sich langsam vor und zurück. Dann dreht er sich ruckartig zu mir um. Auf seiner Stirn befindet sich eine schwarze Gebetskapsel, der Bart reicht ihm fast bis auf die Brust. Er zieht die Brauen hoch, seine Stirn legt sich in tiefe Falten, so als hätte er ganz vergessen, das er Besuch hat.

Das Wasser läuft mir kochend heiß übers Gesicht, unter Tränen ringe ich nach Luft. In einem der Schränke finde ich ein Handtuch, hart wie Schmirgelpapier. Ich rubble mich damit ab, bis ich noch roter bin, hülle mich darin ein und nehme mein Waschzeug. Als ich das Bad verlasse, laufe ich beinahe in den Rabbiner hinein, der sich genauso erschreckt wie ich. Bevor er mehr als ein tiefes Brummen ausstoßen kann, bin ich schon wieder in meinem Zimmer, wobei ich die Tür lauter hinter mir zugeknallt habe als beabsichtigt.

7

«Ein BBC-Reporter fragte mal einen Rabbiner aus Jerusalem: ‹Sie haben die letzten dreißig Jahre an der Klagemauer für den Frieden zwischen Juden und Arabern gebetet. Wie fühlen Sie sich jetzt?› Yitzhak kneift seine kleinen Augen ein wenig zusammen und zieht die Brauen hoch. ‹Als hätte ich zu einer Mauer geredet›, sagt der Rabbiner!» Yitzhak lacht laut, streicht über die Plastiktischdecke. In seinem Bart zittert ein Klumpen Schokoaufstrich.

Ich winkle angestrengt die Beine an, damit sie unter dem Küchentisch nicht seine Knie berühren. Er steckt das Messer erneut in das Glas mit Schokoaufstrich, beschreibt einen Kreis damit und schiebt sich einen besonders großen Berg in den Mund. «Köstlich», seufzt er mit geschlossenen Augen. Die schlaflose Nacht hat die Erschöpfung, die mir ohnehin in den Knochen saß, nur noch verstärkt, mein Lächeln ist verkrampft.

«Ach, Lydia. Hauptsache, wir können auch weiterhin lachen. Du kannst hier auf jeden Fall ein paar Tage zur Ruhe kommen. Du musst weiterleben – selbst wenn es dich umbringt.» Der Rabbiner steht auf, schiebt seinen Teller in die Tischmitte. «Der Schlüssel zum Garten steckt in der Tür, der Kühlschrank ist voll. Ich bin heute morgen in Tel Aviv, also mach es dir bequem. Heute Abend ist Sabbat, da lade ich immer ein paar Kursteilnehmer ein.» Freundliche Lachfältchen umgeben seine Augen, er wirkt wie jemand, der die Zuneigung anderer gewohnt ist. Kurz wirft er einen nachdenklichen Blick auf sein zerknittertes Hemd, bückt sich nach dem Bügeleisen, das während des gesamten Frühstücks heiß wurde und fährt sich damit flüchtig über den Oberkörper, immun gegen die Hitze. Er nickt mir zu. «Komm doch nachher auch dazu. Das wird dir gut tun.»

Im Garten fege ich Blüten von einem weißen Stuhl, bei dem die Rückenlehne zum Teil abgebrochen ist. Im Schatten der Kiefer lässt es sich aushalten. Vier hohe Gebäude umgeben den Garten, die Sonne scheint zwischen zwei Hochhäusern hindurch, fällt mir in langen Strahlen vor die Füße. Ich fahre meinen Laptop hoch, überfliege meine Mails. Nur die von meiner Kollegin lese ich gründlicher. Sie schreibt, dass sie angesichts der heftigen Umstände volles Verständnis für meine längere Abwesenheit habe, sie komme schon klar. Dann gehe ich auf YouTube, gebe die Suchbegriffe für das Video ein, das Ofra mir gestern im Lokal gezeigt hat. Noch ehe ich auf Play drücke, scrolle ich rasch durch die Antworten. Was ich sofort bereue.

Kaffee zur Beruhigung. Es steht noch ein Rest von heute Morgen auf dem Gasherd. Die Zündtaste funktioniert nicht, ich muss drei Streichhölzer entfachen, bevor ich es mit zittrigen Händen schaffe, eine Flamme anzumachen. Kurz lasse ich die Kanne aufkochen und konzentriere mich so lange auf den großen Wandteppich über der Sitzecke. Ein alter Mann und eine Frau stehen vor einem Beduinenzelt, ein Baby im Arm, umringt von einer Herde Schafe. Im Himmel winken Engel mit Schwertern. Sie schweben verlegen am Rande der Szene herum, wie Heliumballons. Ich nehme die Kanne vom

Herd, greife nach dem Becher im Abtropfgestell. Als ich die Stufen zum Garten hinuntergehe, zittere ich so sehr, dass heißer Kaffee auf die Steine schwappt.

Zunächst ruckartige Bewegungen, ein dunkles Zimmer, das runde Licht einer Taschenlampe. Ein Kameraschwenk, als im Hausflur ein Licht angeht. Drei Soldaten drängen nach vorn, ihre Gewehre vor der Brust, den Lauf gehisst wie eine Flagge.

Immanuel führt das Wort. Eine leise, warme Stimme. «Entschuldigen Sie die Störung.»

«Warum?»

«Was?»

Warum? Darf ich fragen, warum Sie hier in meiner Wohnung stehen?»

«Ja, natürlich. Weil wir Frieden wollen. Doch Sie bewerfen unsere Straße ständig mit Steinen.»

«Ihre Straße?»

«Ja.»

«Wo bewerfen wir Sie denn?»

«Auf der Straße hier.»

«Aber das ist eine unserer Straßen. Was tun Sie hier?»

«Wir statten Ihnen nur einen kurzen Besuch ab.»

«Aha. Einen kurzen Besuch. Mitten in der Nacht. Möchten Sie vielleicht auch noch was zu trinken haben?»

Ein Mann filmt Immanuel aus der Froschperspektive, presst seine Kamera dabei so unauffällig wie möglich an seinen Bauch. Immanuel zieht entschuldigend die Braue hoch, fasst sich mit der freien Hand ans Herz, das unter der Waffe, unter der kugelsicheren Weste und dem Tarnanzug schlägt. Bevor die Kamera zu einem anderen

Soldaten schwenkt, schaut Immanuel kurz nach unten in die Linse, nur für den Bruchteil einer Sekunde. Große braune Augen, die tief in seinem Gesicht liegen, genau wie die seines Vaters, und die kurz ein unsichtbares YouTube-Publikum erreichen. Und das weiß er auch. Hundertvierzigtausendvierunddreißig Mal wurde das Video angeschaut, und zwar von Leuten in Pixelform, in ihrer eigenen Zeit, in ihrem eigenen Zimmer. Immanuel kommt wieder ins Bild, er greift nach seinem Funkgerät. «Okay, wir sind drin. Wo sind die Kinder?»

«Die schlafen, es ist zwei Uhr nachts.»

«Gut, hören Sie, es dauert nicht lange. Alle Bewohner in dieses Zimmer bringen.»

Die Kamera folgt ihm in ein Wohnzimmer, eine Frau im Bademantel, die sich hastig ein Kopftuch umgebunden hat, trägt ein Kind herein, das in eine Daunendecke gehüllt ist. Hinter ihr ein weiterer verschlafener Junge, der seine Decke wie einen Königsumhang umgeworfen hat. Das Kameraauge huscht über Immanuels Finger, ein kräftiger, intakter Finger.

«Wie alt ist er?»

«Zwölf.»

«Gut, würden Sie ihn bitte Platz nehmen lassen?»

«Warum? Er war gerade eingeschlafen, um Himmels willen.»

«Ich will, dass er Platz nimmt, okay?»

«Eine fantastische Armee. Eine ganz fantastische Armee, wirklich. Die mitten in der Nacht ausrückt, um Kinder zu wecken. Setz dich, Dahlan.»

«Nein, ich möchte, dass er sich hierhin setzt. Bitte setz dich.»

«Ich sitze schon.»

«Du sitzt nicht. Setz dich hierhin.»

«Hast du Angst?», will der filmende Mann von Immanuel wissen.

Der schaut uns kurz an und zieht die Oberlippe hoch. Glattrasiert, keine Bartstoppeln. «Nein, ich habe keine Angst. Setz dich.»

«Und ob du Angst hast.

«Hinsetzen.»

«Komm schon Junge, du hast Angst.»

«Ich bin nur ein Freund der Ordnung.»

«Du bist ein Freund der Ordnung?»

«Ja, ein bisschen schon. Bitte sitzenbleiben. Habt ihr verbotene Dinge im Haus?»

«Was meinst du mit ‹verbotene Dinge›?»

«So was wie Messer.»

«Ich habe viele Messer. Und Gabeln. Und Löffel.»

«Auch ich habe Messer in der Küche. Wo ist Ihr Schlafzimmer?»

«Ich habe mehrere Kameras, ist das verboten?»

«Ich fass auch nichts an, versprochen. Sind Sie bewaffnet?»

«Bewaffnet? Diese Kamera ist meine Waffe.»

«Das ist tatsächlich eine gute Waffe.» Immanuel dreht der Linse den Rücken zu, das Einzige, dem Israel nichts entgegensetzen kann, und das weiß er, das weiß auch der Vater, und das wissen wir. Wir folgen ihm ins Wohnzimmer, wo die Kinder, an die Schulter ihrer Mutter gelehnt, gähnend die Soldaten anstarren. Immanuel spricht den Vater erneut an, wieder zieht er entschuldigend die Brauen hoch. «Bewirft Ihr Sohn unsere Straße mit Steinen?»

«Wer?»

«Ihr ältester Sohn.»

«Das kann ich Ihnen nicht sagen.»

«Sie können mir das nicht sagen?»

«Nein, ich kann dir nicht sagen, ob er mit Steinen wirft.»

«Aber Sie sind doch sein Vater. Sie sollten ihn beaufsichtigen.»

«Ja, natürlich. Ich ermutige ihn, Fotos zu machen. Ich sage ihm, dass er auf Facebook ...»

«Haben Sie nun gesehen, dass er Steine geworfen hat oder nicht?»

«Selbst wenn, würde ich es dir ganz bestimmt nicht sagen.»

«Gut, geben Sie mir seinen und Ihren Personalausweis. Und die Ausweise aller hier in diesem Raum, okay?»

«Alle Personalausweise?»

«Ja, alle. Können Sie Ihren Sohn bitten, gerade zu stehen?»

«Was für ein höflicher Bursche. Deine Mutter kann stolz auf dich sein.»

«Es ist alles okay. Du brauchst keine Angst zu haben.» Immanuel überragt den Jungen bei Weitem, er hat die Hände in die Riemen seines Rucksacks gehängt. Jetzt geht er in die Hocke, damit er mit dem Jungen auf Augenhöhe ist.

«Ich hab keine Angst», sagt der Junge in gebrochenem Englisch.

«Er hat keine Angst.» Das kommt vom Vater.

«Besitzt er verbotene Dinge?»

«Besitzt du verbotene Dinge, Dahlan?»

«Verbotene Dinge?», widerholt Immanuel.

Der Junge hüllt sich mit einer weit ausholenden Geste in seinen Umhang und hält den Kopf nach wie vor gesenkt. «Nein.»

«Nein?»

«Nein.»

«Was ist da drin?»

«Das ist mein Ranzen.»

«Gut. Wirfst du mit Steinen?»

«Nein.»

«Nein?»

«Nein.»

«Haben dann deine Freunde mit Steinen geworfen?»

«Nein.»

«Junge, mach mich nicht wütend. Dann können hier alle rasch weiterschlafen. Nenn mir Namen.»

«Nein.»

«Wer wirft mit Steinen?»

«Niemand.»

«Niemand?»

«Niemand.»

«Nein?»

«Nein.»

«Wo warst du am Freitagnachmittag?»

«Da war ich zu Hause.»

«Zu Hause?»

«Ja.»

Immanuel richtet sich wieder auf. «Wir nehmen ihn mit, für ein weiteres Verhör.» Er packt den Jungen an den Schultern. Die Kamera ruckelt, filmt noch die Mutter, die auf ihn zustürzt, und für einen Sekundenbruchteil sehen wir den Vater, in einem Flurspiegel, der panisch gestikulierend nur noch die Bodenfliesen filmt.

«Danke für Ihre Zeit. Gute Nacht.»

«Gute Nacht?! Gute Nacht?!»

«Danke.»

«Gute Nacht, ist das Ihr Ernst?»

«Bis später.»

Es läuft der Abspann mit Fakten, Zahlen, dem Namen der Familie. Ein schwarzes Bild. Mein schwarzer Kaffee. Zwei unversehrte Hände, ein höflicher junger Mann, gut erzogen. Seine Mutter kann stolz auf ihn sein.

Der starke Anisgeschmack des Araks schärft meine Sinne. Überall im Wohnzimmer hängen junge Leute rum. An den Sessel gelehnt, auf der Sessellehne. Yitzhak sitzt mitten im Wohnzimmer, seine zum Lotussitz verschränkten Beine befinden sich unter dem Couchtisch. Er zieht an einer Wasserpfeife, stößt kleine Rauchwolken aus und gibt den Schlauch weiter. Ich fühle mich alt, viel älter als ich bin.

Auf dem Tisch und über den Fußboden verstreut stehen Schalen mit Hummus, getrockneten Tomaten, Suppe und Salat. Jeder hat etwas mitgebracht, nur ich nicht. Als es mir heute Nachmittag einfiel, war es schon nach drei und der Supermarkt gegenüber geschlossen. «Ist das ein typisch jüdisches Brot?», frage ich den jungen Mann neben mir.

«Meinst du die Focaccia?»

Ich verschlucke mich am Arak, er explodiert mir in der Nase. Der junge Mann klopft mir auf den Rücken, was alles nur noch schlimmer macht. Ich schnäuze mich in eine Serviette, die mir eine junge Frau auf der anderen Seite des Couchtischs rasch zusteckt. Ich habe Tränen in den Augen, ich lache, und es klingt, als hätte ich Schluckauf. «Entschuldigung», sage ich.

Er kichert. Erst jetzt sehe ich, dass er älter ist als die anderen, ein ganzes Stück älter. Er dürfte ungefähr Mitte dreißig sein. Alles an ihm ist kantig. Er ist mager, hat einen Schnauzbart und eine markante Nase. Er stellt sich als Eran vor. «Was machst du hier?», fragt er.

«Ich muss ein wenig zur Ruhe kommen.»

Mein Kopf ist schrecklich schwer, die Luft im Zimmer wird dicker, stickiger.

«Nur zu», höre ich leise und lasse tatsächlich den Kopf an seine Schuler sinken. «Man denkt, dass es nie vorbeigeht, aber es geht vorbei», sagt er, und dann merke ich, dass mir eine Träne über die Wange läuft. Es ist nicht schlimm, hier ist das erlaubt, und das rührt mich so, dass ich mich nicht länger zusammenreiße.

Wir gehen in den Garten. Aus einem der Hochhäuser kommt eine Männerstimme, sie singt ein Lied, das ich von früher kenne. «Shalom aleichem mal'achei hasharet mal'achei elyon», ich beherrsche den Text nur lautlich. Eran schaut mich überrascht an. «Du singst schön.»

Als der Mann verstummt, singe ich ein Lied, das mir Joachim beigebracht hat. Meine Stimme hallt von den Wänden der Hochhäuser wider und klingt dadurch voller als gedacht, jemand befreit sich aus mir. Meine Stimme existiert unabhängig von meiner Person, und dann ist auch Immanuel wieder da, ich versuche mich zu erinnern, wie er mitsang, jeden Abend vor dem Schlafengehen, und es beruhigt mich, dass ich noch weiß, wie es sich angehört hat. Das Kind, das ich einmal kannte, existiert noch.

Kol ha'olam kulo
Gesher tzar me'od
Veha'ikar lo lefached k'lal

Eran ist ein ganzes Stück größer als ich. Beim Abschied reichte mir Immanuel bis zur Schulter, ich musste nie zu meinem Sohn aufschauen. Eran nimmt meine Hand. Zwischen zwei Hochhäusern steht der Mond, neben den Sternen auf den zerfransten israelischen Balkonflaggen. Tief in Gedanken stolpere ich über eine Baumwurzel. Eran fängt mich auf, zieht mich an sich, und kurz gleicht sich unsere Atmung an, auf der schmalen Brücke, zu der die Welt geworden ist.

8

«Ich kenne sogar junge Leute, die Palästinensern an einem Checkpoint Kaffee ausgeben», sagt der Rabbiner, während er eine Paracetamol in ein Glas Wasser wirft. Ich fläze im Sessel. Unkraut wuchert am Fenster empor, vielleicht sollte ich das heute Nachmittag jäten, zum Dank für den Aufenthalt. Falls das an Sabbat überhaupt erlaubt ist, auch wenn mich die Marihuana-Mengen, die gestern geraucht wurden, eher vermuten lassen, dass er nicht zu den ganz Strengen gehört. Der süßliche Geruch hängt im ganzen Souterrain,

«Selbst wenn man an einem Checkpoint einen auf moralisch macht», sage ich und trinke die Medizin auf einen Zug aus, «steht man immer noch an einem Checkpoint.»

Eran ruft an. Haben wir gestern unsere Telefonnummern ausgetauscht? Ich drücke den Anruf weg. «Kann man den Wehrdienst eigentlich auch verweigern? Hat man eine Wahl?»

«Nur wenn man ernsthafte Gesundheitsprobleme hat. Sonst kommt man ins Gefängnis. Man kann auch einfach Zivildienst leisten. Oder zum Education Corps gehen und an Schulen über die Armee informieren, Hebräisch als Fremdsprache unterrichten oder in der Kantine der Militärstützpunkte arbeiten, es gibt durchaus Möglichkeiten.»

Eine SMS: «Du hast mir gestern viel von deinem Sohn erzählt. Heute Lust, auf einen kleinen Stadtrundgang? Vielleicht bringt dich das auf andere Gedanken.»

Yitzhak erhebt sich aus seinem Sessel. «Ich hab mal von einem jungen Mann gehört, der während der Grundausbildung eine Depression vortäuschte. Er brachte sich bei, jederzeit losheulen zu können. Es hat geklappt, irgendwann wurde er entlassen – nur leider war er zu diesem Zeitpunkt wirklich depressiv. Kaffee?»

«Lieber Tee.»

«Was machen die Kopfschmerzen?»

«Ein Stadtrundgang dürfte mir gut tun.»

«Heute fahren keine Busse.»

«Ich finde bestimmt jemanden, der mich mitnimmt.»

Yitzhak setzt Wasser auf und hält mir eine Keksdose voller loser Teebeutel, Staub und leerer Papierhüllen hin. Ich fische etwas heraus, das wie grüner Tee aussieht.

«Neulich kam in den Nachrichten, dass immer mehr Soldaten einfordern, während ihres Wehrdiensts vegan essen zu können.» Er lacht. «Moral ist wirklich ein Witz: Hättest du mich vor ein paar Jahren kennengelernt, hättest du dir nicht einzubilden brauchen, hier übernachten zu können. Kein einziger Rabbiner käme auf die Idee, eine Frau bei sich übernachten zu lassen. Meine erste Frau habe ich erst in der Hochzeitsnacht angefasst, vorher wusste ich nicht mal, wie zart ihre Handgelenke sind.»

«Und warum darf ich dann doch hier übernachten?»

«Ich bin bei vielen in Ungnade gefallen, also kann ich es mir so schön wie möglich machen.» Er nimmt meinen Beutel und hängt ihn ins Wasser. Bis das Teewasser einen dunklen Goldton aufweist, schweigt er. «Weißt du was? Gott ist eine Suchmaschine. Der eine verwendet Google, der andere Yahoo. Wer sich einbildet, der Glaube an sich wäre die Lösung, der täuscht sich.» Er erzeugt einen Strudel, bis der Tee überschwappt und sich seinen Weg über den Tisch sucht. Als die Pfütze den Rand eines Buches erreicht, greift der Rabbiner ruckartig danach und steht auf.

«Möchtest du nicht einfach selbst mal nach Hebron fahren? Wenn du seine Welt wirklich kennenlernen willst? Exodus Tours bietet jeden Mittwoch und Donnerstag eine Exkursion dorthin an, soweit ich weiß, ist es nicht mal teuer. Schau mal auf deren Webseite. Aber lieber nicht heute, es ist Sabbat. Da ist bei mir *digital detox*.»

Fast alle Autos hier sind weiß, aber Eran holt mich in einem knallroten Opel voller Dellen und Kratzer ab. Die Rückenlehne des Beifahrersitzes ist gebrochen, deshalb muss ich die ganze Fahrt bis zur Innenstadt gerade sitzen, was kaum klappt, weil er die Vorfahrtsregeln recht kreativ auslegt. Ich versuche mich zusammenzureißen, nicht ständig Anweisungen zu geben oder Warnschreie auszustoßen, aber so richtig reiße ich mich nicht zusammen. «Genau wie meine Mutter», sagt er. «Das soll keine Beleidigung sein.»

«Damit beleidigst du mich nicht, Eran.»

Nicht nur alle Autos sind weiß, auch fast alle Gebäude wurden aus denselben massiven, gipsartigen Ziegeln errichtet. An den Mauern davor sind mit Hilfe von Eisenbuchstaben die Namen von Spendern aus aller Welt angebracht. Auch wer nicht hier lebt, achtet darauf, im Heiligen Land zugegen zu sein.

Wie sich herausstellt, parkt Eran den Wagen an

einer Werft beim Independence Park. MUSEUM OF TOLERANCE, OPENING NEXT SEASON steht auf einer riesigen Reklametafel. «Hier entsteht ein Museum über Rassismus und Vorurteile», sagt er.

«Schön.»

«Sie errichten es auf einem muslimischen Friedhof, die sterblichen Überreste wurden mit Baggern entfernt.»

Schweigend gehen wir an dem Betonbau vorbei, hinunter zu einem Einkaufszentrum. Es sind kaum Autos unterwegs, viele Cafés sind geschlossen. «Kennst du Moses' Cave, ist das weit von hier?»

Eran lacht. «Willst du dahin?»

«Nein, bloß vorbeilaufen.»

Wir biegen in eine Seitenstraße und danach in weitere Sträßchen, Moses' Cave ist tatsächlich ein schmuddeliges Café, das an Sabbat geöffnet hat, die Fenster sind vergittert. «Hier ist es schon um acht Uhr abends wie tief in der Nacht. Das ist ein echter Treffpunkt für junge Leute.» Eran fährt sich über die Bartstoppeln, als wollte er betonen, dass er nicht zu diesen unvernünftigen, sich betrinkenden jungen Leuten gehört.

«So was wie eine Stammkneipe haben wir nie gehabt», sage ich.

«Wer?»

«Mein Mann und ich. Wir hatten von Anfang an den kleinen Immanuel.»

Eran nickt, und ich frage mich, was ich ihm gestern um Himmels willen alles von ihm erzählt habe. Es fällt mir schwer, meinen Sohn in einem der jungen Männer auf der Caféterrasse zu sehen – so wie ich ihn mir vorgestellt habe, als jungen Mann in einer Studentenkneipe, die Freundin neben und schon das zweite Goldstar vor sich.

Wir folgen den Straßenbahnschienen Richtung Altstadt, überqueren die Brücke zum Jaffator, während Eran zu weitschweifigen Erklärungen ansetzt, und ich kann dem Drang nicht widerstehen, mich ständig umzuschauen, ob ich Joachim, mit seiner strenggläubigen Witwe und ihren drei Kindern sehe. Doch dann sagt er etwas, das mich aufhorchen lässt. «Wer sitzt im Gefängnis?», frage ich.

«Mein Mitbewohner. Ich muss ihn gleich abholen. Zum x-ten Mal, wegen seines Projekts hat er wieder mal Probleme. Zusammen mit ein paar Freunden patrouillieren wir in einer komplett weiß bemalten Soldatenuniform durch die Stadt. Weißer Helm, weißes Gesicht und weiß gesprühte Haare, außerdem haben wir ein weißes Spielzeug-M16 umgehängt. Aber ich hab dich eigentlich zum Abendessen einladen wollen, meine Güte, du hörst mir gar nicht zu, stimmt's?»

Eran legt mir erneut den schlaksigen Arm um die Schultern, und wieder lasse ich es zu, nach Joachim hat sich mein Körper nie an die Jahre ohne Berührungen gewöhnt. Meine Haut hungerte nach Haut, meine Ohren nach Geräuschen, die ich nicht selbst hervorbrachte. Ich musste den Klang meiner Wohnung neu kennenlernen. Wie sich herausstellte, knarzten die Türen, und die Bodendielen seufzten auf einmal unter meinen Füßen. In den ersten Monaten hörte ich sie, obwohl sie gar nicht da waren, Phantomgeräusche, die lange anhielten und erst dann ein bisschen nachließen, als ich die Wohnung neu einrichtete.

Am Eingang zur Grabeskirche knien Menschen vor einem Marmorstein, der vor Öl glänzt. Haufenweise Taschentücher werden darin getränkt und für späteren Trost, als Souvenir oder Beweismaterial in Ziplock-Beuteln verstaut. Eine Frau weint mit einer solch dramatischen Inbrunst, dass ein Geistlicher zu hüsteln beginnt, und als das nichts hilft, klappert er mit seinen Schlüsseln, wodurch er noch mehr auffällt als sie.

«Hier soll Jesus gesalbt worden sein», sagt Eran.

Die Kirche verfügt über unzählige Anbauten und Nischen, Krypten und Kapellen, Schreine und Emporen, sie ist voller Gemälde, Skulpturen, Kerzen, Betender und Mönche. Kopten, Armenier, Orthodoxe, Katholiken – sie alle drängen sich an dem Ort, wo die Kreuze gestanden haben sollen, und auf einmal möchte auch ich eine Kerze anzünden.

Wir gehen die Stufen zu einer fast leeren Krypta hinunter, nur eine Pietà steht einsam und verloren vor einer massiven Steinwand. Marias Gesichtsausdruck, ihre Hände unter dem Leichnam ihres Sohnes, die Anspannung ihrer Finger – alles ist so realistisch dargestellt, dass ich das Gewicht ihres Kindes in meinen Armen spüre. Fast wünsche ich mir, wieder glauben zu können, um das auch erleben zu dürfen, eine Verbindung zu den Geschichten, die seit Ewigkeiten weitererzählt werden, und kurz bin ich sogar eifersüchtig, als eine Gruppe Gläubige vorbeikommt, ganz aufgeregt, weil sie den Riss im Stein anfassen durften, der laut ihrem Führer von einem Erdbeben zum Zeitpunkt von Jesu Tod stammt.

Ich frage mich, ob Immanuel jemals hier war, und ob er dann an mich gedacht hat, an den Katechismusunterricht, den er auf der katholischen Dorfschule von Edegem besuchen musste. Wir gehen durchs große Mittelschiff, wo eine Reihe Pilger vor einem Schrein steht, in dem sich laut einem Schild Jesu Grab befinden soll. Es ist natürlich leer. «Komm, setzen wir uns kurz auf die Bank», sage ich.

«Wusstest du, dass der Schlüssel zu dieser Kirche von einer muslimischen Familie aufbewahrt werden muss, weil ...» Der Rest von dem, was Eran mir erzählt, geht im Raunen all der Menschen unter, die fest daran glauben, tatsächlich an dem Ort zu sein, an dem ein junger Mann vor zweitausend Jahren gekreuzigt wurde. Ich kann nichts mit dem Bedürfnis anfangen, diese Geschichten mit einem konkreten Ort zu verbinden. Hier und keine zwei Meter weiter. Dieser Stein, dieser Riss. Je konkreter der Ort desto weniger müssen wir glauben, dass das alles bloß eine Geschichte ist, und trotzdem macht dieses Realitätsbedürfnis diese Kirche erst recht zu einer Fantasieblase.

Draußen, zwischen den Pontius-Pizzerien, Adam's Fitnesses und Holy Hostels drückt mir ein schmerbäuchiger Mann mit Fischaugen einen Rosenkranz in die Hand, *«only fourty shekels, lady.»* Ich winke ab. Bei Kain's Cocktails setzen wir uns an einen Fensterplatz: eine der wenigen Bars, die heute geöffnet haben. Eran bestellt zwei Bloody Mary.

«Du bist nicht wirklich religiös, Eran, oder?»

«Wieso fragst du das? Weil ich keine Kippa trage?»

Ich schiebe ihm meinen Cocktail hin, ich habe gestern ausgiebig getrunken und bin inzwischen alt genug, um zu wissen, dass man Böses nicht mit Bösem vergelten kann. «Trink du ihn.»

«Ich bin nur an Feiertagen religiös.» Eran grinst und leert mein Glas gleich zur Hälfte, bevor ich es mir anders überlegen kann. «Dann feiern wir, dass wir nicht ausgerottet worden sind, um anschließend stundenlang zu essen. Man muss verrückt sein, um da nicht religiös sein zu wollen.»

«Um deine Frage von vorhin zu beantworten: Ich esse heute Abend gern mit dir. Ich bin neugierig auf deinen Freund. Ich kann was kochen, während du ihn abholst.»

«*Nice.* Weil du es freiwillig vorschlägst. Aber stell dir nicht zu viel unter ihm vor, das endet nur mit einer Enttäuschung.»

Bis auf eine große Eckbank, einen Schrank und einen Wohnzimmertisch stehen kaum Möbel in Erans Wohnung. Es gibt bloß Neonlicht, das ich so lange wie möglich ausgelassen habe. Ich stelle gerade den Topf mit Reis auf den Wohnzimmertisch, als die Tür aufgeht und Eran hereinkommt, einen dicklichen jungen Mann im Schlepptau, dessen Haar voll weißer Farbe ist. «Hi», ruft er.

«Das ist Uzi», sagt Eran.

«Wie das Maschinengewehr.» Uzi gibt mir die Hand. «Nur kurz duschen!», ruft er, während er im Bad verschwindet.

Eran holt zwei Teller aus der Küche, stellt sie neben den Topf.

«Warum hängt eigentlich ein Foto von Premierminister Sharon bei dir überm Sofa?»

«Uzi! Lydia will wissen, warum du dieses Foto von Ariel Sharon über unser Sofa gehängt hast!»

Die Badezimmertür geht wieder auf. Uzi beugt seinen nackten Oberkörper vor. «Sharon? Weil er tot ist, echt schade für ihn.» Er zieht sich zurück und macht kurz eine Cancan-Bewegung mit dem Bein, bevor er die Tür zuzieht.

Alles im Viertel hatte zu, ich musste mit dem auskommen, was ich im Kühlschrank fand. Ich bin ohnehin eine Katastrophe in der Küche, also bereute ich meinen Vorschlag, zu kochen, als ich sah, dass sie bis auf etwas Tahini, drei Tomaten und einen Granatapfel kaum was im Haus hatten.

«Reis mit Tahinisoße», sagt Eran und gibt sich eine große Portion auf den Teller. «Samstags machen wir unsere Einkäufe meist ein paar Straßen weiter, dort gibt es einen muslimischen Lebensmittelhändler, der sehr wohl geöffnet hat.»

«Wo hast du eigentlich deinen Wehrdienst geleistet?» Das Foto an der Pinnwand zeigt einen Eran, den ich nicht kenne, und ich weiß nicht recht, ob ich ihn überhaupt kennenlernen will.

«Guten Appetit.» Eran macht es sich auf dem niedrigen Sofa bequem, hält seinen Teller locker in der Hand.

Ich lasse meinen auf dem Wohnzimmertisch stehen, versuche die Gabel zum Mund zu führen, ohne mir auf den Schoß zu kleckern.

«Ich war erst Artillerist und dann recht schnell Panzerkommandant und als solcher für alle anderen Männer im Panzer verantwortlich. Wir waren überwiegend im Westjordanland stationiert, ich habe dort Schlimmes erlebt. Ich habe auf Menschen geschossen, Menschen haben auf mich geschossen, ich habe 150mm-Haubitzen auf Schulen und auf palästinensische Polizeistationen abgefeuert, ich habe Menschen verhaftet, stundenlang an Checkpoints gestanden, sprich, all den Mist gemacht, den man auf YouTube nur finden kann.»

Ein Granatapfelkern explodiert unter meiner Gabel, roter Saft spritzt mir auf die Bluse. In der Küche halte ich meine Handgelenke unter kaltes Wasser, versuche die beiden Bilder von Eran zur Deckung zu bringen. Mit dem Zipfel eines nassen Geschirrtuchs tupfe ich den Saft ab. Als ich ins Wohnzimmer zurückkehre, streut Eran gerade eifrig Salz in den Topf. «Das war während der Zweiten Intifada, zwischen 2000 und 2002. Bringst du die Pfeffermühle mit?»

Uzi verlässt das Bad, das Handtuch wie einen Turban um den Kopf gewickelt.

«Uzi war übrigens einer der Soldaten, die ich kommandiert habe. In der Armee gewinnt man Freunde fürs Leben, wie du siehst.»

«Aus uns ist doch noch was geworden», sagt Uzi. Er nimmt den Löffel, mit dem ich den Reis aufgegeben habe, gibt sich damit direkt aus dem Topf auf. Er kaut mit offenem Mund und verzieht angewidert das Gesicht. «Eran, du darfst nicht so viel Salz nehmen.»

«Lydia hat gekocht.»

«Oh, ich dachte, das wär schon ein paar Tage rumgestanden», erwidert Uzi, und Eran bekommt Schluckauf vor Lachen. Alles an Uzi ist riesig, seine Gesten sind groß, sein Lachen laut. Er scheint seine Anwesenheit unterstreichen zu wollen, und es stimmt, er nimmt viel Raum ein, auch im übertragenen Sinn, er spricht mit lauter Stimme und eindringlichem Blick. Selbst ohne Verkleidung kann man ihn sich leicht mit Transparenten und Flugblättern vorstellen, unübersehbar, sodass man nicht um ihn herumkommt. Beim Kochen habe ich mir auf Erans Laptop ein Video von ihren gemeinsamen Aktionen angeschaut. Zu mehreren patrouillieren sie durch Jerusalem, umgeben von echten Soldaten. («Darf ich euren Pass sehen?», «Nein, darf ich Ihren Pass sehen?») Sie stellen Blickkontakt her, und der sagt alles. Kinder umringen sie, man zerrt an ihren Rucksäcken, ein Mann mit einer Flagge in der Hand brüllt, sie seien Juden voller Selbsthass.

«Vorgestern haben wir übrigens wieder mal ins Schwarze getroffen», sagt Uzi zu Eran. «Ein chassidischer Junge kommt auf mich zu und fragt, ob ich der Todesengel bin. Seine Freunde fangen an zu weinen, suchen Schutz hinter ihrer Mutter. Bei echten Soldaten tun sie das nicht, obwohl die tatsächlich eine Waffe tragen, mit der sie im Nu jemanden töten können.»

«Weißt du eigentlich, dass ihr Sohn in der Armee beim Werfen einer Granate mehr oder weniger die rechte Hand verloren hat?», fragt Eran.

«Wow, wie hat er das denn hingekriegt?»

«Er hat sie in seiner Hand explodieren lassen», erwidere ich. «Kurz davor hat er seiner Freundin gesagt, dass er eine Strafe verdient.»

«Fucking hell.» Uzi fährt mit dem Löffel in den Topf.

«Echt unglaublich, dass er das überlebt hat», sagt Eran.

«Vielleicht fand er das auch unglaublich», sage ich. Ich reibe mir die Arme.

«Die Armee verursacht dunkle Flecken in unserem

Gehirn. Manche Leute sind in der Lage, diese Flecken zu finden, andere nicht.» Uzi nimmt den Topf vom Tisch und geht in die Küche.

«Lydia», sagt Eran, während er den Arm um die Sessellehne legt, ohne mich zu berühren. Er beendet seinen Satz nicht. Sharon starrt uns aus dem Jenseits an. Geschepper kommt aus der Küche, Wasser rauscht, leises Summen. «Kannst du ihn verstehen?» Eran beginnt, die Teller aufeinanderzustapeln.

«Nein.»

«Was du da in diesem Video von Immanuel gesehen hast ... Das waren Worte, die zwar aus seinem Mund und seinem Kopf kommen, aber du hörst nicht ihn reden: Du hörst ein System, das seine Angst braucht, um sich zu erhalten. Wir nennen sie ‹mor'alim› – diese Typen, die sich da zu sehr reinhängen. Das bedeutet so was wie ‹vergiftet›.»

Eran zeigt auf das Foto an der Pinnwand, auf dem er bis zur Taille in einem Panzer sitzt und beide Arme zu einem Victory-Zeichen in die Luft gereckt hat. «Das hab ich aufgehängt, um nicht zu vergessen, wer ich einmal war.» Er streicht in Webrichtung über die Sofalehne, trommelt sanft dagegen. «Unser System ist wenigstens sichtbar, aber auch du bist in so einem System gefangen. Nur dass deines unsichtbar ist. Fragt sich bloß, was gefährlicher ist: das, was du siehst, oder das, was du nicht siehst.» Etwas in seinem Blick ist so weich, dass ich eine warme Hand zu spüren glaube, ohne dass er mich berührt, und ich warte, dass er noch mehr sagt, aber er schweigt, er glaubt aufrichtig, das könnte mich trösten.

Dann kommt Uzi zurück, eine Chipstüte in der Hand. «Ich hab da was, das dich interessieren dürfte, Lydia.» Er zieht eine Kommodenschublade auf und holt eine Kette samt Anhänger heraus. Er reicht sie mir. Es ist eine dünne Plakette mit einem hebräischen Wort darauf.

«Das ist mein Name, Uzi Benish», sagt Uzi. «So eine Hundemarke haben wir immer um den Hals getragen. Auch in jedem Schuh hatten wir so eine Plakette, damit unsere Beine im Notfall dem richtigen Grab zugeordnet werden können.»

Ich streiche über die Plakette, versuche mir vorzustellen, dass auch Immanuel so etwas trug, wie es seine Körpertemperatur annahm und ihm an heißen Tagen auf der Haut brannte. Ob er sie wohl umhatte, an seinen einsamen Tagen im Wald im Karmelgebirge, wenige Wochen bevor er die Granate explodieren ließ? Ich sehe vor mir, wie er ihn gedankenverloren gestreichelt hat, seinen Namen, der ihn an Gefahr erinnerte. Ich gebe Uzi die Kette zurück. Er wühlt in der Schublade, steckt ein Kästchen, das mit einer Kerze bedruckt ist, in die Steckdose und hängt die Kette daran.

«Mit diesem Lämpchen wird den Toten gedacht», sagt Eran. «*Mefager*», schnaubt er Uzi zu.

«Idiot», übersetzt Uzi.

«Würdest du mich wieder nach Hause bringen?», bitte ich Eran.

Ich starre auf das Lämpchen, höre Immanuel rufen, dass er Angst vor der Dunkelheit hat. Er ist nicht der Junge auf dem Foto in meinem Handy, nicht der Junge, den ich über Umwege kennengelernt habe. Und während ich wie aus weiter Ferne höre, dass Eran aufsteht – «Komm, gehen wir» –, denke ich an Joachim, der irgendwo in dieser Stadt sein eigenes Leben führt. Als wäre es ein Vorgang, der heute Morgen begonnen hat und immer noch nicht abgeschlossen ist, sehe ich, wie mir der Rabbiner nach wie vor grünen Tee reicht. «Lydia, versuch nicht zu vergessen, dass wir uns alle nur Geschichten erzählen. Nicht um vor der Realität zu fliehen, sondern um uns besser an sie anpassen zu können», sagt er. Draußen hupt Eran, wir können los.

DAMALS, IRGENDWO IM NORDEN BELGIENS

Ich vermisse dich. Ich wünschte, du wärst tot, dann wäre unsere Trennung größer als wir. Diese langen Rotweinabende. Waren wir leicht beschwipst, kannten unsere Träume keinerlei Grenzen. Ich studiere seit genau zehn Jahren, wir stoßen darauf an, und dann sage ich, dass ich noch einen Facharzt in Neonatologie machen will. Du lachst, bis dir die Tränen kommen, du kannst es echt nicht fassen und überlegst deinerseits, eine Firma zu gründen, was für eine, weißt du noch nicht, du denkst darüber nach, bis ich eine weitere Ausbildung abgeschlossen habe, und irgendwann wird deine Idee so groß, dass es sich gar nicht mehr lohnt, sie in die Tat umzusetzen.

Noch kurz einen gemeinsamen Blick auf den schlafenden Immanuel werfen, bevor wir lautlos ins Bett gehen, uns umarmen und du mit mir verschmilzt, wir kommen gar nicht auf die Idee, dass das jemals enden könnte, wir gehen ganz ineinander auf, und auch wenn du immer öfter von einer Heimat erzählst, denke ich, dass deine Heimat einfach nur so nah ist, dass du sie nicht mehr genau erkennen kannst, ich bin deine Heimat, ich bin Heimat.

Dann ein Wochenendtrip nach Barcelona, wo wir ausschließlich über Immanuel reden. Abends eine Feuerleiter finden, die aufs Dach führt, auf dem Flachdach sitzen und ein paar Biere aufmachen, sagen, wie sehr das Immanuel gefallen hätte, damals ist er acht, und wir bräuchten eigentlich dringend etwas Zeit für uns, trotzdem stoßen wir auf unseren Sohn an. Es ist Frühling, es ist schwül, und alles ist möglich. Du legst dich auf den Rücken, verschränkst die Arme hinter dem Kopf, und ich schmiege mich an dich. Du sagst: «In Israel könnten wir das jeden Abend tun.» Ich sage, dass es eine Intifada in Israel gibt, dass das Land, wie du es dir vorstellst, gar nicht existiert. Du wirst wütend, sagst, dass ich keine Ahnung davon habe. «Wir sollten dort mal Urlaub machen.» Ich sage, dass du verrückt bist. Du bist vollkommen verrückt. Und da richtest du dich auf, stößt dein Bier um, die Dose rollt bis zur Dachkante und bleibt dort liegen.

Das Ortsschild von Arendonk saust vorbei. Ich lenke den Wagen in ein Villenviertel, vorbei an gepflegten Gärten und Häusern wie Leuchtkästen, auf denen wie Röntgenfotos Schattenbilder des Lebens liegen, kleine Gesten ganz groß im Designerlicht.

Ich werde langsamer, halte vor einem Haus mit aufgezogenen Vorhängen. Ein Mann lehnt an einer Kücheninsel, spricht mit großen Gebärden zu einer unsichtbaren Person. Erst als er kopfschüttelnd das aufgeräumte Zimmer ohne jede Gebrauchsspur verlässt, fahre ich wieder an, und eben *weil* mein Auto perfekt zur Umgebung passt, freue ich mich, dass es am Ende des Viertels eine kleinere Straße Richtung Felder gibt, die es mir ermöglicht, noch schneller zu fahren.

Scharfe Kurven, die spät im Scheinwerferlicht aufblitzen, noch schneller, vorbei an stummen Bauernhäusern, der Schotter knirscht unter meinen Reifen wie rissige Erde.

Ich atme lange aus.

Dass man eine Beziehung zu jemandem hat, ist ein Missverständnis. Man hat eine Beziehung zu demjenigen, zu dem dieser Jemand durch die Beziehung erst wird. Du wurdest jüdischer, weil ich es nicht war. Alles, was du dachtest und fühltest, jede deiner Überzeugungen, hast du jüdisch eingefärbt, und das wurde mit der Zeit immer deutlicher. Es ist sichtbar, wie unterschiedlich wir sind, wegen der Kippa, die du auf einmal trägst, wegen der Sabbatrituale, die du plötzlich freitagabends ausführen willst, aber auch unsichtbar, wegen des Schweigens, das immer öfter eintritt, wenn du dich im Bett von mir ab- und dem Foto von Edyth zuwendest.

Wenn du dich über Hebräisch-Lehrbücher beugst (du sagst, dass auch Sprache eine Heimat ist), Immanuel samstags zur Thoraschule schickst, ihr den Unterrichtsstoff stundenlang büffelt und du bewusst eine entgegengesetzte Position einnimmst, bloß um ihm das Diskutieren beizubringen, wenn du das Lernen schließlich aufgibst (du sagst, du kannst keine Sprache lernen, wenn du nicht in der Heimat bist), wenn ihr genervt verstummt, wenn ich mich einschalte, wenn ihr euch vor allem in Dingen einig seid, die ich nicht verstehe, wenn ich Bücher über Israel anschaffe und mit Hohngelächter empfangen werde, wenn ich wütend werde und Israel dadurch erst recht zu einem *safe place* mache, zu einem Ort, der nur dir gehört, ein geheimer Garten in deinem Kopf, wenn du freitagabends die Sabbatkerzen entzündest oder wenn Immanuel hochkonzentriert auf die Gebete lauscht, die du ihm vorsagst wie ein Zauberspruch, um etwas bis dahin Verborgenes heraufzubeschwören, dann sehe ich es ganz klar vor mir: das andere Leben, das in Immanuel steckt, in einem Winkel Polens unweit der ukrainischen Grenze zwischen den Nerzen und mit ein paar Hunden als Freunde.

Ich bin außen vor. Hätte ich in jener Nacht nicht gegen meine eigenen Regeln verstoßen, wärst du vielleicht nicht so versessen darauf gewesen, eine neue Wirklichkeit zu erschaffen, weit weg von der Vergangenheit. So als wäre ich in dem Moment, als ich mit dem Vater eines kleinen Patienten ins Bett ging, gar nicht ich selbst, sondern jemand, der ich gerne sein wollte. Und auch du wolltest wohl jemanden in mir sehen, der dich über dein Leben erheben kann. Dass ich der Nullpunkt war, ist ein Gedanke, den ich erst seit Kurzem an mich heranlasse.

Als Immanuel ganz neu in mein Leben getreten war, hätte ich ihn am liebsten stundenlang im Arm gehalten, gehätschelt wie ein Baby, obwohl er schon auf wackligen Beinen die Welt erkunden wollte. Ich lief ihm hinterher, beschützte ihn vor aufdringlichen Tischkanten, verführerischen Treppenhäusern, betörenden Steckdosen. Manchmal möchte ich ihn ganz einhüllen, einen Kokon mit meinem Körper bilden, der ihn vor allem schützt, was ihn negativ beeinflussen könnte, aber vor allem vor den Projektionen anderer Leute, die nichts mit ihm zu tun haben, ihn aber zu demjenigen machen, zu dem er werden wird. Ich will ein Puffer sein, eine Aufpasserin, die aufgrund ihrer eigenen Erfahrungen bestimmt, wer Zugang zur Entwicklung ihres Kindes bekommt und wer nicht.

Und obwohl wir von Liebe überwältigt zueinander gefunden haben, kann ich nicht völlig ausschließen, dass ich das Kind auch vor dir beschützen will, Joachim. Vor dem Joachim, der nachts geweckt werden muss, weil er im Schlaf versucht mich zu erwürgen («Wollte ich dich wieder umbringen?»). Auch wenn dich deswegen tagsüber Schuldgefühle quälen, neben der tiefen Trauer, die dich manchmal völlig grundlos überfällt.

Für dich ist dein Kind eine Motivation, die sich in deinem Kopf ausbreitende Dunkelheit zu begrenzen, einzudämmen, um wieder eine Beziehung zum Leben aufzubauen. Um zu gucken, was es lebenswert macht, damit Immanuel dir seine Geburt niemals vorwerfen kann.

Ich habe nur gesehen, was ich sehen wollte. Ich sah die Familie, die ich mir wünschte, den Rest ließ ich außen vor. Auch Edyth, die eingerahmt neben deiner Betthälfte stehen blieb, bemerkte ich nach einer Weile gar nicht mehr, sie verschwamm mit dem Hintergrund – unsichtbar, aber trotzdem stets gegenwärtig.

Außerdem habe ich im Stillen eine Version von dir erschaffen, mit der ich leben kann, um zu rechtfertigen, dass ich bei dir bleibe. Ich wollte keine Frau sein, die Angst hat ihren Mann zu verlassen, deshalb habe ich das Schöne aufgebauscht und geglaubt, es wäre gut, bei dir zu bleiben: an den Abenden, an denen du gekocht hattest, mir zuhörtest, als ich von meinem Tag erzählte, ohne mich zu unterbrechen, mich von hinten umarmt hast. Ich klammerte mich daran wie eine Ertrinkende, Joachim. Ich sorgte dafür, dass mein Bild von dir schön zu dem passte, was ich für noch tragbar hielt. Ich habe immer stärkeren Druck darauf ausgeübt, so als könnte es niemals zerspringen. Wir würden nicht zerspringen, niemals.

«Was träumst du bloß?», fragte ich.

«Ich träume nicht, das ist es ja gerade.»

Trümmer.

«Wo würdest du am liebsten schlafen?» Es ist Februar, hat seit drei Tagen bereits stark geschneit. Der Schnee türmt sich am Fenster auf, wirft ein diesiges, blaues Licht in die Baracke. Unser Atem gefriert zu Wölkchen. «Oben, in der Mitte oder unten?»

Ich werfe dir über Immanuels Kopf hinweg einen warnenden Blick zu, doch ich erreiche dich nicht. «Komm, gehen wir», sage ich.

Du bleibst neben den hölzernen Stockbetten stehen, Immanuel und ich kehren dir den Rücken zu und gehen wieder raus in den Flur. «Oben? Damit weder Blut noch Pisse durch die Matratze auf dich tropfen können? Nichts als Schimmelflecken über deinem Kopf?»

Immanuel ist erst elf, aber in seinen dunklen Augen steht jetzt schon ein Ernst, der mir manchmal das Gefühl gibt, ich spräche mit einem Gleichaltrigem. Er schaut mich kurz an, dreht sich dann zu dir um. «Papa, rede nicht so mit Mama», sagt er laut.

«Ich habe dich gefragt, Immanuel. Unten?» Aber du weißt genauso gut wie Immanuel, dass du mich meinst, dass du deinen Sohn benutzt, um mir etwas zu sagen, das du mir sonst nicht sagen kannst. «Also unten? Damit du, zum Skelett abgemagert, nicht drei Meter nach oben klettern musst?»

Um uns herum erbebt das KZ Breendonk, der Wind pfeift durch die Ritzen, nur eine Falte in der Zeit trennt uns von all der Verzweiflung, der physischen Folter, der

Entmenschlichung der Gefangenen. Auf dem Weg hierher fuhren wir auf der Suche nach einem Supermarkt durchs Dorf. Das Dorf Breendonk befindet sich unweit vom KZ Breendonk, ein paar Felder und einen Festungsgraben weiter, und wie bei jedem Konzentrationslager, das ich besucht habe, kann ich einfach nicht begreifen, dass das Leben neben der Hölle normal weitergehen konnte.

«Komm, Immanuel, komm mal her.»

Immanuel kehrt widerwillig zu dir zurück, dein Gesicht ist jetzt aschfahl.

«Versuch es mal.»

«He!», rufe ich, Meine Stimme hallt im leeren, feuchten Flur wieder. Nur wenige Schritte, und ich bin wieder bei euch.

Du bückst dich, ziehst Immanuel nah an dein Gesicht. «Oben, in der Mitte oder unten?»

«Du bist verrückt geworden. Wir gehen.»

«Lydia, das geht nur uns etwas an. Klettre da rauf, Immanuel.» Du versetzt Immanuels Schulter einen Stoß, Immanuel reagiert sofort und sträubt sich heftig. Du verlierst das Gleichgewicht, schwankst kurz und fängst dich. Etwas erlischt in deinem Blick, eine Überzeugung, etwas verschiebt sich zwischen euch, dann merkst du, dass du immer noch größer bist als dein Sohn, und während ich nicht reagiere – ich weiß nur noch, dass ich nicht reagiere, dass ich mein Kind kein bisschen beschütze, ja nicht einmal zu ihm gehe –, hebst du die Hand.

Du lässt sie wieder sinken. Ich ziehe Immanuel an mich und möchte etwas sagen, doch es verschlägt mir die Sprache. Du zitterst. Ich sehe, wie klein du bist, wie schwach, ich möchte dir wehtun, ich möchte dich fertig machen, doch mir fällt so schnell nichts ein.

«Hier waren nicht mal Juden eingesperrt, die kamen sofort nach Mechelen.»

Du machst den Mund auf, um etwas zu sagen, machst ihn dann gleich wieder zu. Immanuel stößt mich fort, auch mich, er stößt mich fort. Ich schaue ihm kurz nach, bis er im Flur verschwunden ist, dann folgst du ihm. Eure Schritte vermischen sich mit euren laut hallenden Stimmen.

SWIFTER
THAN
EAGLES,
STRONGER
THAN
LIONS

9

Das Westjordanland ist ein Ort, von dem ich bisher immer bloß eine vage Vorstellung hatte, und jetzt, wo ich in einem Minibus von Exodus Tours durchfahre, sieht es immer noch so aus, als müsste sich hinter dieser Landschaft eine andere Landschaft verstecken, das wirkliche Jordanland. Ich bekomme kaum einen Überblick, es zieht an mir vorbei, gelb, körnig wie ein altes Foto. Die Dörfer schmiegen sich schwerfällig an die Hügel, weiß und zerbrechlich wie aus Pappe, fast schon versteckt in der fahlen Landschaft. Die Mauer führt vom Hügel nach unten, quer über die Weiden, in Serpentinen, hoch aufragend, ein in der Sonne flirrender grauer Damm.

«Die Mauer werden wir gleich noch besser sehen», sagt Shoshanna, die Reiseführerin, fröhlich. Sie lispelt ein wenig, weshalb sie über ihren Namen zu stolpern schien, als sie sich vorstellte. Vierundzwanzig ist sie. Bis heute kehrt sie alle drei Monate nach Berkeley zurück, um hier keinen Wehrdienst leisten zu müssen, «auch wenn es wirklich das Tollste ist, was man als Jude für das eigene Volk tun kann». Sie nimmt erst mal nicht die israelische Staatsbürgerschaft an, «weil ich dann nicht mehr an diese Orte dürfte, und einem Juden zu verbieten, sein eigenes Land zu betreten, ist in etwa so, wie einem Belgier das Bier zu verbieten.» (Ein paar Leute aus der Gruppe drehen sich zu mir um, um zu gucken, wie ich darauf reagiere, sie lachen schon.) Unsere Gruppe ist klein. Ein jüdisches Ehepaar aus Norwegen, das überlegt, ins Heilige Land auszuwandern, *«alijjah»*, sagen die beiden, wobei sie sich bemühen, so Hebräisch wie möglich zu klingen. Drei Amerikaner, die behaupten, sich selbst ein Bild von der Realität machen zu wollen. Eine niederländische Backpackerin, die schaut, ob sie den Konflikt interessant genug findet, um eine Kurzdoku darüber zu drehen. Und ein Russe auf Urlaub.

«Zuerst folgen wir dem Stern!», gurrt Shoshanna. Der Bus hält auf dem Dorfplatz Bethlehems, der eher an einen Parkplatz erinnert, vor der Kirche über der Grotte, in der Jesus geboren worden sein soll. Innen ist sie leer, die Wände sind durch hohe Gerüste geschützt. Eine Kreissäge übertönt Shoshannas Erläuterungen zur Renovierung der Kirche. Im hinteren Teil stehen Menschen in drei Reihen, wir werden zur kurzen Reihe, «zu der der Katholiken», dirigiert.

Im Stillen gehe ich unser heutiges Programm durch. Nach dem Abstieg in die Grotte werden wir noch zur Mauer fahren, ein Flüchtlingscamp im Norden Bethlehems besuchen und einen Checkpoint «erleben», bevor wir in Hebron ankommen. Anscheinend muss man die reinen Hebron-Touren («eine einzigartige Führung zu einer der geteiltesten Städte der Welt») Wochen im Voraus buchen.

Exakt zehn Minuten an der israelischen Mauer, sagt Shoshanna, und auch dass wir den Souvenirshop mit Banksys Kunstwerk auf keinen Fall verpassen dürfen. Die Amerikaner flippen aus beim Anblick der Weihnachtskrippen, bei denen Ochs und Esel durch eine Mauer getrennt sind, sie machen Fotos und Selfies, bis der

Ladeninhaber fragt, ob sie nicht auch eine kaufen wollen. Banksys Kunstwerk scheint nicht hier in der Nähe zu sein. Enttäuscht wenden sie sich an Shoshanna, die sich damit verteidigt, von hier aus sehe man die Mauer am besten, «in anderen Vierteln ist es schwieriger mit der lokalen Bevölkerung». Draußen zahlt der Russe dafür, eine Friedensbotschaft darauf sprühen zu dürfen. Als wir wieder fahren, sehe ich, wie die Kerle das Motiv mit weißer Farbe übermalen, um Platz für den nächsten Touristen zu machen.

Gestern habe ich Ofra noch mal angerufen. «Im Restaurant hab ich dir alles erzählt», sagt sie. An der Wand neben mir saß eine Fliege, ihr königsblauer Körper zitterte unter ihren Flügeln. Sie krabbelte langsam weiter nach oben, ein paar Millimeter, bevor sie erneut innehielt, und erst da sah ich, dass sie gerade starb.

«Du musst mir Joachims Nummer geben», sagte ich in einem Ton, der unmissverständlich klar machte, dass ich mich diesmal nicht abwimmeln ließ. «Du bist die Einzige, die den Kontakt herstellen kann.» Ich wartete kurz. «Bitte.»

Ofra seufzte am anderen Ende der Leitung.

«Will er etwa nicht, dass du sie mir gibst? Ist das das Problem?»

«Warum sollte er ein Problem damit haben?»

«Vielleicht weil er ihn hat fallen lassen?» Ich schrie es fast. «Wäre Joachim für seinen Sohn da gewesen, würde Immanuel vielleicht noch leben.» Ich klemmte mir das Handy ans Ohr, als könnte ich Ofra an der Schulter packen. «Er ist schön nach Israel gezogen, seine

Probleme sind gelöst, aber sein Kind, kann schauen, wo es bleibt. Wirklich toll.»

Meine Worte gingen ins Leere, und kurz fragte ich mich, ob Ofra überhaupt noch dran war, als ich sie schluchzend ausatmen hörte.

«Entschuldige, das geht überhaupt nicht gegen dich.»

«Es tut einfach weh, darüber zu reden.»

«Weiß er überhaupt, was passiert ist? Oder interessiert er sich so wenig für Immanuel, dass er in seiner Blase einfach fröhlich weiterlebt?»

Ofra schluckte etwas hinunter, sie rang nach Luft.

Ich starrte auf die Fliege, die sich jetzt krümmte, ihr ganzer Rumpf verkrampfte. Der Tod kommt von innen, er ist immer schon da, er wächst, bis er größer ist als das, was der Körper ertragen kann.

Sie reagierte, indem sie mit zitternder Stimme seine Telefonnummer und Adresse nannte, und ich zog ein Werbeblättchen für Herrenunterwäsche aus einem Altpapierstapel des Rabbiners. Nachdem wir aufgelegt hatten, starrte ich weiterhin auf die Fliege, ich wartete gedankenverloren, und als ich wieder aufschaute, konnte ich sie nirgends mehr entdecken.

An der Sperrmauer im Flüchtlingslager werfen ungefähr zehn Jahre alte Jungen mit Steinen auf ein meterhohes Graffito, das Jungen zeigt, die mit Steinen werfen. Noch zwei Stunden bis Hebron. Wir trödeln in einer verlassenen Straße herum und warten auf Shoshannas Anweisungen. Junge Frauen unterhalten sich halb versteckt in einer Nische, sie ignorieren uns, wir sind ein Aspekt des Flüchtlingslagers Aida, an den sie sich längst gewöhnt haben. Ob wir es nun sind oder andere westliche Touristen: geschaut wird nur in eine Richtung. Wer bereit ist dafür zu zahlen, ein Flüchtlingslager zu besichtigen, kann es anschließend wieder verlassen. Eine der jungen Frauen trägt eine Schlafanzughose mit Toy Story-Motiven.

«Das ist eines der Lager für Tausende Palästinenser, die ihr Haus verloren, als Israel die Unabhängigkeit erklärte. Ihr habt hier zwanzig Minuten zur freien Verfügung», verkündet Shoshanna und klopft gegen ihr hochgehaltenes iPhone.

Ich gehe sofort in die andere Richtung, zu einer höher gelegenen Straße. Die endet an der Mauer um das Lager. Ich setze mich auf eine Betonschwelle. Hier hat man keine Aussicht. Zum ersten Mal seit Tagen kann ich wieder Stunden vorausdenken. Statt die Zeit horizontal, von einer Sekunde zur anderen wahrzunehmen, hat sie in den letzten Wochen eine vertikale Dimension bekommen. Alles geschieht gleichzeitig, die Vergangenheit erobert jeden Moment aufs Neue. Ich lebe in einer Welt mit eigenen Regeln und Gesetzen, jenseits von Leben und Tod. Jetzt, da Immanuel tot ist, bin ich ihm näher als damals, da er noch lebte.

Durch einen Mauerspalt neben mir sehe ich Israelis zum Rahelgrab laufen. Eine schweigende Prozession, vorbei an weißen, gepflegten Häusern, Mülltonnen und Rasenflächen. Diesseits der Mauer baumeln Stromleitungen wie ein Knäuel träger Schlangen vor den Fassaden, ragen Betonarmierungen aus unfertigen Gebäuden. Es fühlt sich seltsam an, dass das Flüchtlingslager so endgültig aussieht, die Zelte ersetzt durch Steinhäuser mit unverputzten Mauern, dicht an dicht und als der

Platz ausging in die Höhe gebaut, Stockwerk um Stockwerk. Das Lager hat die Hoffnung aufgegeben, ist dann halt zur Stadt in der Stadt geworden.

Ich gehe talwärts, zurück zum Bus. Ein Armeejeep fährt langsam an mir vorbei, die Soldaten starren mich ausdruckslos an. Ich wende mich ab, dem Müll zu, der sich im Rinnstein sammelt.

Die anderen Touristen kommen weit nach den erlaubten zwanzig Minuten angeschlendert. Die Niederländerin behauptet, Tränengas gerochen zu haben. «Das kann ich mir nicht vorstellen», sagt Shoshanna. «Das dürfte eher Skunk gewesen sein, ein gelber Nebel mit penetrantem Gestank. Der wird häufig nach Aufständen als Repressalie in Häuser gesprüht, und davon gab es gestern einige. Keine Angst, es ist ein vollkommen biologisches Produkt.»

Wir fahren los, durch das Tor in Form eines Schlüssellochs, mit der riesigen Metallskulptur eines Schlüssels obendrauf. Shoshanna fragt, ob jemand ein Foto davon machen will. Noch eine gute Stunde. Der Amerikaner macht vom Bus aus einen Schnappschuss; anhalten nicht nötig.

10

Hohe milchweiße Apartmenthochhäuser schmiegen sich an die Hügelflanken. Einschüchternd ragen sie hinter jeder Kurve auf, wie Schneidezähne unter knallroten Dächern, ihre Wurzeln sind tief im Boden verankert. «Das sind Settlements», sagt Shoshanna. «Das ist die schönste Strecke nach Hebron. Zur Rechten seht ihr in der Hügelsenke die Olivenbaumplantagen, und diese hohen Bäume sind Pinien. Ihr habt hoffentlich Sonnenmilch dabei, die Sonne hat ihren höchsten Stand erreicht. Passt auf, dass ihr keinen Sonnenbrand bekommt.»

Der Bus hält am Fuß eines Hügels, auf dem ein massiver, festungsartiger Bau liegt, breit und kantig mit hoch aufragenden Türmen, die aus denselben weißen Ziegeln hochgezogen wurden wie die anderen Häuser hier.

«Wir haben den Checkpoint gar nicht passiert», sagt der Russe, während er sich mit der Broschüre, die das Programm genau erläutert, kühle Luft zufächelt.

«Oh doch, aber wir sind eine internationale Gruppe, deshalb lassen sie uns durch. Keine Sorge, wir werden heute Nachmittag noch genug zu sehen bekommen», verspricht Shoshanna. Sie geht zu einem alten Wohnwagen hinter uns, auf dem in blauen Lettern TOURIST OFFICE OF HEBRON steht.

Überall Soldaten. Unterhalb der Treppen zu dem Gebäude laufen sie neben einem scheinbar willkürlich errichteten Kontrollposten auf und ab. Sie lehnen an der Straßensperre aus Beton, die zu kurz ist, um eine echte Sperre zu sein. Gleichzeitig weiß man, dass es keine gute Idee wäre, sie zu ignorieren. Symbole müssen nicht zweckmäßig sein, um effizient zu sein.

Bevor ich darauf zugehen kann, ist Shoshanna schon wieder zurück. Sie eilt hastig voraus, vorbei am Kontrollposten seitlich des Gebäudes. Ihre Worte überwuchern den sonnigen Platz, die Soldaten, die Straßensperre, die wir passieren dürfen, bloß Shoshanna muss ihren Pass vorzeigen. «Nur weil ich Amerikanerin bin, darf ich mit euch in den palästinensischen Teil der Stadt.»

Während wir an einem verschlafenen Laden vorbeikommen, verläuft unter meinen Füßen plötzlich der Riss, den ich seit Haifa nicht mehr gesehen habe, er weist den Weg zu einem Checkpoint, der den Platz von der Altstadt trennt. Ein paar Meter vor mir spaltet er den Boden, unregelmäßig, energisch, legt er eine Spur für uns aus, der wir nur zu folgen brauchen. «Eine der ältesten Städte der Welt», sagt Shoshanna, und die Häuser werfen die Stimmen der Millionen von Menschen zurück, die sich hier niedergelassen haben, seit die Stadt noch in Kanaan lag. «Das Grab der Patriarchen», sagt Shoshanna, und über der Festung oberhalb unserer Köpfe wird der Himmel feuerrot vor jahrhundertealter Rivalität und Eroberung, Flammen flackern in den Sonnenflecken, die schräg zwischen den Häusern hindurch auf die befestigte Mauer fallen. Hier soll Abraham begraben sein. Der Stammvater eines konfliktträchtigen Volkes. Sein einer Sohn, der aus einer Affäre mit einer ägyptischen Sklavin hervorging, wurde zum Stammvater der Muslime, sein anderer Sohn, der bereits mit zwölf knapp dem Tod entrann, zu dem der Juden. Die eifersüchtigen Mütter wiegelten ihre Söhne gegeneinander auf, Ismael floh mit seiner Mutter in die Wüste, und tausend Jahre später ist Abrahams Grab in eine Moschee auf der einen und in eine Synagoge auf der anderen Seite geteilt. Die Gläubigen können einander durch Panzerglas sehen, Soldaten wachen wie ein allmächtiger Vater.

Ich laufe auf dem Riss, bekomme kaum mit, wie die Stadt aus Argumenten erbaut wird, aus warum und darum, aus Maßnahmen und Sanktionen. Ich wende mich vom Heiligtum ab und versuche ihn wiederzufinden, den Riss, der mich mit Immanuel verbindet, aber er hat sich in der Gruppe von Menschen verloren, die dicht gedrängt in dem kleinen Tunnel neben dem Checkpoint warten.

Endlich hält Shoshanna den Mund.

Das Drehkreuz inmitten des Tunnels blockiert. Ein paar Männer drehen sich um und brüllen den Soldaten an, der in einer kleinen Nische am Anfang des Tunnels gelangweilt auf die Schlange starrt, den Lauf seiner Waffe auf die Rücken der Menschen gerichtet. Wir stellen uns hinten an. Das weiße Neonlicht koppelt den Tunnel vom Tag ab.

Mein Handy vibriert. Eran. Eine lange Nachricht. Ich wundere mich nicht. Dadurch erwacht irgendwo in mir eine junge Frau, eine Frau, die sich gesehen fühlt. Ich verstaue mein Handy und damit auch die junge Frau, umhülle sie mit der ebenfalls in mir vorhandenen Mutter.

Hinter mir rückt mir die Niederländerin zu dicht auf die Pelle. So als könnten wir die Situation mit Gewalt lösen, indem wir anfangen zu drängeln, indem wir den Zaun wie ein menschlicher Rammbock einfach umwerfen. Wenn es doch nur so einfach wäre und Zäune bloß bestünden, wenn Menschen sie anerkennen.

Shoshanna wird nervös. Sie bahnt sich einen Weg durch die Schlange, die ihr erstaunlich bereitwillig ausweicht. Hinter ihr schließen sich die Reihen wieder. An den Tunnelwänden wächst Moos, Wasser tropft zu Boden. Der Gang läuft rasch voll, die Wärme dampft. Ein Mann niest laut, Tropfen auf meiner Wange, die auch von der Feuchtigkeit stammen können, das rede ich mir zumindest ein. Feuchtigkeit, die an Ritzen der höhlenartigen Decke nach unten tropft.

Hektisch rüttelt Shoshanna am Drehkreuz, um die Aufmerksamkeit des Soldaten zu erregen. Wir stehen viel zu dicht gedrängt, und je mehr wir uns wie ein einziger verschwitzter Körper zum Drehkreuz vorschieben, desto stärker werde ich mir meines Körpers bewusst, des Punktes, an dem er endet und andere anfangen. Ich sehe, wie sich all die Körper ständig verändern, unablässig von einem Menschen in den leicht anderen, neuen übergehen, der uns langsam und unsichtbar überwuchert.

Ich schaue mich um. Der Soldat steht auf, stützt die Hände auf die Oberschenkel, streckt die Schultern wie eine Katze vor dem Sprung. Er schaut mir direkt in die Augen, und kurz spüre ich eine Berührung zwischen meinen Schultern, jemanden, der die Arme um mich legt, es fühlt sich vertraut an und gleichzeitig auch wieder nicht, es sind Hände, die ich einmal vor langer Zeit gekannt habe. Und dann erwacht in mir – es kann auch die Nervosität sein – etwas Größeres. Der Soldat verliert mich keine Sekunde aus den Augen, er mustert mich aufmerksam. Zwei dunkle Augen, ich nehme keinen Körper wahr, der sie umgibt, und keine Uniform, nur seinen Blick. Die

Menschenmassen zwischen ihm und mir lösen sich in Luft auf. Für ihn ist es ein Spiel: Wer wendet zuerst den Blick ab, aber ich bin auf eine andere Art mit ihm verbunden, auf eine, die viel tiefer geht als ein albernes Spiel, und was da auch in mir erwacht: Es wächst, ergreift langsam Besitz von mir, war schon immer da und fordert nun seinen Platz ein. Immanuel besteht nur noch aus den Worten Ofras, an besagtem Abend im Restaurant, aber es ist seine Stimme, die ich höre, die tief aus meinem Innern kommt. Komm nach Israel, Mama.

–

Komm nach Israel, Mama. Welch Ironie, dass ich nach all den Jahren Funkstille nur vier Wörter gebraucht habe, um wieder Kontakt zu dir aufzunehmen. Oder hat sogar ein einziges Wort genügt? War es «Mama», was dich hierher geführt hat?

Kurzum: Seit dem Moment, als ich als Dreizehnjähriger mit meinem Vater das Flugzeug nahm, war die Stille während der Telefonate das Einzige, was ich noch von dir hörte. Du hast oft angerufen. Ich stand neben meinem Vater und konnte nicht hören, was du sagst. Du warst die Gesprächspausen, eine, durch die Entfernung, verzerrte Stimme. Mein Vater sprach leise und schnell, bedeutete mir, zu verschwinden.

Ich zog ab und wartete auf dem Sofa, bis man mich an den Apparat rufen würde. Was nie geschah.

Als wir nach Israel kamen, schien irgendwas mit der Wohnung, in der wir wohnen sollten, nicht in Ordnung zu sein. Deshalb beschloss mein Vater, dass wir den Sommer bei einer entfernten Tante verbringen würden. Die lebte mitten in einer Art Kräutergarten in Safed, in den Bergen Galiläas. Sie hat ihn als Krankenhaus bezeichnet, als Zentrum für alternative Heilmethoden – ganz im Einklang mit der Kabbala. Vermutlich um sich eine Rolle in dieser erstickenden Gemeinschaft zu sichern, um zu kompensieren, dass sie weder Mann noch Kinder hatte. Alles Dinge, die mir erst später bewusst wurden, als ich bereits bei der Armee war und bei stundenlangen Wachdiensten am Kontrollpunkt Arad genügend Zeit hatte, mein armseliges Leben zu überdenken. Die anderen schauten Pornos, wenn das Risiko entdeckt zu werden gering war. Ich begann zu philosophieren. Eine Macke, die ich von meinem Vater geerbt habe.

Es war ein langer Sommer, der erste Sommer in Israel. Knallheiß. Todlangweilig. Im Kräutergarten standen ein paar Tipis, die Tante Bethani an Touristen vermietete. Die ließen sich von Namen wie «Wilder-Thymian-Hütte» oder «Estragon-Balkon» anlocken, beschwerten sich aber über den Strommasten, der neben dem verdorrten Garten stand und penetrant summte, weshalb sie während ihres Rosmarin-Retreats kein Auge zutaten. Ich hing zwischen den Pflanzen und der unbefestigten Straße ab, die sich zum Ort wand. Mein Vater hockte überwiegend im Haus, um in der Klimaanlagen-Eiseskälte sein Hebräisch zu verbessern oder Bewerbungen zu schreiben. Manchmal rief er mich zu sich und las mir Texte vor, von denen ich rein gar nichts begriff, die ich aber angeblich im Blut hätte, so mein Vater.

Ich kann mich vor allem an das Zirpen der Heuschrecken erinnern, eine Plage, die im Sommer über ganz Israel herfiel. Sie fraßen alles kahl, und man brauchte bloß den Kühlschrank zu öffnen, um ihre halbverwesten, zerfallenen Körper zwischen Nudelpackungen und Konserven zu finden. Ich saß häufig auf der Mauer vor dem Haus im Schatten des Mandelbaums, mit Blick über das Tal. Hin und wieder waren Schüsse zu hören, und einmal, als mein Vater sich ausnahmsweise mal neben mich setzte, erklärte er mir, dass das die Armee ist, die in den Bergen Manöver abhält. «Auch du wirst eines Tages eine wesentliche Rolle für das Überleben Israels spielen», sagte er.

In diesen Wochen spürten wir eine merkwürdige Verbundenheit. Das war das erste Mal in meinem Leben, dass ich das spürte, und als wir nach Jerusalem zogen und ich dort zur Schule ging, war es damit schnell wieder vorbei. Aber in Safed waren wir eine richtige Familie, er und ich. Vielleicht vor allem weil du nicht da warst. Ich habe dich vermisst, gleichzeitig genoss ich die Aufmerksamkeit, die ich auf einmal von meinem Vater bekam. Er betonte nicht nur, dass wir nun in der Heimat seien, sondern auch, dass wir etwas Wichtiges für unser Volk getan hätten, indem wir auf heiligem Boden lebten. Er sagte, hier seien wir sicher.

Der erste Eindruck, den man von einem Land bekommt, lässt sich nur schwer wieder rückgängig machen. Und der war tatsächlich: Sicherheit. Frieden. Weil es keine Spannungen zwischen meinem Vater und dir mehr gab. Gleichzeitig war es ein Schock, die Mutter verloren zu haben, während alle anderen in meinem Umfeld behaupteten, wir wären jetzt als Juden endlich vollständig.

Später, als Wachposten, begriff ich, dass mein Vater und ich eigentlich schon viel länger in Israel waren. Israel entstand durch die Texte, die wir lasen, durch die Geschichten, die er mir weitererzählte, das Land ist viel älter als der Staat. Auch deshalb hättest du nie dazugehören können, selbst wenn du gewollt hättest, weil du bloß den Staat kennst und nicht das Land.

Wir zogen nach Jerusalem, und das war in jeder Hinsicht eine Katastrophe. Nach dem schönen, großen Stück Land mitten in der Natur wohnten wir plötzlich in einem winzigen Apartment in einem heruntergekommenen Außenviertel. Wir waren ganz an unseren Glaubenswurzeln, aber alles, was ich sah, waren haufenweise Müllsäcke auf den Balkonen, ausgefranste, verblichene Flaggen an den Geländern, schiefe und krumme, sich aufeinander stützende Häuser in einem Labyrinth aus Straßen, Plätzen und Durchgängen, die nirgendwo hinführten. Unsere Familie in Belgien sah ich nur noch durch eine rosarote Brille, sie wurde zum Symbol für die Sicherheit, die ich für immer verloren hatte. Ich sehnte mich inständig nach etwas zurück, das es so nie gegeben hatte.

Was meinte ich also, als ich dir zehn Jahre später diese Mail schickte, «Komm nach Israel, Mama», die Mail, auf die ich wochenlang keine Antwort bekam? Meinte ich: Komm in das Land, kommt in den Staat oder einfach nur komm zu mir, komm zurück?

11

Mit einem ohrenbetäubenden Quietschen setzt sich das Drehkreuz endlich in Bewegung, und Immanuel geht in der Masse unter, ich versuche, ihn bei mir zu behalten, seine Stimme aus dem Gewusel des überdachten Markts jenseits der Absperrung herauszuhören. Sie verliert sich in dem Geschrei der Verkäufer, die hinter Tischchen voller Glaswaren, Zinnfiguren, Kräutern, Tahini, Ledersandalen und Textilien ihre Produkte anpreisen. Ich weiche einem Schubkarren voller Granatäpfel aus. Shoshanna bedeutet, dass wir uns beeilen sollen.

Ein ungefähr siebenjähriger Junge kommt aus einem Laden hinter den Ständen. Er drückt mir ein Armband mit der Aufschrift FREE PALESTINE in die Hand. Ich signalisiere Abwehr, und sofort fühlt es sich an wie eine Haltung, die ich gar nicht einnehmen möchte, andererseits möchte ich auch kein Armband kaufen. Das Kind nimmt meine Hand. Shoshanna rennt wie ein Hirtenhund zwischen den vorauseilenden Amerikanern und dem Russen hin und her, der an jedem Stand stehen bleibt. Als ich versuche, den Jungen abzuschütteln, verstärkt er seinen Griff. «*No*», sage ich laut. Er drückt noch fester zu. Dann gebietet uns Shoshanna Einhalt, vor dem Stand eines Mannes Anfang zwanzig, einen karierten Schal lose um den Hals geschlungen, der sich als Hassan vorstellt.

Ich schaue auf, durch das Netz, das uns vom blauen Himmel trennt, hinauf zu den Häusern weiter oben am Berg, die knapp oberhalb der Straße errichtet wurden.

«Das sind Häuser des Avraham Avinu-Settlement, und das bedeutet, ‹Abraham ist unser Vater›», so Hassan auf Englisch mit MTV-Akzent. An Anfang und Ende der Straße über uns zwei Wachttürme, aus den gleichen grauweißen Ziegeln der umliegenden Häuser. Sie schauen bedrohlich auf uns herunter. Ich erkenne sie nur, weil er sie benennt, weil er Worte dafür hat und unseren Blick dadurch lenkt. Auf den Netzen liegen große Gesteinsbrocken, Stapel verklebtes Zeitungspapier, eine Flasche mit einer dunkelgelben Flüssigkeit. «Urin», er zeigt darauf. Schuhsohlen, leere Milchtüten, ein Plakat mit zittrigen, windschiefen arabischen Buchstaben. «Terroristen», übersetzt Hassan. «Aber falsch geschrieben.»

Die Gruppe staunt über die Dinge in den Netzen. «Wer sind die Terroristen?», fragt er, und unser Blick eilt zu Hassan. «Ein Palästinenser kann hier wegen Besitz eines Küchenmessers verhaftet werden, während die Besatzer mit Gewehren rumlaufen, die einen halben Meter lang sind. Wer ist hier der Terrorist: der unbewaffnete Mann oder derjenige, der ungehindert mit einer Waffe in der hinteren Hosentasche rumlaufen darf?»

Der Verkäufer des Ladens hinter mir zerrt an meinem Ärmel, zeigt auf drei Schals, die er an einem Garderobenhaken am Netz aufgehängt hat. «*Wonderful, Madam*», sagt er. Auf einem der Schals ist ein Riesenfleck.

«Wir werden von den Soldaten rund um die Uhr beobachtet», sagt Hassan. «Aber wenn wir sagen, dass uns die Siedler mit Müll bewerfen, hat niemand etwas mitbekommen.»

Obwohl sie mich bestimmt beobachten, kann ich auf den Wachtürmen keinen einzigen Soldaten erkennen.

Sie sind zu hoch, die rechteckige Scharte zu klein. Unsichtbar schaut Immanuel auf mich herunter, auf mich und den kleinen Palästinenserjungen an meiner Hand, der den Kopf an meinen Arm geschmiegt hat und weiterquengelt.

«Gut.» Shoshanna klatscht in die Hände. «Zeit für einen Kaffee!» Sie betritt vor uns den Laden. Endlich lässt mich der Junge los. Ich folge der Gruppe in ein kleines fensterloses Hinterzimmer. Eine junge Frau mit Kopftuch lässt uns auf dem niedrigen Sofa mit rotgrüngestreiften Kissen Platz nehmen, gießt in hohem Strahl Kaffee in kleine Tässchen. Ich lehne mich zurück. Sehr bequem ist das Sofa nicht. «Ich war zehn, als ich das erste Mal ins Gefängnis kam», höre ich Hassan sagen. «Weil ich mit einem jüdischen Jungen gestritten hatte. Ich war einen Monat in Haft, ohne meine Eltern sehen zu dürfen, dann kam ich gegen Kaution frei.» Mit zehn. Die Gruppe ist entsetzt.

Etwas bohrt sich in meine Schulterblätter, ich richte mich auf und dann sehe ich sie, hinter meinem Rücken, eine Reihe zylinderförmiger Kartuschen auf einem niedrigen Regalbrett an der Wand. Rot wie ein schlagendes Herz, mit hebräischen Buchstaben drauf.

«Was ist das?», unterbreche ich ihn. Ich nehme eine in die Hand, kalt und schwer liegt sie in meiner Hand.

«Dekoration», sagt Hassan. Eifrig werden sie rumgereicht.

«Wie funktionieren die?», will einer der Amerikaner wissen.

«Das sind Lärmgranaten. Sie geben einen ohrenbetäubenden Knall von sich, lähmen einen vollkommen.

Man hört dann für einen Moment gar nichts mehr. Gefährliche Dinger, es kommt damit zu zahlreichen Unfällen.» Hassan gibt mir die Granate zurück.

Der Russe findet den Laden gefährlich.

«Die sind natürlich längst explodiert. Wir sammeln sie nach den Protesten.»

«Gut.» Shoshanna richtet sich auf. «Wir müssen dringend wieder los.» Die Gruppe sucht ihre Sachen zusammen. Ein Tourist nach dem anderen verschwindet. Ich trödle mit der Granate. «Kannst du Hebräisch lesen?», frage ich Hassan.

«Nur ein bisschen. Lange kannte ich bloß Schimpfworte.» Er lacht. Wieder betrete ich den Laden, der kaum besser beleuchtet ist als das Hinterzimmer. «Als Kind dachte ich, ‹jüdisch› wäre der Oberbegriff für Personenkontrollen, Hausdurchsuchungen, Straßensperren, Gefängnistransporte, Augenbinden. Erst viel später sollte ich begreifen, dass das nicht stimmt. Aber es fällt schwer, diese Realität zu durchschauen.»

«Mein Sohn war Soldat», sage ich.

«Das tut mir leid für dich», meint er nur, während er den Staub von einem Weinkrug aus Zinn wischt.

Ich zeige auf ein Glas Tahini. «Wie viel kostet das?»

«Deine Gruppe ist schon weg.»

Ich drehe mich um, sehe gerade noch die Norweger um die Ecke biegen. «Entschuldigung», sage ich, lege die Granate zwischen die Souvenirs und eile aus dem Laden.

«Das ist das erste Mal, dass ich mit jemandem aus Belgien spreche», sagt der Russe begeistert, während wir hinter Shoshanna über den Markt bummeln. Sie macht sich nicht mehr die Mühe, etwas zu erklären, wir hinken dem Zeitplan hoffnungslos hinterher. «Das ist erst recht ein Land, bei dem man sich fragt, ob es eigentlich wirklich existiert.»

An einer der Ausfallstraßen des Verkehrskreisels befindet sich erneut ein Checkpoint, der den Zugang zu einer höher gelegenen Straße versperrt. Wir gehen in die entgegengesetzte Richtung, ich spüre die Blicke der Soldaten im Rücken.

«Ist das wirklich wahr, dass ihr vier Regierungen habt?»

«Sechs», sage ich.

«Wie funktioniert das genau?»

Ich versuche ihn abzuschütteln, indem ich langsamer werde, alles konzentriert in mir aufnehmen, versuche den Riss wiederzufinden, er muss hier irgendwo sein. Läden lehnen Schulter an Schulter, wie alte Männer suchen sie Halt aneinander. Hier und da versperren dicke Betonblöcke die Straße, mit Graffiti beschmiert: MAKE HUMMUS NOT WAR, in Grün und Rot. Als ich die Tour buchte, sah sich, dass man auch eine Graffiti-Exkursion entlang der Mauer durch die Westbank machen kann. Der Konflikt bringt israelischen Reiseführern gute Geschäfte. Ich wünschte, ich bräuchte keinen Führer, dann müsste ich mir keinen touristischen Blick vorwerfen, andererseits wüsste ich nicht, wie ich das anstellen soll. Als Fremde im Land meines Mannes. Selber schuld.

«Das ist hier so eine authentische arabische Kleinstadt.» Der Russe hat vergeblich versucht, bei den Norwegern Anschluss zu finden, jetzt kommt er wieder zu mir.

«Ist das dein Ernst?»

Er schaut mich erstaunt an. «Wieso?»

«Bei all den Wachtürmen, Checkpoints, Soldaten, Straßensperren und Stacheldrahtrollen?»

«Ist doch authentisch?»

Wir kommen wieder zum Tunnel, der zum Platz mit der Moschee führt. Erneut eine Schlange, diesmal ist sie deutlich kürzer. Mit lautem Summen lässt das Drehkreuz die Leute nach und nach passieren. Kurz vor uns gerät das Ganze wieder ins Stocken. Ein ungefähr fünfzigjähriger Palästinenser wird aus der Schlange geholt. Einer der Soldaten, ein hoch aufgeschossener junger Mann, das Gesicht voller Akne, durchsucht ihn mit einem Metalldetektor. Der Mann hebt die Hände, muss sich drei Mal um die eigene Achse drehen. Unter den Achseln. Zwischen den Beinen. Am gesamten Rücken.

Ich beuge mich zu Shoshanna. «Sind das Kfir-Soldaten?», flüstere ich.

Sie schaut mich an, als hätte ich ihr gesagt, wie der Hund von Premierminister Netanyahu heißt. «Wie kommst du darauf?»

«Einfach so, ich hab mich schlau gemacht.» In meiner Handtasche befindet sich eine Nagelschere. Sie ist sehr spitz. Ideal, um sie jemandem direkt in die Halsschlagader zu rammen. Wenn das hier wirklich so ein strenger Soldat ist, darf die Reihe gleich noch mal warten. Dann darf mich Immanuel abtasten, damit ich ihn endlich aus der Nähe betrachten, mir vorstellen kann, wie er in diesem schildkrötengrünen Kampfanzug ausgesehen haben muss.

Der Soldat bedeutet dem Mann, dass er seine Schuhe ausziehen soll. Niemand in der Reihe seufzt genervt, alle schauen gelassen zu.

«Das sind Golanis», flüstert Shoshanna.

«Das müssen Kfir-Soldaten sein», zische ich zurück. «Die sind in Hebron stationiert.»

«Nein, tut mir leid, das sind Golanis.»

«Woher weißt du, dass das Golanis sind?»

«Das sieht man den Ärmelabzeichen. Die Leute hier werden alle paar Monate ausgewechselt, sie sind nie lang am selben Ort.»

So nah. So nah bei Immanuel, und dann sind die Typen, in denen ich die ganze Zeit Immanuel gesehen habe, verdammte Golanis!

Der Mann darf sich die Schuhe wieder anziehen. Die Reihe setzt sich erneut in Bewegung. Als ich erwartungsvoll das Drehkreuz passiere, nehme ich Blickkontakt zu dem Akne-Typen auf, den Soldaten von vorhin kann ich nirgendwo entdecken. Die Schere glüht förmlich in meiner Tasche. Ich darf passieren, muss sie nicht einmal öffnen.»

–

Die Vorstellung, Mama, die du von einem granatenwerfenden Soldaten hast, ist vermutlich eine von einem jungen Mann im Tarnanzug, der genauso gut einen Baseball werfen könnte. Du siehst nur die Oberfläche: den Soldaten, die Granate, den Rauch nach einem kurzen Knall. Der Knall an sich dauert tatsächlich keine Sekunde, aber hast du dich schon mal gefragt, wann die Explosion *wirklich* ausgelöst wird? Beim Herausziehen des Stifts (man denkt: einundzwanzig, zweiundzwanzig, zwei Sekunden, dann wirft man sie), oder hat sie schon begonnen, als man die Granate zugesteckt bekam? Explodiert sie sogar noch früher, bei dem Gedanken, danach zu greifen, beim Training für den Moment, an dem man sie benutzen wird oder beim Eid, den man an der Mauer auf die Bibel schwört?

Ist bereits vor Jahren ein leiser Knall zu hören, in einer kalten Wohnung in Jerusalem, ein dumpfes Geräusch, das man gar nicht wahrnimmt, weil es so rauscht im Kopf? Es kann auch von der Zugluft kommen, die dir durch die Türritzen bis in Mark dringt. An und für sich kann das Geräusch auch noch zu Wind werden, es kann noch alles werden, dort in dieser Wohnung in Jerusalem, aber es ist schon bei dir, hüllt dich ein und wird mit den Jahren lauter, bis zu den paar Sekunden, als du eine Entscheidung fällst, als du zum Wurf ausholst.

An einem der ersten Tage, kurz bevor die Schule anfing, nahm mich mein Vater mit nach Yad Vashem. Weil ich sonst nie verstehen würde, warum wir nach Israel ausgewandert waren. Am gläsernen Eingang der Holocaust-Gedenkstätte musste eine Gruppe junger Soldaten die Waffen abgeben. All diese Waffen, wie Regenschirme aufrecht in einem Rollwagen aus Metall. Durch den beklemmenden Betontunnel, tief im Berg, liefen wir an der untergegangenen europäischen Welt unseres Volkes vorbei. Mein Vater ermahnte mich, langsamer zu laufen, damit ich mir die Informationstafeln besser durchlesen, die Videos mit den Aussagen der Zeitzeugen bis zum Ende anschauen könne. In einigen Sälen waren zu viele Soldaten, dann mussten wir im Flur warten. Überall Leute, die in Videos von Eltern erzählten, die mitten in der Nacht abgeholt worden waren, noch lebende Menschen, die sich zurechtgemacht, für den Dokumentarfilm ihre beste Kleidung angelegt hatten, sich vor der Kamera wieder in das verängstigte Kind, versteckt im Kleiderschrank, verwandelten.

An dem Tag, als wir abgeholt wurden, war trotzdem schönes Frühlingswetter, ich spürte meinen Vater im Rücken, eine gigantische, zwingende Präsenz, *die Toten im Ghetto wurden mit Zeitungen zugedeckt, wir beschwerten die Ecken mit Steinen, damit sie nicht fortwehten,* die Soldaten hörten ihrem Führer aufmerksam zu, sie befanden sich in einem anderen Museum als ich, ich beobachtete sie und sah, wer ich einmal werden würde, *ich musste die Leichen aus der Gaskammer holen und sie nach unten werfen, manchmal gaben sie einen tiefen Seufzer von sich, ein letzter Atemzug, der ihnen beim Aufprallen entwich,* und als ich fünf Jahre später selbst als Rekrut in den ersten Wochen meiner Grundausbildung das Museum besuchen musste, sah ich mich wieder als Kind dort stehen, im Flur vor dem Saal, *ich habe die Jahre im Lager überlebt, indem ich mir das Wiedersehen mit meiner Familie ausgemalt habe, doch als ich zurückkam, erfuhr ich, dass alle tot waren,* aber jetzt sah ich meinen Vater klarer vor mir, ein großer Schatten hinter diesem jungen Mann, eine Gestalt, die unter der Geschichte gebückt ging, unter den Stimmen im Museum, unter den Geschichten seines Vaters auf der Nerzfarm in Polen.

Auch im Museum erzählte er mir nichts von seiner Kindheit, das Wenige, das ich wusste, waren die Geschichten, die immer wieder erzählt wurden: dass er mit den Fingern über die Gitterstäbe der Käfige fuhr, eine metallische, leiser werdende Melodie ganz in seiner Nähe, die sich mit dem Fiepen der kleinen Tiere vermischte. Ihre feuchten Schnauzen, die sich nach seinen Fingern reckten, das Schimmern ihres Fells, tiefschwarz bis torfbraun. Seine zu großen Stiefel, die ihm um die Füße schlackerten und über die er stolperte, wenn er über die Wiesen rannte, gefolgt von Boris, der uralt wurde für einen Schäferhund und am Abend, bevor Joachim meine Mutter heiraten sollte, den Kopf auf die Pfoten legte und starb – ohne dass es jemand mitbekam. Erst als es nach zwei Tagen Feiern wieder etwas ruhiger wurde, bemerkte seine Mutter den steif gewordenen Körper vor dem Küchenherd.

Immer dieselben Geschichten, in anderen Worten und mit einem anderen Anfang, die ich mir immer wieder gern anhörte, weil es so wenige davon gab. Es waren Tore zu einer Welt, zu der ich nicht gehörte, die aber in mir weiterlebte. Wie mein Vater von meinem Großvater die Erlaubnis bekam, in dem großen Schuppen ein Tier auszusuchen, wie er das mit dem weichsten Fell nahm, das frechste mit klaren Knopfaugen, es wog kaum mehr als ein paar Kilo, aber mein Vater spürte die Last der Entscheidung. Dieses Tier würde er retten, ja zähmen können, und sein Vater nickte wohlwollend, als er es ihm zeigte. «Komm mit», sagte mein Großvater und kehrte ihm den Rücken zu. In einem Anbau des Schuppens ließ er den Nerz in eine Holzkiste fallen, die bis auf einen einzigen Schacht keinerlei Öffnung besaß. «Leite du das Gas ein, Joachim», und mein Vater beschrieb, wie es zischend in die Kiste drang, wie mein Großvater ihn in diesen endlosen Minuten unverwandt ansah. Keine Sekunde ließ er den Blick meines Vaters los, erst als die Stille zwischen ihnen (falls es die überhaupt gab, bei all dem Fiepen und Kreischen der anderen Nerze) lange genug gedauert hatte, durfte mein Vater den Nerz rausnehmen. Mein Vater beugte sich über die Kiste und leicht benebelt durch das für ihn harmlose Gas, zog er das Tier hervor, folgte seinem Vater zu dessen Arbeitsplatz, legte es auf die hölzerne Werkbank, wo schon das Fleischermesser wartete.

Mehr nicht. Nichts über das, was mein Großvater ihm von seiner Zeit in Auschwitz erzählt hatte, nichts über den Rest der Familie, von der nur eine einzige Tante und drei Neffen zurückgekehrt waren. So als würden die Geschichten nach einer Generation abreißen, als wären uns Kummer und Angst nicht tiefer in die Seele gedrungen. Mein Großvater hatte die Neugier der jüngeren Generation nicht verhindern können, und kurz vor der

Hochzeit meiner Eltern hatte er eines Abends dann doch etwas erzählt, aber danach war Schluss, mein Vater behielt das alles für sich. In der festen Überzeugung, dass ich das Wichtigste sehr wohl wisse: dass wir ein unterjochtes Volk sind, das sich nirgendwo wirklich sicher fühlen kann.

Mitten im Museum verlor ich meinen Vater irgendwann aus den Augen. Ich irrte weit vor ihm her, betrat die verschiedenen Säle, lief im Zickzack-Kurs durch den breiten Flur, der sie miteinander verband. Die Texte las ich nur halb, die Fotos sah ich mir genauer an, vor allem die aus Polen. Aus den Gesichtern der Menschen versuchte ich, etwas über mich in Erfahrung zu bringen, eine Erinnerung, die wir vielleicht teilen konnten, im Laufe der Zeit, ja im Lauf unseres Lebens. Ich erkannte nichts wieder.

Der letzte Saal ging über zwei Stockwerke, ein überkuppelter Raum mit Regalen an den Wänden, die laut Informationstafel Gedenkblätter mit biografischen Angaben zu mehr als zwei Millionen Opfern enthielten – Leben, die auf ein einziges Blatt passen. Ich lehnte mich an das Geländer, starrte auf die Regale, hörte, wie die Nationalhymne Israels gedämpft aus dem gegenüberliegenden Saal kam, mit den leisen Kehllauten des Hebräischen, das ich damals noch nicht verstand. Mein Vater kam eine gute Viertelstunde später herein und klopfte mir auf die Schulter. Gemeinsam gingen wir endlich nach draußen auf die sonnige Terrasse am Ende des Tunnels. Unter uns erstreckte sich das Land, unsere Rettung, in einer bewaldeten Kuhle, grün und fruchtbar. Hier blieben wir lange stehen, gefühlt mehr als eine halbe Stunde, und ich atmete tief durch, spürte, wie der Druck auf meinen Schultern etwas nachließ.

Wir nahmen erneut den Weg. Hinter uns befand sich ein niederländisches Paar, das sich aufregte, weil es eine bestimmte Ruine nicht fand, die laut Reiseführer deutlich zu sehen, sie musste irgendwo an der Bergflanke liegen. «Das sind die Ruinen eines palästinensischen Dorfes, jetzt steht dort eine psychiatrische Klinik, in der das Jerusalemsyndrom behandelt wird», sagte die Frau. Ich grinste meinen Vater an, fand es witzig, dass wir einander verstehen konnten, an einem Ort so weit weg von zu Hause. Mein Vater ignorierte mich, versank weiter in seinen Gedanken. Ich drehte mich zu der Frau um, die mich gar nicht bemerkte. «Was für eine Ironie, oder?» Sie stieß ihren Mann in die Seite. «Ich bin nämlich echt noch traumatisiert von diesem Museum.»

«Jetzt unternehmen wir was Schönes», sagte ihr Mann.

Erst als wir in einem Café in der Jaffa Street saßen und die Kellnerin unsere Bestellung gebracht hatte, begann mein Vater wieder zu reden. «Lass uns trinken», sagte er feierlich. «Auf jüdische Soldaten, jüdische Minister, jüdische Flaggen.» Er stieß mit seinem Bier gegen meine Fanta. Ich trank sie auf einen Zug halb leer. «Ist dir eigentlich klar, was das bedeutet, Immanuel?» Er schaute mich abwartend an und schüttelte dann den Kopf, trank sein ganzes Bier auf einmal aus und bestellte noch eines.

Wann also beginnt eine Granate zu rauchen? Vielleicht schon weit vor der Geburt des Soldaten. Vielleicht schon in dem Moment, wenn der Großvater seinem Nachbarn nachschaut, das verfallene Haus betritt und ein paar Scherben unter den eingeschlagenen Fenstern aufkehrt. Und viele Jahre später, bei einem nächtlichen Wachdienst, wiegt sein Enkel die Granate in der Hand. Sie hätte ein Baseball sein können.

«Tu nichts, was dich später um den Schlaf bringt», hatte Schuchman, mein Feldwebel, nach ein paar Wochen Hebron gesagt. «Irgendwann ist dein Wehrdienst vorbei, vergiss das nicht.» In der Nacht, als ich die Granate explodieren ließ, hatte ich weit mehr als die Hälfte meines Wehrdiensts hinter mir, mir fehlte noch ein knappes Jahr. Schlaflose Monate nagen an den Rändern der Wirklichkeit, alles trübt sich ein. An diesem Abend hatte ich mit Moshe Dienst, einem jungen Mann, der das Talent hatte, ausschließlich traurige Witze zu erzählen. Ich versuchte ihn zu toppen, doch er war mir stets eine Nasenlänge voraus. Stockfinster umschloss die Wüste Negev das Lager. Auf der Straße fuhr ab und zu ein Wagen vorbei, zum Spaß verfolgten wir ihn mit unseren Suchlampen, mehr geschah nicht.

Es war ein stinknormaler Wachdienst.

–

Gleich nach unserer Ankunft in Israel hörte mein Vater auf sich zu rasieren, trotzdem wurde sein Bart nie so voll, wie er sich das vorstellte. Auch die Haare ließ er sich nicht mehr schneiden. Nach einigen Wochen waren sie wieder natürlich gewellt, und Monate nach unserer Ankunft, als sich mein Alltag passend zum Schulrhythmus eingeschliffen und der Winter unsere Wohnung um alles Licht gebracht hatte, waren sie so lang, dass sie ihm bis auf die Schultern reichten. Er nahm rasch zu, weil wir uns hauptsächlich von den schweren Eintöpfen ernährten, die Frau Aharon, die Nachbarin von oben, ab und zu vorbeibrachte, ansonsten von Fertigmahlzeiten aus der Tiefkühltruhe. Nicht nur körperlich nahm er mehr Raum ein. Er fand eine Stelle bei einer kleinen Firma für Milchprodukte, die polnischen Käse importierte, bekam rasch Verantwortung und nahm seine Arbeit oft in Form von etlichen Packungen Sahnequark mit nach Hause, den wir zu zweit nie hätten aufessen können. Auch seine Haltung wurde stolzer und raumgreifender, ja sogar seine Stimme wurde tiefer.

Auf diese Weise bekam ich nicht nur ein neues Land, eine neue Sprache und ein neues Zuhause, sondern auch einen neuen Vater. Aus ihm kam langsam jemand hervor, den ich kaum wiedererkannte. Und ein knappes Jahr nach unserem Umzug stellte mir dieser neue Vater eine neue Mutter vor.

Zivat brachte drei Töchter mit. Noch kleine Mädchen im Alter von drei, fünf und acht Jahren, für die ich ein lebendes Spielzeug war. Zu allem Überfluss zogen sie gleich alle bei uns ein, ich musste mein Zimmer hergeben und bekam die Abstellkammer, die von allem Krempel befreit und weiß gestrichen wurde, um die fehlenden Fenster zu kompensieren (eine Geste, die ich durchaus zu schätzen wusste). Dennoch hatte ich Gründe genug ihnen deutlich zu zeigen, dass ich von der ganzen Familie am meisten unter dieser Laune meines Vaters zu leiden hatte.

Von da an hing ich so lange wie möglich in der Schule ab und ging nach dem Abendessen wieder raus, zu einem der Plätze, wo Jungs Basketball spielten. Das Spiel kaschierte, dass ich trotz der Nachhilfestunden in der Schule nicht so gut Hebräisch sprach. Nach einiger Zeit lernte ich durchs Basketballspielen auf Hebräisch zu fluchen, wodurch ich mich heimischer fühlte.

«Findest du es nicht großartig, Immanuel, dass hier alle Juden sind? Dass du hier keine Ausnahme, sondern die Regel bist?», hatte mein Vater einmal gefragt, als wir noch allein wohnten und beim Abendessen einfach schweigen konnten, weil sich herausstellte, dass wir uns tatsächlich nichts zu sagen hatten. Ich wusste keine Antwort darauf und konnte dieses Gefühl noch immer nicht teilen, so sehr ich mich auch bemühte. In der Grundschule von Edegem war ich immer der komische Kerl mit der Kippa gewesen, hier war ich der komische Kerl, weil ich die Sprache kaum beherrschte. Ab und zu rief meine Tante an, kurze Pflichtgespräche, die immer damit endeten, dass ich mich in der Schule anstrengen solle. Außerdem dämmerte mir langsam, dass ich von dir, Mama, nichts mehr zu erwarten hatte. Die einzige Verbesserung meiner Situation war, dass es keinen Streit mehr zwischen euch gab und das Wetter, auch wenn es in Jerusalem manchmal ganz schön kühl sein konnte.

Der Spaß beim Spielen dauerte bis zum Sommer, als es eine Hitzewelle gab, die alle ans Haus fesselte. Unsere Zweizimmerwohnung war viel zu winzig für drei kleine Kinder, zwei Erwachsene und mich. Die meiste Zeit verbrachte ich zwischen den Müllsäcken auf dem Balkon zum Hof, auf dem es genug Schatten gab, um den Bildschirm meiner Spielekonsole erkennen zu können, und auf dem es ausreichend stank, um die Mädchen fern zu halten.

Kurz schien sich meine Situation durch Yakov zu verbessern, ein magerer Junge, der mit seinem Vater in die Wohnung gegenüber gezogen war. Auch ihr Balkon ging auf diesen tristen Hof voller Krempel hinaus, der den Blicken im besten Fall durch zum Trocknen aufgehängte Wäsche entzogen wurde. Die flatterte an einer der vielen Leinen, die kreuz und quer gespannt waren. Es war ein kleiner Hof, und ich konnte in alle Wohnung schauen, die auf unserer Höhe oder ein Stockwerk tiefer lagen. Yakovs Wohnung war nicht lange leer gestanden. Vor ihm hatte dort ein alter Mann gewohnt, der nicht viel mehr tat, als gegen sich selbst Schach zu spielen. Vom einen Tag auf den anderen war die Wohnung leer, und eine Woche später stand ein rot angelaufener Junge auf dem Balkon. Er schrie, dass meine Mutter eine Hure sei. Ich zeigte ihm den Stinkefinger. Erst als ich ihm ein paar Tage später auf der Straße begegnete (ich erkannte ihn wieder, weil er einen Baum anschrie, seine Mutter sei eine Hure), merkte ich, dass er nicht vor Aufregung rot angelaufen war, sondern vor Akne. Er drehte sich zu mir um. «Deine Mutter ist eine Hure», sagte er. Und gab mir die Hand.

«Ich weiß.» Ich schlug ein. Wir gingen gemeinsam weiter, gebückt unter der Hitze. Ich war beauftragt worden, im benachbarten Lebensmittelladen Tomaten fürs Abendessen zu kaufen und hatte vor, mir so viel Zeit wie möglich damit zu lassen. Wir liefen um den Block, anschließend noch mal. Hure, sagte er. Ja, sagte ich. Er war der Erste, der kein einziges Wort über mein Hebräisch verlor.

Sein Vater war kaum zu Hause, sodass wir sturmfreie Bude hatten, um meinen Plan in die Tat umzusetzen. Yakov kannte das Passwort ihres Computers im Wohnzimmer, spielte das YouTube-Video immer wieder von vorne ab. Er nickte. Eigentlich nickte er ständig, ansonsten gab es keinerlei Anzeichen dafür, dass er versucht hätte, sich zu wehren.

Alles, was wir brauchten, fanden wir bei ihm. Ein Dutzend Tischtennisbälle. Ein scharfes Messer und Alufolie. Ich ging nach Hause, ignorierte Zivat und die Mädchen, die hochkonzentriert ein Puzzle aus fünf Teilen legten, wühlte in einer Schublade und fand ein Feuerzeug. Auf dem Balkon winkte ich Yakov. Ich hielt das Feuerzeug unter den in silberne Alufolie gewickelten Tischtennisball und warf ihn gegen die Hauswand neben seinem Balkon. Der Ball prallte dagegen, fiel zwischen die flatternden Laken, und eine Rauchwolke breitete sich im Innenhof aus. Yakov lachte laut, nahm seine Rauchbombe und warf sie in meine Richtung. Sie schaffte es nicht bis zu mir, sondern traf einen Blumenkasten unter uns. Ich beugte mich übers Geländer, versuchte die Bombe zu lokalisieren, doch es stieg kein Rauch auf.

Also suchte ich an den darauf folgenden Tagen nach einer spektakuläreren Anleitung. Mein Vater hatte ein paar Tage frei, die er hauptsächlich auf dem Sofa verbrachte, umringt von den Mädchen, die mit ihm bestenfalls Quartettspielen und schlimmstenfalls sein Haar flechten wollten.

«Kann ich etwas Geld haben?», fragte ich. Er schaute kurz auf und runzelte die Stirn, zog anschließend seinen Geldbeutel aus der hinteren Hosentasche und steckte mir wortlos einen Hundertschekelschein zu. Hundert Schekel! Ich stand da und wartete, dass er noch etwas sagen würde, aber er war beim Gänsespiel gerade im Brunnen gelandet. Die beiden ältesten Mädchen lachten ihn aus und die Jüngste stimmte mit ein, ohne zu wissen, warum.

«Reicht das, um Salpetersäure davon zu kaufen?», fragte ich.

Er schaute verstört auf. Strich der Jüngsten, die bei ihm auf dem Schoß saß, übers Haar.

«Ja, klar», sagte er.

Ich zog mich auf den Balkon zurück, wo ich mich an die raue Hausmauer lehnte. Gegenüber rührte sich nichts. Den ganzen Nachmittag hockte ich dort und wartete, dass Yakov auftauchen würde. Es blieb den ganzen Abend dunkel in seiner Wohnung.

Die Hitzewelle hielt an. Auf dem Balkon entzündete ich kleine Papierknäuel, in der Hoffnung, irgendwo einen Alarm auszulösen, aber es passierte nicht das Geringste.

Yakov kam nicht mehr nach draußen, und als ich einmal bei ihm klingelte, sagte eine Männerstimme durch die Gegensprechanlage, dass er in der Schule sei, so wie alle Kinder.

«Es sind Sommerferien», erwiderte ich.

Er geht auf eine besondere Schule», sagte die metallische Vaterstimme.

Ich klebte meinen Kaugummi auf die Gegensprechanlage und schlenderte wieder nach Hause. Zivat werkelte in der Küche und sang ein Lied, das ich nicht kannte. Sie sei eine Sabra, hatte sie verkündet, als mein Vater sie mir in einem Eckcafé in unserer Straße vorstellte. Sabra oder Sabre entpuppte sich als Ehrentitel für diejenigen, die in Israel geboren worden waren. Auch ihre Eltern waren Sabres, alle beide, sogar ihre Großeltern väterlicherseits hatten schon immer in Palästina gelebt. Ihr Vater und ihre Mutter hatten die Unabhängigkeit miterlebt, sie sprach das Wort «Unabhängigkeit» aus wie ein Kind, das «Disneyland» sagt. Sie beugte sich zu mir und drängte mich, ernsthaft an meinem Hebräisch zu arbeiten, wenn ich denn in dieser Gesellschaft alle Chancen haben wolle.

«Ein Sabre ist eine Art Kaktus, außen hart und stachlig, aber innen weich und süß. Er ist ein Symbol», sagte mein Vater. «Für den neuen Juden, den israelischen Juden, den Juden, der sich verteidigt, den Juden, der über eine Armee verfügt und sich nicht zur Schlachtbank führen lässt.» Er wandte sich an Zivat, die sich mit den Fingern durchs lange schwarze Haar fuhr. Ich nahm einen grünen Schimmer darin wahr, vermutlich von der Café-Beleuchtung. Sie nickte.

«Nach der Unabhängigkeit haben meine Eltern die

ganze Nacht getanzt, obwohl sie wussten, dass es am nächsten Tag Krieg geben würde. Diesmal kein Krieg darüber, wer Jude ist, sondern darüber, wie er sein möchte. Dafür wollte man kämpfen.» Sie lächelte, als wäre sie dabei gewesen. «Es ist wichtig zu wissen, dass du dafür kämpfen wirst, Immanuel, in einigen Jahren. Dass du hier wirklich etwas bewirken kannst, daran musst du denken, wenn du Heimweh nach Belgien hast.»

Ungefähr fünf Jahre später ging ich zur Armee und sollte feststellen, dass die größte Schlacht, die ich zu schlagen hatte, die gegen die Einsamkeit war. Es fällt schwer, die Ideale nicht aus den Augen zu verlieren, wenn man durch Sandstürme geblendet wird.

Ein einziges Mal wurde ich gebeten, auf die Mädchen aufzupassen, und das anschließende Verbot, noch irgendeine Verantwortung für sie zu übernehmen, war letztlich mein größtes Glück. Zivat und mein Vater sollten fast anderthalb Jahre nicht mehr ausgehen, was aber nicht ausschließlich an mir lag. Ein Ausflug musste für Zivat sowieso religiös begründet sein, sonst war er die Mühe nicht wert. Wenn sie doch mal was unternahmen, baten sie die alte Frau Aharon aufzupassen, bis die schließlich sagte, das sei ihr zu anstrengend, drei große Mädchen und ich, obwohl ich ihr von Anfang an versucht hatte klarzumachen, dass ich nicht derjenige war, der einen Aufpasser brauchte. Als ich dann fünfzehn war und Zivat und mein Vater in eine Art Debattierclub der Synagoge eintraten, weshalb sie alle zwei Wochen einen Abend weg sein würden, engagierten sie eine feste Babysitterin für die Mädchen. Ziemlich peinlich, weil die genauso alt war wie ich.

«Ich weiß nicht, worüber sie sich am meisten aufgeregt haben», erzählte ich. «Über das Spiel an sich oder dass wir eine Seitenwand des Schranks dafür missbraucht haben.»

Ich zeigte ihr die Löcher und Kratzer, wo die Messer stecken geblieben waren. Die Älteste war gar nicht mal so schlecht gewesen, die hatte mich positiv überrascht.

«Du bist gestört», sagte Ofra.

Ich nahm es als Kompliment.

–

Wir rannten mit einem fünfunddreißig Kilo schweren Rucksack auf dem Rücken von einer Linie, die unser Kommandant in den Sand gemalt hatte, zur anderen in zweihundert Metern Entfernung. Es hatte fast vierzig Grad, meine Uniform wies schon nach einem halben Tag weiße Salzspuren auf, weil mir der Schweiß nur so lief. Ich hatte das Glück, meinen Wehrdienst mitten im Sommer mit einer Grundausbildung in der Wüste Negev zu beginnen. Das war mein erster Tag bei der Armee, und ich dachte: Viel schlimmer kann es nicht werden. Bei jedem dumpfen Knall, den meine Armeestiefel verursachten, dachte ich an Ofra. Sie würde nur wenige Wochen später ihre Grundausbildung in Galiläa beginnen und anschließend zum Education Corps gehen, um an Schulen über die israelische Identität zu sprechen. Ich sah sie auf der Terrasse von Moses' Cave sitzen und bekam Herzstechen, aber dafür war die Anstrengung verantwortlich.

Immer wenn wir die Linie erreichten, mussten wir Haltung annehmen, kerzengerade nebeneinander stehen, regungslos. Der schwere Rucksack drückte mir die Schultern nach unten, ich hatte große Mühe, das Gleichgewicht zu wahren. Der Kommandant kam auf uns zu, ein sehniger kleiner Mann mit schuppiger Kopfhaut, der Kleinste von uns allen. Mit der Piepsstimme eines Kanarienvogels behauptete er, jemand habe sich gerührt, und wieder mussten wir auf die andere Seite rennen, so schnell wir konnten. Er trabte gemächlich hinter uns her, und als er uns eingeholt hatte, konzentrierte ich mich stocksteif auf die Gurte meines Rucksacks, auf das Stechen in meinen übersäuerten Waden, auf den über uns flirrenden Wüstenhimmel. Er schritt uns träge ab, sein Blick nahm sich Zeit, jedes Lidzittern und jedes Fingerwackeln zu registrieren.

«Ich hab gesehen, wie du den Fuß bewegt hast, du Idiot!», hörte ich ihn am Ende der Reihe brüllen, und schon ging es wieder los, die Hände an den Gurten unserer Rucksäcke, die Hälse nach vorne gereckt, und ich verfluchte den Kerl, der sich immer wieder rührte: Was hast du nur in der Armee verloren, wenn du keine Sekunde still stehen kannst? Das Herz pochte mir in den Ohren, ich war nass bis auf die Unterwäsche, der Baumwollstoff scheuerte an meinen Hoden und ich verfluchte Ofra und ihre Division, die sogar Kindergartenkinder schafften. Ich verfluchte Zivat, und auch meinen Vater wünschte ich zur Hölle. Auf sein Drängen hin hatte ich mich zur Infanterie gemeldet: Deiner Kondition wird das nur guttun. Da tust du wirklich was für dein Land. Bekommst später einen besseren Job. Bla, bla, bla. Ihr Stolz, als ich aufbrach – ich verfluchte ihn, während ich reglos mit zusammengekniffenen Augen in die Ferne starrte und den

Kommandant vorbeikommen sah, die Luft anhielt, als er das Ende der Reihe erreichte, und fluchte, als er rief, dass er wieder jemanden bei einer Bewegung ertappt hatte, «und jetzt rennen!»

Die Lunge drohte mir zu platzen. Schwarze Schlieren tanzten mir vor den Augen. Ich stieß mich erneut ab, um loszusprinten. Genau da trat ein junger Mann vor.

«Kommandant!», rief er.

Ich stolperte fast über meine Füße, und ein paar Jungs, die schon losgerannt waren, blieben nach einigen Schritten wieder stehen.

«Kommandant, darf ich was fragen?» Er hieß Etgar. Er hatte im Bus hierher neben mir gesessen und die ganze Fahrt etwas in ein Notizbuch geschrieben.

«Was schreibst du da?», hatte ich gefragt.

«Was über dich.»

«Über mich? Was denn?»

«Du bist witzig, ohne es zu merken.»

Der Kommandant ging auf ihn zu. «Dann mal raus mit der Sprache!»

Etgar räusperte sich, schien kurz zu zweifeln. Er sah uns hilfesuchend an, aber ich wich seinem Blick aus. «Herr Kommandant, es gibt niemanden, der sich noch rührt, wirklich nicht. Wenn Sie wollen, dass wir hin und her rennen, um unsere Kondition zu verbessern, dann sagen Sie das doch einfach. Sie brauchen uns doch deswegen nicht zu belügen? Es ist unser erster Tag bei der Armee, und ehe wir uns versehen, sind wir alle notorische Lügner.»

Der Kommandant lief rot an, presste zunächst die Lippen zusammen, dirigierte uns mit einer Armbewegung wieder ordentlich in eine Reihe. Etgar musste vierzig Liegestützen machen, mit Rucksack, er schaffte sechs und bekam anschließend einen Asthma-Anfall. Am nächsten Tag wurde er in eine Division versetzt, in der er, wie ich Monate später auf Facebook sah, einen Job bekam, bei dem er Computer in einem Keller überwachen musste. Das ließ ihm genügend Zeit, um an seiner Schriftstellerkarriere zu arbeiten.

Wir witzelten oft in der Kantine darüber, wir ahmten das Gesicht des Kommandanten nach, es tat uns leid, dass Etgar nicht mehr bei uns war, um unsere Situation zu erleichtern. Und auch nach der Grundausbildung musste ich noch oft an ihn denken, mit einer Mischung aus Spott und Bewunderung, stets fragte ich mich, warum ich es nicht gewagt hatte, laut auszusprechen, was jeder dachte.

Der Sand, das Licht und der Wind zerrten an uns, schliffen die letzte Zivilistenschicht ab. Nicht nur die Armee, sondern auch die Wüste machte uns zu Soldaten, zu Männern, die auf einen Krieg warteten, der uns das Gefühl geben würde, uns nützlich zu machen. Ab und zu sah ich auf der Straße ein Auto vorbeifahren, gefolgt von einer Staubwolke, und dann kam es mir so vor, als berührte unsere Welt die tatsächliche kaum noch. Alles außerhalb des Lagers war verzerrt. Die Armee hatte ihre eigenen Regeln, ihren eigenen Rhythmus, ihre eigene soziale Ordnung. Sie war Israel im Kleinformat, mit Menschen aus Tel Aviv und Siedlern, mit Drusen und Juden, mit Migranten und Sabres, alles wild durcheinander, aber dafür genauestens orchestriert, jeder hatte seine Rolle, eine Gesellschaft innerhalb der Gesellschaft.

Nach der Grundausbildung wurden wir an der Klagemauer vereidigt. Mein Vater filmte das Ganze mit seinem Smartphone, Zivat hatte Kuchen mit Bockshornklee gebacken, der mir nach dem ganzen Kantinenfraß sogar richtig schmeckte, auch wenn ich peinlich darauf achtete, mir das nicht anmerken zu lassen. Ofra sah ich kaum. Sie sollte wenige Tage später ihren Wehrdienst antreten und musste noch einige Vorbereitungen treffen, wie sie sagte. Ich umarmte sie, vergrub die Nase in ihrem Haar. Sie riss sich los.

«Nicht so klammern, Immanuel», sagte sie.

In den dreißig Zentimetern zwischen unseren Gesichtern lagen vier Monate Abwesenheit. Sie lächelte schwach und packte mich dann am Arm. «Wir sehen uns bald», flüsterte sie, bevor sie der übertrieben begeisterten Zivat auswich und in der Menge aus Eltern und Rekruten verschwand.

Für einen Krieg trainieren, der nicht kommt. Acht Stunden an einem Checkpoint bei Hebron Wache stehen. Eine nervtötende Routine, bei der ich mich irgendwann dabei ertappte, den Krieg herbeizuwünschen. Noch ein paar Monate, und es wurde wieder Sommer, und der Sommer in Gaza ist immer heiß. Und tatsächlich gab es Gerüchte, es hieß, wir kämen schon bald weg von diesem langweiligen Ort, es klang wie eine Erlösung – wie eine fixe Idee, die nebulös über unserem Alltag schwebte. Bei allem, was ich tat, bei jedem Auto, das ich anhielt, bei jedem, den ich vernahm, schimmerte auf einmal das große Ganze durch, das uns in der Schule ständig eingetrichtert worden war, zu dem ich aber nie richtig gehört hatte.

Ein Versäumnis, das ich bei der Armee wettzumachen versuchte. Als im Westjordanland drei junge Israelis entführt wurden, hatte ich bereits eine Zusatzausbildung zum Kommandanten absolviert. Die Friedensgespräche zwischen Israel und der PLO führten wieder mal zu nichts, die jungen Männer wurden zwei Wochen später ermordet aufgefunden, jüdisch-israelische Einwohner Ost-Jerusalems entführten einen palästinensischen Teenager und verbrannten ihn bei lebendigem Leib. Wir verfolgten die Nachrichten auf unseren Smartphones, kamen uns vor wie winzige Rädchen, sichtbar für diejenigen, die wir am Checkpoint anhielten, aber unsichtbar innerhalb des Uhrwerks, das sich zum x-ten Mal in Bewegung gesetzt hatte, ja vielleicht nie stehen geblieben war, das sich nur noch schneller drehte und alle mitriss. Und so kam es, dass ich eines Mittwochs im Juli als Kommandant meiner eigenen Einheit durch den Gang eines Basislagers unweit von Gaza lief und einen Soldaten weinen hörte.

Ich blieb vor der offenen Tür stehen und spitzte die Ohren. Lang gezogenes, verhaltenes Schluchzen. Vorsichtig steckte ich den Kopf ins Zimmer, das auf den ersten Blick leer war. Erst nachdem ich es betreten hatte, sah ich ihn daliegen, im obersten Stockbett neben der Tür, flach auf dem Bauch, das Gesicht im Kissen vergraben. Draußen spielten ein paar der Jungs Fußball, sie johlten, versuchten ihre Freizeit auszukosten, bevor wir in Gaza Einzug halten würden. Andere bildeten Grüppchen bei den Baracken, ein paar Stunden vor dem Angriff schlossen sie Freundschaften fürs Leben. Sie waren ausnahmslos jünger als ich. Hatten erst vor Kurzem ihre Grundausbildung beendet, und trotzdem gab es da schon eine große Distanz zwischen uns. Die Armee hatte die Wirklichkeit da draußen eingeebnet, vereinfacht, so wie auch unsere Körper straffer geworden waren, muskulöser, männlicher.

«Was ist denn?», fragte ich.

Er schüttelte den Kopf.

Ich blieb stehen, schaute nach draußen zu den Jungs, bei denen ich mir noch vor wenigen Stunden notiert hatte, wen es im Todesfall zu benachrichtigen galt. «Es ist gut, was wir tun», hörte ich mich sagen, und während ich es aussprach, war ich mir nicht sicher, ob ich es auch wirklich so meinte. Der Soldat rang nach Luft.

«Das, das», rang er nach Luft. Ich legte ihm die Hand auf den Arm. «Das ist es nicht», brachte er hervor.

Ich überlegte, was man noch anführen könnte: Es ist ein Krieg gegen die Hamas, zum Wohle der Palästinenser, wir sind die moralischste Armee der Welt, unsere Existenz ist bedroht, die ganze Welt hasst uns. Ich schwieg. Sein Kummer stärkte mich. Ich besaß die Kontrolle, das Vertrauen und sehr wohl die Kraft, es mit der Situation aufzunehmen. Väterlich drückte ich seinen Arm.

«Du brauchst dich deswegen nicht zu schämen», sagte ich.

Ruckartig hob der junge Mann sein verquollenes Gesicht. «Das ist es nicht, du Depp», brüllte er. «Meine Freundin hat gerade mit mir Schluss gemacht, verdammt noch mal, was geht mich der ganze Scheiß hier überhaupt noch an?»

Ich befahl ihm, dreißig Liegestützen zu machen. Nach zehn sagte ich, er dürfe aufhören, er müsse fit sein für das, was ihn erwarte.

12

Kurz nach der Absperrung werde ich doch noch angehalten. Ich muss meinen Pass zeigen. Der Soldat mustert ihn länger als nötig. Ich schaue leicht an der Kamera vorbei, ich war anwesend und gleichzeitig auch nicht. Als ich den Passautomaten betrat, hatte sich bereits etwas von mir verloren. Das ist eine Person, die ich in Belgien zurückgelassen habe, der ich jetzt nicht mehr ähnlich sehe. Die kleine Schere in meiner Tasche. Ich hoffe inständig, dass mich der Soldat mitnimmt, dass ich kurz die Chance bekomme zu sehen, wo sie arbeiten, in diesem Verschlag neben der Absperrung, wie sie dort sitzen, Stunde um Stunde.

«Lydia Lamont?», fragt er. Ich bestätigte, dass ich Ich bin. Shoshanna versucht sich einzuschalten, verkündet, dass ich als Touristin hier bin, dass ich bloß die Synagoge besichtigen will. Alles in Ordnung, ich darf weiter.

«Entschuldigung», sagt sie im Namen der gesamten Nation, kaum dass wir draußen in der grellen Sonne stehen. «Am besten, du nimmst so wenig Blickkontakt wie möglich mit ihnen auf, sie langweilen sich und spielen gerne Spielchen.»

Ich bin das Warten leid, den Tunnel, die Anspannung, die hier überall zu spüren ist, die aufgeladene Atmosphäre, die jeden Moment explodieren kann. Ein imposanter orthodoxer Mann führt eine andere Touristengruppe und wird von einer orthodoxen Frau beschimpft. Shoshanna bemerkt, wie verwirrt ich bin, und sagt, dass er von Breaking the Silence ist. Die erzählen ihre eigene Geschichte, sagt sie und eilt dann vor uns die Treppen zur Synagoge hinauf. Ich bedeute ihr, dass ich nicht mit reingehen werde. Sie zuckt nur mit den Schultern, beschwört mich zu warten, bis die Gruppe zurück ist.

Quer über den Platz, bis zu einer kleinen Bank oberhalb der Stufen. Ein dünner Schal bedeckt meine Schultern, trotzdem fühle ich mich angestarrt. Jeder hier beäugt den anderen. Ein junger Mann geht hastig auf einen der Soldaten zu, zeigt auf einen an einen Baum gelehnten Rucksack. Sofort herrscht Aufregung, bis eine junge Studentin danach greift und ihn sich umhängt. Der Soldat ermahnt sie: Hier lässt man keinen Rucksack unbeaufsichtigt rumstehen.

In der grellen Sonne sehe ich im Handydisplay vor allem mein Spiegelbild. Mit meinem Schatten versuche ich, sein Foto so sichtbar wie möglich zu machen. Die Blutergüsse auf seiner fast durchsichtigen Haut beginnen am Hals, setzten sich dann aber unter dem T-Shirt fort und kommen an seinen Armen wieder zum Vorschein. So gut wie keine Muskeln. Die Folgen intensiven Drogenmissbrauchs, WE WERE STONED IN HEBRON. Wie pervers ist das eigentlich, ein Foto vom eigenen toten Sohn zu machen und es dann regelmäßig anzuschauen? So tot wie sein Körper auf den Fotos ist, so schrecklich nah ist er mir hier auf dem Platz, näher als irgendwo sonst.

Fast so als könnte ich ihn anfassen.

Er ist überall. Nicht nur in den Soldaten, die über den Platz gehen. Sondern auch in der Studentin, die gekränkt den Checkpoint passiert und zur Synagoge geht, den

Rucksack fest an den Oberkörper gepresst. Er ist in der achtlos aus der Hosentasche ragenden Pistole des Orthodoxen, der hastig und leicht gebeugt über den Platz eilt. Seine Stimme ist der angehaltene Atem der Stadt, Vorsicht Vorsicht, der davonspringende Kiesel unter den Füßen eines Kindes, das an der Hand seiner verschleierten Großmutter zum palästinensischen Laden am Ende des Platzes geht.

Er spricht zu mir durch das Summen der Menschen auf dem Platz, das Brummen des Autos mit dem aufheulenden Motor, das Knistern der in der Hitze steif gewordenen Soldatenuniformen. Seine Stimme ist meine, und auch Ofra redet mit, herzlich und gelassen rekonstruiert sie ihn aus allem, was er ihr je erzählt hat, setzt ihn wieder instand.

Vor allem spüre ich hier ganz deutlich, dass er in mir steckt, mein Sohn. Inzwischen ist er ein Teil von mir. Ich trage ihn in meinem Körper, so viele Jahre nach seiner Geburt.

–

Wir liefen durch die Straßen Hebrons, die Gewehre umgehängt. Ich erteilte ab und zu einen Befehl, den die Soldaten locker befolgten; geh mal in diesen Laden, kontrollier dort einen Pass, frag nach, ob es Probleme an dieser Barrikade gab. Mein Vater hatte letztes Wochenende während meines Urlaubs moniert, dass ich zufrieden mit meinem Job als Kommandant sei, ich könne doch weitaus mehr als nur das, ich müsse mehr Ehrgeiz an den Tag legen. Ich kriegte die Krätze. Sie selbst wohnten immer noch in dieser viel zu kleinen Wohnung in einem Außenviertel, aber ich sollte was aus meinem Leben machen. Ofra hatte ich schon seit Wochen nicht mehr gesehen. Unsere Urlaube waren nicht immer kompatibel, auch sie hatte alles Mögliche zu tun, Wichtiges, Wichtigeres als zusammen in Jerusalem abzuhängen, zu heiraten oder Kinder zu kriegen.

Gott, wie sehr ich sie vermisste!

Das ertse Mal, dass wir uns betranken, war im abgedunkelten Keller von Moses' Cave, wir waren fünfzehn und knutschten hinter dem Spielautomaten, ein Mann betätigte einen Hebel und klack-klack-klack, die Obstsymbole rutschten an die richtige Stelle, er hatte gewonnen, und ich ließ meine Zunge um ihre kreisen, sie schob ihre Hände in meine Hose, schlüpfte unter meinem zu engen Gürtel hindurch. Es war nicht ganz klar, ob wir nur so taten, als wären wir verliebt, weil wir unsere Gefühle in dem wiederzuerkennen glaubten, was uns ein paar Filme und Serien vorgegaukelt hatten, oder ob wir es tatsächlich waren. Wie dem auch sei, irgendwann hatten wir anscheinend eine Entscheidung getroffen, denn wir taten alles, was Verliebte so tun, also musste man das Ganze wohl als Beziehung bezeichnen. Wir bezeichneten es als Beziehung, und schon bald war es so, als wäre es nie anders gewesen, und wir konnten uns auch nicht vorstellen, dass es je anders sein würde. Wir gewöhnten uns aneinander. Nach einiger Zeit waren wir so sehr aneinander gewöhnt, dass wir es auch ein paar Tage gut ohne den anderen aushielten.

Vielleicht vermisste ich das am meisten. Von jemandem vermisst zu werden.

Wir setzten uns auf ein niedriges Mäuerchen. Die Männer wurden müde, der Tag zog sich hin. Ein paar Kinder spielten am Ende der Straße Fußball, die Barrikade zwischen dem jüdischen und dem palästinensischen Teil diente als Tor.

Manchmal hätte ich gern meinen Vater und Ofra hergezaubert, um ihnen zu zeigen, dass mich die Leute hier respektierten. Auf der Heimfahrt mit dem Bus fiel alle Verantwortung von mir ab, und damit auch, wer ich hier geworden war. Trotzdem konnte ich unmöglich wieder der kleine Junge sein, den sie nach wie vor in mir sahen, und zwischen diesen beiden Versionen hing die Stille, die vom Geschnatter meiner Stiefschwestern erfüllt wurde.

Was für eine Erleichterung, sonntags wieder auf den Militärstützpunkt zurückkehren zu können! Ich war vermutlich der einzige Soldat, den das Näherrücken der freien Tage unter der Woche zunehmend belastete. Ich liebte das Gewicht der Uniform, ohne sie war ich zu leichtgewichtig.

Alles Dinge, die ich nicht erwähnte, als ich abends in der Kantine erzählte, was an diesem Nachmittag passiert war, aber sie spielten trotzdem eine Rolle. Genau wie die Tatsache, dass mich die spielenden Kinder zunehmend reizten – so entspannt und selbstverständlich wie sie miteinander umgingen, so als wäre es das Normalste von der Welt, dass jeder seine Rolle hat.

Ich hasste sie.

Deshalb ermahnte ich meine Leute, genau darauf zu achten, was gleich passieren würde.

So in etwa begann ich mit meiner Geschichte, und die Soldaten, die nicht dabei gewesen waren lachten laut, sie hieben mit der Faust auf den Tisch, ja ich kann beinahe sagen, dass sie mich bewundernd ansahen. Leider war das auch dem Feldwebel nicht entgangen. Er klopfte mir auf die Schulter, befahl mir, ihm ins Freie zu folgen, wo er sich eine Zigarette anzündete.

In der Ferne vage Stimmen, Schreie. Ein bellender Hund. Der Feldwebel war genauso groß wie ich, dennoch schrumpfte ich neben ihm.

«Du bist also auf die Jungen zugegangen», sagte er schließlich.

«Ja, Herr Feldwebel.»

«Und was ist dann passiert?»

Ich malte mit dem Fuß eine Linie in den Sand. Das Ganze noch mal zu erzählen, hier draußen, ausschließlich ihm, entzauberte alles, auf einmal war es nur noch lächerlich, schal in seiner Banalität. «Ich, äh, ich hab so getan, als ob ich wahnsinnig wütend bin.»

«Du hast so getan, als ob du wahnsinnig wütend bist.»

«Ja, ich hab auf sie eingebrüllt, auf Hebräisch.»

«Auf Hebräisch.»

«Ja, Herr Feldwebel.»

«Erzähl weiter.»

«Sie verstehen kein Wort, sie schauen mich alle an, ich schnapp mir den Kleinsten und tue so, als ob sie einen schrecklichen Fehler begangen hätten, als ob sie so richtig Probleme haben.»

«Hatten sie Angst?»

«Es sah ganz danach aus, Herr Feldwebel.»

«Erzähl weiter, Polak. Was hast du dann gemacht?»

Ich versuchte zu schlucken, meine Kehle war staubtrocken, weshalb sich meine Stimme überschlug, ich hasste das, ich hasste den Feldwebel, den Rauch, den er genüsslich ausstieß. «Ich pack den Kleinen an den Schultern und führ ihn zu meinen Leuten. Er wehrt sich nicht, er hat viel zu viel Angst, die anderen schauen uns nach, unternehmen aber nichts, sie bleiben stehen.»

«Und dann fängst du an, deinen Leuten Quatsch auf Hebräisch zu erzählen.»

«Ja, Herr Feldwebel. Ich sage ihnen, dass sie alle so tun sollen, als wären sie brutal sauer, und das tun sie auch, ich war wirklich nicht der Einzige, der ...»

«Verdammt noch mal, Polak, was hast du dann gemacht?»

«Na ja, sie tun alle so, als ob sie sauer auf den Kleinen wären, und währenddessen stehen die anderen Kinder dort am Ende der Straße, sie verstehen nicht das Geringste, ich sehe, dass einer anfängt, panisch zu werden, ein anderer hält ihn fest ...»

«Und du hast das genossen?»

«Der Kleine bei uns begann zu heulen. Ich ging dazwischen und brüllte, dass alle die Schnauze halten sollen, Entschuldigung, Herr Feldwebel, ich verstehe wirklich, dass das ein dummer Scherz war.»

«Wenn ich das richtig verstehe, was es nicht mal ein Scherz, Polak.»

«Es war nicht so gemeint, Herr, Feldwebel, wir haben uns gelangweilt, wir wollten den Kindern sonst wirklich nichts tun.» Die Sonne war bereits seit einer ganzen Weile untergegangen, der Himmel dunkelgrau über den Baracken des Militärstützpunkts, die letzten Minuten vor der totalen Finsternis. Über unseren Köpfen ging flackernd die Außenbeleuchtung an. «‹*Are you arma?*›, hab ich gesagt.»

«Und dann?»

«Na ja, er hat nicht verstanden, was ich meine, er hat vor lauter Schreck bestimmt nicht mal kapiert, dass ich auf Englisch umgeschaltet hatte. Deshalb habe ich noch mal ganz langsam wiederholt: *«Are you arma?»*

Die Männer begriffen, worauf ich hinauswollte, sie johlten schon belustigt, der Junge blinzelte, ihm kamen die Tränen, auf Arabisch sagte er: «*Shu arma*, was ist arma?»

«Shuarma.»

«Shoarma, ja.»

«Wie oft hast du ihn das sagen lassen?»

«Bis er es selbst kapiert hat.»

Er hatte solche Angst, und die Männer kriegten sich kaum noch ein vor lauter Lachen, ich ließ den Jungen erst gehen, nachdem er noch vier Mal «Shoarma», also Schawarma, gesagt hatte, und mit jedem Mal war er ein

Stück mehr geschrumpft, während ich in meiner Uniform wuchs.

«Immanuel Polak.» Der Feldwebel drückte seine Zigarette auf der steinernen Fensterbank aus und verstaute die Kippe in seiner Hosentasche. Holte eine neue aus einem Etui in seiner Innentasche. «Nach deiner Kommandantenausbildung warst du in Gaza. Und dann?»

«An verschiedenen Orten im Westjordanland, Herr Feldwebel.»

«Und seit wann bist du hier in Hebron?»

«Seit drei Wochen, Herr Feldwebel.»

Er hielt die Feuerzeugflamme länger als notwendig an seine Zigarette. Er bekam schon eine Glatze, der Herr Feldwebel Schuchman, hatte knallblaue Augen, die mich zu durchbohren schienen. Ich wagte mir nicht auszumalen, was er sah. «Vergiss nicht, dass das hier irgendwann vorbei ist», er machte eine vage Geste Richtung Militärstützpunkt. «Es kommt der Tag, an dem du kein Soldat mehr sein wirst. Und dann musst du weiterleben. Er nahm einen langen Zug von seiner Zigarette, schloss die Augen, während er nach und nach den Rauch ausstieß. «Du hast Talent. Du bist stark, du repräsentierst das Land, und dessen scheinst du dir meist auch bewusst zu sein. Aber», und jetzt sah er mich wieder direkt an, woraufhin ich sofort den Blick senkte, «auf so einen Quatsch können wir gut verzichten, Polak. Das sind Dinge, die dir noch mal schlaflose Nächte bereiten werden.»

Ich nickte.

Meine Strafe: Drei Wochen Urlaubssperre. Erleichtert, dass ich fürs Erste nicht nach Hause musste, ging ich zurück in die Kantine.

13

Ich gehe die Treppe der Synagoge hinunter, an der Absperrung entlang zur gegenüberliegenden verlassenen Straße. Ein Soldat hält mich an. Routiniert zeige ich ihm meinen Pass, gelangweilt mustert er erst das Foto und dann mich, lässt mich mit einer trägen Geste passieren.

Vor mir liegt eine gespenstische Straße. Vernagelte Läden. Häuser mit Brettern vor den Fenstern, verbarrikadierte Türen. Ein Rudel Hunde überquert die staubige Fahrbahn.

Der Riss eilt zwischen meinen Füßen nach vorn, zwischen dem Unkraut hindurch, das an den Bordsteinen, den Mauern emporwuchert, auf die Graffiti zu, an den grellen Buchstaben vorbei hüpft er über die Betonwand auf einen verlassenen Spielplatz. Die Stimme Immanuels summt, aber ich kann nicht verstehen, was er sagt. Wie bei einem Radio, bei dem ich die Frequenz suche, ist er nur in Satzfetzen zu verstehen, hat kaum Kontakt mit der Welt, in der ich unterwegs bin.

Al-Shuhada Street. King David Street. Apartheid Street.

Jeder nennt die Straße so, wie er sie sieht. Eine Straße, drei Welten. Einst das blühende Zentrum Hebrons, eine breite Einkaufsstraße mit großer Markthalle, Polizeirevier und Busbahnhof. Nun schon seit Jahren vom israelischen Staat gesperrt.

Ich gehe weiter bergauf, der Soldat in seinem Verschlag bleibt zurück. Ich versuche durch die Mauern der leeren Häuser zu schauen, palästinensische Familien zu sehen, ohne dass sie da wären. Vielleicht gibt es da einen an die Wand gelehnten Ranzen, ein Küchenmesser auf dem Tisch, Krümel von längst verschimmeltem Brot auf den Fliesen. Und irgendwo dazwischen: mein Sohn, zu groß für das Wohnzimmer, in einer Uniform, die ihm eigentlich gar nicht passen dürfte. «Wir statten Ihnen nur einen kurzen Besuch ab.»

Die äußeren Umstände dringen langsam in uns ein, bis wir so sind wie die äußeren Umstände. Sie verschaffen sich Zutritt über unsere Augen, übernehmen die Kontrolle über unseren Blick, unser Gehirn und schließlich über unsere Stimme.

Ein Auto rast vorbei, drei Siedler mustern mich eindringlich aus dem Wagen. Gleich danach liegt die Straße wieder ausgestorben da. Leere Häuser, verschwundene Familien. Wer hier noch lebt, darf sein Haus nur noch über die Hintertür oder das Dach betreten. Wer weggezogen ist, vergisst nie, woher er stammt. Trägt über Generationen hinweg den Hausschlüssel bei sich. «Wir vergessen nicht, woher wir stammen», hat auch Joachim gesagt. Immanuel auf dem Bett. Nicht dieser kleine Junge ist gestorben, sondern ein Mann, den ich nicht kenne.

Sein T-Shirt befindet sich ordentlich zusammengefaltet in meiner Tasche. Ich hole es heraus und schnuppere daran. Gegen seinen sauren Schweiß und den Muff von lange nicht gewaschener Baumwolle setzt sich nach und nach der Geruch meiner Tasche durch. Der Eukalyptusduft vom Boden meiner Tasche. Zu grün, zu frisch, zu heiter. Ich falte das T-Shirt auseinander. WE WERE STONED IN HEBRON. Die palästinensischen Jungs auf dem Cartoon haben Spaß beim Werfen der Steine, und während diese von den Uniformen abprallen, blasen die Soldaten blaue Rauchringe in die Luft.

Dann höre ich einen kurzen, lauten Schrei. Ruckartig drehe ich mich um. Der Soldat steht vor mir, mitten auf der Straße, sein Gewehr zielt auf mich. Ich erstarre, vergesse zu atmen. Verkrampft, hinter seinem Lauf versteckt, den ganzen Körper um die Waffe gekrümmt, zeigt er auf mich. Wieder ein Schrei auf Hebräisch. Ich schüttle den Kopf, zitternd hebe ich ein wenig die Hände, ich bin eine Touristin, möchte ich rufen, das weißt du doch, ich weiß nicht mehr, wie das geht, rufen, ich verschwinde langsam im Lauf, der Soldat verschwindet in seinem Lauf, und dann höre ich direkt hinter mir die hohe Stimme eines kleinen Mädchens.

Neben dem Spielplatz steht ein gerade mal drei Jahre altes Kind und spielt mit seinem Kleidchen. Die Kleine kichert, als sie mich sieht, beißt sich auf die Unterlippe, wackelt mit den auf dem Rücken verschränkten Händen, und ich gehe einen Schritt zur Seite, schaue mich zum Soldaten um. Spüre, dass mein Körper wieder weiß, was er tun muss (mein Kopf verneint, ein Laut entringt sich meiner Kehle). Eine verschleierte Frau taucht hinter dem Spielplatzzaun auf, sie kreischt, fuchtelt hektisch, zeigt auf das Kind. Der Soldat macht ein paar Schritte vorwärts, die Waffe nach wie vor im Anschlag, und jetzt sehe ich, dass auch er zittert, und ich schreie, niemand hört mich, ich gehöre nicht dazu. Panisch lässt sich die Frau am Zaun, dort wo der Maschendraht verbogen ist, auf die Knie sinken. Kichernd rennt das Kind auf sie zu. Es dreht sich zu dem Soldaten um, zeigt auf ihn und erstickt beinahe an seinem kindlichem Gelächter. Der

Soldat lässt sein Gewehr sinken und brüllt die Frau an, die sofort unter dem Maschendraht hindurchschlüpft, das Kind mit beiden Händen packt und hochzieht, unter dem Zaun hindurch zurück auf den Spielplatz. Bevor sie davoneilt, dreht sie sich kurz zum Soldaten um, das heulende Mädchen im Klammergriff, ein Moment, in dem sich ihre Blicke treffen, bevor sie um eine Hochhausecke biegt.

Der Soldat lässt sein Gewehr sinken, entspannt sich, tut nach wie vor so, als wäre ich gar nicht da. Er dreht sich um, schlendert zurück zu seinem Wachposten.

Ich atme tief durch, versuche vergeblich das Zittern, das mich erfasst hat, zu kontrollieren, ich möchte nur noch von hier weg, ich möchte einfach bloß nach Hause. Ich laufe los, Ich lege die Hand auf Immanuels Rücken aus Luft und führe ihn von hier fort, weit fort von hier, fort von dem Soldaten, wir laufen, schneller, tiefer die Straße hinein. Ich treibe ihn vorwärts, über die breite Verkehrsinsel, vorbei an den bröckelnden Bürgersteigen, den angelaufenen grünen Fenstern und Vordächern der geschlossenen Läden, zwischen den Müllbergen hindurch, unter den Stromkabeln, durch den Staub, vorwärts, nach Hause. Wir werden schneller, erreichen eine verlassene Markthalle, drei Soldaten kommen vorbei, und ich erstarre kurz, sie passieren uns. Er läuft neben mir, Immanuel, durch das Echo dieser Stadt, einer Stadt, in der wir gemeinsam durch die Straßen spazieren können, während der Schutt der geziegelten Häuser unter unseren Schuhen knirscht, sich unsere Lungen mit elektrisch geladener Luft füllen, sich die Poren unserer Haut öffnen und die Stadt hereinlassen. Langsam ergreift sie von unserem Körper Besitz, bis wir einander so ähnlich sind, dass wir eins werden. So gehe ich weiter, vorbei an der Straßenbiegung, weiter nach oben. Ich presse sein T-Shirt fest an mich, wie eine verblichene weiße Flagge.

–

Noch sechs Stunden und zwanzig Minuten. Ich kramte den kostbaren Beutel aus meiner Hosentasche, halb zerrissen und verknittert und dennoch von unschätzbarem Wert an diesem elenden Ort, tief in der Wüste Negev. Wachdienste hier in Arad waren nichts anderes, als wie ein depressiver Löwe am Zaun auf und ab zu patrouillieren – ohne jede Chance auf eine Heldentat.

Moshe folgte mir auf dem Fuß, ein Schatten, den ich einfach nicht abschütteln konnte. Wie jeder auf diesem Militärstützpunkt wusste er das von mir, das war schon bei meiner Ankunft klar, die jetzt fast zwei Monate her ist. Nur dass er unter dem Vorwand «das hilft» immer wieder darüber reden, seine neugierige Nase in meine Angelegenheiten stecken wollte.

Aus meiner anderen Hosentasche holte ich das Paper. Wir befanden uns in einer entlegenen Ecke des Geländes. Wie ich wusste blieben mir nur wenige Sekunden, um den Joint zu drehen und anzuzünden, anschließend würde ich etwa zweihundert Meter haben, um so viel wie möglich davon wegzupaffen, bevor ich wieder in Sichtweite der Baracken kam. Es war stockfinstere Nacht und ich war mit Sicherheit nicht der Einzige, der sich in diesem Loch kaputtrauchte, trotzdem wollte ich nicht riskieren, mich noch mehr in die Bredouille zu bringen als ohnehin schon. Die letzte Wochen waren ein Albtraum gewesen, in denen ich alles verloren hatte, was ich mir vermeintlich aufgebaut hatte. Obwohl ich fest vorhatte, mir alles zurückzuholen, mir den Arsch aufzureißen, um zu beweisen, dass ich sehr wohl ein verantwortungsbewusster Soldat war, würde ich diese Wachdienste ohne solche Hilfsmittel nicht überstehen.

Ich inhalierte tief, Rauch kitzelte mir in der Kehle, drang dann durch meine Luftröhre in die Lunge. Er wärmte mich, und wie ein zusätzlicher Atemzug öffnete er meinen Kopf. Ich überließ mich einem langen, allumfassenden Gähnen. In den letzten Wochen hatte ich kaum geschlafen. Wenn ich kurz einnickte, wurde ich wenige Minuten später gleich wieder wach. Das leise Schnarchen der anderen Soldaten begriff ich als kleine Provokation, sie hatten es irgendwie geschafft, sich so in diese Rolle zu fügen, dass es passte, sie hatten sich angepasst, ihr Verhalten ein erstklassiger Tarnanzug.

Oft dachte ich nachts an den verängstigten Jungen in dieser Gasse zurück, aber nicht so, wie Schuchman mir das prophezeit hatte. Nein, ich dachte mit einem sehnsüchtigen Brennen daran zurück – an eine Zeit, in der ich noch etwas bewegen konnte. Wenn ich mich zum x-ten Mal umdrehte, das Gesicht zum kalten Stockbettgestänge oder zur Ziegelwand drehte, hüllte ich mich zusammen mit der Decke auch in alles, was passiert war, obwohl ich mir nichts sehnlicher wünschte, als sie mir über den Kopf zu ziehen und gänzlich zu verschwinden.

«Einstein war also tot und stand vor Gott», hörte ich Moshe sagen. Wir näherten uns den Containern. Ich bückte mich, spürte dabei die Granate in meiner Brusttasche über dem Herzen, es war beruhigend, dass sie da war. Ich trat meinen halb gerauchten Joint auf dem sandigen Boden aus, steckte mir den Rest für nachher in die Hosentasche. Siebzehnhundert Meter bevor ich ihn aufrauchen konnte. Ich behielt die Luft extra lang in der Lunge, bevor ich sie ausstieß, wurde etwas langsamer, damit Moshe mich einholen konnte.

Dankbar lief er neben mir her. «Gut, Einstein steht also neben Gott und sagt: ‹Gott, ich habe mein ganzes Leben damit verbracht, die Erde zu begreifen, kannst du mir jetzt bitte erklären, wie es sich mit der Menschheit verhält.›»

Wir kamen an den Schlafbaracken vorbei. Es war eine bewölkte Nacht, weder Mond noch Sterne waren zu sehen, und auch in den Containern war alles dunkel, der Schein unserer Taschenlampen vor unseren Füßen war der einzige Lichtfleck in dem ansonsten alles verschluckenden Maul der Wüste Negev.

«‹Na gut›, sagt Gott, und geht zu einer riesigen Schultafel.»

Es gibt genügend Dinge, bei denen man Panik bekommen könnte, Verrückte, die Zugang zum Knopf für die iranische Atombombe haben, Verrückte, die in Gaza das Sagen haben, Verrückte an der Grenze zum Libanon, Verrückte an der Grenze zu Syrien, Verrückte an der Grenze zu Ägypten, und dann noch genügend andere Dinge auf der Welt, bei denen man Panik bekommen könnte, zum Beispiel bei den anderen Verrückten am Knopf der amerikanischen Atombombe und beim Aussterben des Weißen Nashorns, und dennoch war mir selbst das fast wie ein Trost, sollte es denn zwischen Ofra und mir endgültig aus sein. Schon beim Gedanken daran sackte ich völlig in mir zusammen. Es war jetzt eine Woche her, seit sie Schluss gemacht hatte. Die Zurückweisung machte unsere Beziehung zum heiligen

Gral, den ich, kaum hielte ich ihn wieder in der Hand, mit Sicherheit verlieren würde.

Wir machten kehrt, ließen die Container hinter uns, liefen zur nächsten dunklen Ecke. Erleichtert ließ ich mein Feuerzeug aufflammen, zündete heimlich den Joint an, zog lange daran, bevor ich ihn – keine Ahnung, was ich mir dabei dachte – Moshe anbot.

«Gott schreibt also eine ellenlange Formel auf, bestimmt hundert Meter lang – es war eine große Schultafel. Als er damit fertig ist, starrt Einstein ein par Minuten konzentriert darauf, bevor er einen Schritt zurücktritt und verlegen zu Gott aufschaut.» Moshes Augen funkelten im Dunkeln. «‹Gott, ich bitte um Verzeihung, aber ich sehe hier einen Fehler, der immer wieder auftaucht.›» Er schaute mich grinsend an, verlangsamte seine Schritte, bis wir gemeinsam am Zaun stehen blieben, der auf unserer Seite schwer beschädigt war. Er hing halb durch, das Gelände war hier im Grunde kein bisschen gesichert. Ein paar von uns hätten ihn heute reparieren sollen, hatten aber wohl nicht das richtige Material gehabt, weshalb sie die Arbeit nach dessen Lieferung am nächsten Tag fortsetzen würden. Das verlieh unserem Wachauftrag etwas mehr Gewicht – hätten wir in dieser entlegenen Ecke des Landes nicht ohnehin nur wenig zu befürchten gehabt.

«Und dann?», drang ich in ihn.

Moshe griff erneut nach dem Joint. Ich hielt ihn so, dass er nicht drankam. «‹Stimmt genau›, sagt Gott.»

«Was stimmt?»

«Er sagt nur, dass es stimmt.» Moshes Lachen hallte über den stillen Hof, schrill wie ein Nebelhorn.

Ich kehrte ihm den Rücken zu, nahm ein paar Züge,

starrte ein paar Sekunden in die Dunkelheit, in der ich sämtliche Grashalme einzeln wahrzunehmen glaubte, die Grillen schienen lauter zu zirpen als sonst, die Nachtluft und all ihre Gerüche und Geräusche bekamen zunehmend klarere Konturen.

In der Nacht des Vorfalls mit dem Mann in Hebron war ich auch aufgeblieben, außer Sichtweite der wachehabenden Jungs. Ich irrte durch die Flure meines einstigen Militärstützpunkts, machte mich unsichtbar. Fiebrig zündete ich mir einen Joint nach dem anderen hinter einer Mülltonne in der schmalen Gasse zwischen zwei Baracken an. Zwei Mal kroch ich zurück ins Bett, bekam aber immer wieder Angst, morgens nach dem Aufwachen alles vergessen zu haben und mich erneut daran erinnern zu müssen, warum ich um elf zu meinem Vorgesetzten musste. Ein Verfahren. Disziplinarmaßnahmen. Die Worte gingen mir nicht aus dem Kopf, während ich tief einatmete und mich duckte, sobald jemand vorbeikam. Gegen sechs schlich ich mich vom Militärstützpunkt mit nichts als dem, was ich am Leibe trug und einer Tüte Sandwiches, die frisch geliefert auf der Türschwelle zum Speisesaal gestanden hatte. An der Straße nach Jerusalem hielt ich den ersten Bus an, stieg ein, ging bis zur letzten Reihe und ließ mich dort mit Herzklopfen in einen Sitz fallen. Der Bus sauste los. Durch das Panzerglas sah ich, wie der Militärstützpunkt verschwand und dem kargen Niemandsland wich, das ausgedörrt und steinig in der Morgensonne lag. Ich aß sämtliche Sandwiches, während ich versuchte, mir eine Ausrede für meinen Vater auszudenken.

Lange drückte ich auf die schrill tönende Klingel des Hochhauses, rannte, sobald die Haustür aufging, sofort rein und die Treppe rauf, hörte wie die Tür schwer hinter mir zufiel – ein Knall, der durchs ganze Treppenhaus hallte.

«Was ist denn das für ein Lärm?», brüllte mein Vater in unserer Wohnungstür.

«Die Haustür ist zugefallen», sagte ich, während ich die letzte Stufe nahm.

«Was machst du denn hier?»

«Ich bin früher weg, um ...»

«He, mein lieber Freund, das nennt man desertieren!» Die Stimme meines Vaters überschlug sich.

«Was hat er getan?», rief Zivat hinter ihm, die Haare noch nass vom Duschen und eine riesige Platte mit belegten Broten in der Hand.

Ich überlegte kurz, wieder runter zu rennen und zu verschwinden, aber dann merkte ich, wie ich meinen Vater überragte, wie groß ich in meiner Uniform wirkte, und es war erstaunlich, wie leicht ich ihn beiseite schieben konnte, um in wenigen Schritten im Wohnzimmer zu stehen, wo Zivats drei Töchter am Esstisch erschreckt zu mir aufschauten, so als würden sie mich gar nicht wiedererkennen. Kurz schien ich aus dem Kontext zu fallen, stand ich in einem Wohnzimmer, das nicht meines war, musste mich behaupten, «habt ihr Steine geworfen», ich fing mich wieder, erinnerte mich, dass ich hier zu Hause, bei meiner Familie war. Als mein Vater mit hochrotem Kopf neben mir stand, sah ich, wie sich sein Mund bewegte, verstand aber nicht, was er sagte und fuhr wieder in den Sohn, der ich war. Ich nahm im Sessel

Platz, die Ellbogen auf die Knie gestützt, die Hände um meinen kurzrasierten Schädel gelegt. Pulsierende Kopfschmerzen. Zivat schickte die Mädchen leise zur Schule, sie sträubten sich nicht. Erst nachdem ihre Schritte im Flur verklungen waren, schaute ich auf. Mein Vater saß mir gegenüber im Sessel, er sah mich mit versteinertem Blick an.

«Hast du Schmerztabletten?», fragte ich Zivat.

«Schmerztabletten!», erwiderten sie im Chor, aber in einem jeweils ganz anderen Tonfall. Zivat eilte ins Bad, froh etwas zu tun zu haben. «Schmerztabletten», wiederholte mein Vater fassungslos. Er schüttelte den Kopf.

«Papa», sagte ich leise. Und weil er nicht reagierte, drängender: «*Dad*», auf Englisch, die Sprache, die wir immer zu Hause gesprochen hatten. Belgien war nur eine Zwischenstation, bevor wir uns endgültig in der Heimat niederlassen würden, so erzählte er mir, als ich noch klein war. Es war verwirrend, denn ich hatte nie eine andere Heimat als Edegem gekannt. Nach ein paar Wochen in Israel, wir waren gerade nach Jerusalem gezogen, wollte er, dass wir nur noch Hebräisch miteinander sprachen. Es hatte etwas Künstliches, so als versuchten wir etwas zu imitieren, in der Hoffnung, dass es dadurch echt würde.

Er sah auf, eine tiefe Falte auf der Stirn. Inzwischen löste Zivat mit peinlicher Sorgfalt eine Brausetablette in einem Weinglas voll Wasser auf.

«Da ist was vorgefallen, gestern», begann ich zögernd. Während ich erzählte, beschwor ich die Situation im Wohnzimmer neu herauf, ich roch den Uringestank in der Gasse, spürte das kühle Metall meiner Waffe in den verschwitzten Händen, sah die Graffiti der Steinmauer, die unter den wuchernden Kletterpflanzen hervorblitzten, auf dem schweren Eichenholzschrank.

Durch meine Geschichte verschmolz ich zunehmend mit demjenigen, der ich tatsächlich gewesen war, ich machte mich nicht größer als ich war, im Gegenteil. Indem ich sie nacherzählte, kamen mir durch die Distanz zu mir selbst wieder Zweifel. Ich sehnte mich nach einer Bestätigung dafür, dass ich etwas Gutes getan hatte und spähte zu meinem Vater hinüber, der Einzige, der mich von meiner Verunsicherung erlösen konnte, denn er hatte schließlich bei meiner Vereidigung an der Mauer gesagt: «Immanuel, du kannst Großartiges leisten», und alles, was ich getan hatte, hatte ich getan, um diesen Worten zu entsprechen.

Käsebleich starrte er mich an, mit geweiteten Nasenflügeln. «Und da hast du dir gedacht, dass du deine Situation verbesserst, indem du einfach abhaust?», rang er sich seinem zugeschnürten Hals ab.

«Das ist ein großes Wort», hob ich an, schaute ihm aber etwas zu lang in die Augen. Wie von seinem Blick getroffen, sprang ich aus dem Sessel auf und rannte in den Flur. Als ich hörte, dass mir niemand folgte, schnappte ich mir die Autoschlüssel vom Flurtisch und stürmte nach unten, nach wie vor mit gespitzten Ohren, sie ließen mich gehen, sie ließen mich nach draußen rennen, auf den weißen Fiat zu, der wie immer am gewohnten Ort unter den Bäumen auf der anderen Straßenseite stand. Ich steckte den Schlüssel ins Zündschloss, raste ohne in die Spiegel zu schauen rückwärts, manövrierte den Wagen durch die schmalen Straßen der Stadt, bis ich auf der Autobahn war und richtig auf die Tube drücken konnte. Immer geradeaus, bloß geradeaus. Ich zermalmte das Lenkrad förmlich, das Herz schlug mir bis zum Hals, erst nach einer halben Stunde fiel mir wieder ein, dass ich im Auto meines Vaters saß, in meiner Armeeuniform, und dass ich frei war. Anscheinend war ich unterwegs nach Haifa.

Ein paar Stunden später lenkte ich den Fiat in die kleine Straße eines Drusendorfs im Karmelgebirge. Dort, wo die Straße endete, ließ ich den Wagen stehen, nahm eine halbvolle Flasche Wasser von der Rückbank und rannte über den sandigen Weg, der zwischen den Kiefern und Zypressen in Serpentinen nach unten führte, an der Bergflanke entlang zu einem tiefer gelegenen Wald.

Hinter mir lief der Mann. Langsamer als ich, denn er war älter, viel älter. Er schüttelte die Faust, und als ich mich umdrehte, sah ich auch, dass alle Umstehenden mitgekommen waren, ganz außer sich vor Wut und zwar meinetwegen. Ich rannte mir die Seele aus dem Leib, bis ich nicht mehr konnte, bis ich mich auf einen Felsen sinken ließ und versuchte wieder zu Atem zu kommen, meine Schultern pumpten Luft in die Lunge, mein Gesicht war verzerrt, und als ich aufschaute, sah ich, dass sie mich eingekesselt hatten, der Mann, die Umstehenden und auch die Mitsoldaten, sie alle schauten mich mit einer Mischung aus Fassungslosigkeit, Abscheu und Schock an.

Ich wurde von Regen geweckt, der in dicken Tropfen vom grauen Himmel fiel. Den Geschmack nach dicker, brauner Erde im Mund. Ich drehte mich auf den Rücken, ließ mir das Wasser ins Gesicht platschen, kniff die Augen zu, bis sogar die Steilfalte zwischen meinen Brauen verkrampft zitterte.

Als ich die Augen aufschlug, sah ich ihn erneut. Ein Gesicht, gealtert und schlaff. Eine Häkelmütze auf dem Kopf. Jetzt war er allein: Er saß neben mir auf dem Boden, und diesmal hatte er die Hände sehr wohl gehoben, was er damals nicht getan hatte. Er sah mich flehend an.

Ich lehnte mich an den Felsen. «Geh weg», sagte ich. «Geh weg», und als ich zur Seite schaute, war er immer noch da, nur dass er jetzt auf dem Rücken lag und Blut aus seinem Bein rann, ein stetiges Rinnsal, das an seinem Oberschenkel nach unten floss, eine Pfütze unter seiner Djellaba bildete.

Jemand musste mir die Waffe abgenommen, mich weggezerrt haben; im nächsten Moment saß ich in einem Armeetransporter. Danach: verschwommene Bilder, ich werde abgeführt, verhört. Das Einzige, was mir durch den Kopf geht: Es ist Donnerstagabend, fast Freitag, ich muss Ofra anrufen, wir müssen dieses Wochenende wirklich was zusammen unternehmen.

Der Weg verschwand in Dornengestrüpp, aber ich marschierte weiter, meine Armeestiefel hatten schon größere Hindernisse überwunden. Der Mann konnte da nicht mithalten, doch auch er ließ nicht locker, seine Beinwunde hielt ihn nicht davon ab, mir zu folgen.

Ich bog die tief hängenden Zweige für ihn zur Seite, wir liefen immer tiefer in die Schlucht hinein, mal auf einem steinigen Kamelpfad, mal querfeldein durch Gestrüpp und niedrige Sträucher. Wenn ich mich ausruhte, konnte ich teilweise kilometerweit sehen, den gesamten nördlichen Küstenstreifen und Galiläa, das weiter im Osten lag.

Manchmal schaute ich mich um, und der Mann war weg, er lief dann wieder vor mir, unermüdlich, ich brüllte, und er ignorierte mich, stur lief er weiter, ich brüllte mich heiser, bis ich mich am Boden, an den Wurzeln eines Baumes, wiederfand. Die Angst vor der Palästinaviper, die an solchen Orten anzutreffen ist, trieb mich weiter, noch tiefer ins Karmelgebirge hinein.

Es wurde Abend. Mitten auf dem Weg rollte ich mich zusammen, der Mann war nirgends mehr zu sehen. Die Bäume warfen ihre Schatten auf mich, ich flüsterte das Sabbatgebet, das sich mit dem Rauschen ihrer Zweige vermischte.

In meinem Kopf hob eine Melodie an, die mir mein Vater beigebracht hatte, als ich noch klein war. «Kol ha'alom kulo, Gesher tzar me'od», ich wurde den Ohrwurm einfach nicht los und dachte zum ersten Mal seit langem wieder an dich. Ihr saßt gemeinsam auf meinem Bett, und mein Vater sang es mit einer überraschend tonfesten, stolzen Stimme vor. «*The whole world is a very narrow bridge, a very narrow bridge*», erst zwei Strophen auf Hebräisch, dann auf Englisch und schließlich auf Jiddisch, die Sprache, die mein Vater mit seinen Eltern gesprochen hatte. «*And the main thing to recall, is to have no fear at all.*» Du sangst die zweite, warme Stimme im Hintergrund.

Ich schaute zu den Sternen, hoffte auf Erlösung durch Schlaf. Der allerdings ausblieb.

Am zweiten Tag hing der Nebel tief über dem Berg. Ich wanderte langsamer, vornübergebeugt, pflückte ein paar Beeren von Sträuchern am Straßenrand, in meiner Grundausbildung hatte ich gelernt, essbare von giftigen Pflanzen zu unterscheiden. Der Mann tauchte den ganzen Vormittag nicht mehr auf, erst als sich der Nebel gegen Mittag lichtete, sah ich, dass er ein paar Meter tiefer neben dem Weg lief. Er hinkte, und jedes Mal, wenn sich unsere Blicke trafen, duckte er sich.

Es kam rasch ein Krankenwagen, das hörte ich in dem Transporter, ich hörte den Krankenwagen und registrierte ausschließlich dieses Geräusch, die jaulende Sirene, ich wusste, dass sie zu mir gehörte, dass das Geräusch ein Teil von mir war. Der Transporter verließ diesen Ort, aber auch der Ort blieb bei mir, während ich die Straßen Hebrons vorbeihuschen sah, anschließend den Checkpoint und schließlich die staubige Straße zum Militärstützpunkt. Die Sackgasse hatte sich in mir eingenistet, ich war die Straße, war kaum mehr als eine Sackgasse und ein Krankenwagen.

Keine Beleuchtung. Ganz hinten, bei den Betonblöcken, die den palästinensischen vom jüdischen Teil trennten, ein Mann. Ich spürte die Mitsoldaten hinter mir. In diesem Moment war der Mann noch allein auf der Straße, es war stockfinster. Er hatte etwas in den Taschen seiner Djellaba, fummelte an etwas Unsichtbarem herum.

«Das passt schon», sagte der Feldwebel, der neben mir im Transporter sitzen blieb. «Wenn das stimmt, was du erzählst, dürfte dir nicht viel passieren.»

Am Nachmittag kam die Sonne durch, und ich zog mein Uniformhemd aus, hängte es mir um die Schultern. Langsam marschierte ich wieder bergauf, in die entgegengesetzte Richtung des Vortags. Die Blutspur sauste vor mir her, zwischen meinen Beinen, ich folgte ihr, bis sie sich einen Weg über den steinigen Untergrund in die Tiefe suchte. Ich nahm einen Nebenpfad, einen, den ich mit Sicherheit noch nicht genommen hatte oder vielleicht doch? Ich zweifelte, blieb auf einem kleinen Felsüberhang stehen. Ich setzte mich, ließ die Beine über die Kante baumeln.

Über dem Abgrund flogen Vögel, welche, konnte ich nicht erkennen. Die ganze Landschaft schien zu summen. Ameisen krabbelten mir über die Finger, von einer Öffnung im Fels zu einem Flechtenbüschel. Der Tag verging. Wolken ballten sich und lösten sich wieder auf, Grillen zirpten rhythmisch ohne Unterlass, und die Ameisenkolonne krabbelte ungerührt weiter. Ich bin dieses Land, dachte ich, aber nicht mit meiner Stimme, sondern mit einer Stimme tiefer aus meinem Innersten, mit einer Stimme, die von sich aus begann, mit mir zu sprechen, schrill und laut, sie ging mir nicht mehr aus dem Kopf, auch nicht als ich mich von dem Felsen erhob und nach dem Mann suchte, ihn nicht mehr fand. Die Blutspur war verschwunden. Da war nur der Weg voller Schotter, der unter meinen Füßen knirschte, während ich den Berg erklomm.

Dort oben fand ich den Fiat wieder, so wie ich ihn am Vortag zurückgelassen hatte, eine Wagentür offen, die Schlüssel im Zündschloss, es war niemand vorbeigekommen, der das Bedürfnis gehabt hätte, einen Wagen zu stehlen. Ich setzte mich ans Steuer und dachte an gar nichts, die ganze Fahrt nach Jerusalem. Ich klingelte bei Ofra, die den Hörer der Gegensprachanlage sofort auflegte, als sie hörte, dass ich es war. Wenige Minuten später stand sie vor mir auf dem Bürgersteig. Sie fasste mich nicht an, umarmte mich nicht, verschränkte die Arme.

«Darf ich reinkommen?», fragte ich.

«Du kannst nicht einfach so für zwei Tage verschwinden, Immanuel», sagte sie. «Die Armee sucht dich. Die dachten, du wärst hier.»

«Ich habe ihn gesehen», sagte ich, plötzlich ganz außer Atem. «Den Mann, auf den ich geschossen habe. Er war auch dort, im Karmelgebirge, meine ich, wir waren zusammen dort.»

Sie schüttelte den Kopf, ich sah, dass sie krampfhaft versuchte, die Tränen wegzublinzeln. «Ich habe deinen Vater angerufen und ihm gesagt, dass du hier bist. Wir dachten schon, du hättest dir was angetan.»

«Ofra», ich packte sie an den Armen, versuchte, sie zu lösen, sie ließ zu, dass ich sie mir um die Hüften schlang und dort festhielt. «So was würde ich niemals tun, nie würde ich ...»

«Das ist kein Spiel, Immanuel.»

«Ofra, ich möchte dir eine wichtige Frage stellen.» Ich hörte, wie sehr meine Stimme vor Aufregung zitterte. Ich fiel auf ein Knie, nahm ihre Hand.

«Immanuel, jetzt mal ganz im Ernst!» Ofra brüllte beinahe.

«Ernster kann ich gar nicht sein, mein Schatz», erwiderte ich.

«Nein», sagte sie .«Das geht jetzt wirklich nicht.»

Ich fiel auf beide Knie, wodurch es plötzlich so aussah, als flehte ich sie an. «Wir kriegen das besser hin, Ofra. Du bist fast mit dem Wehrdienst fertig, du wartest ein Jahr auf mich, und dann gründen wir eine eigene Familie, fünf Kinder, und kaufen ein großes Haus, wir werden das so viel besser hinkriegen als mein Vater und Zivat, wir brauchen sie überhaupt nicht mehr, und vielleicht ist es verrückt, dich das in diesem Moment zu fragen, aber ich bin so fest davon überzeugt», ich rang nach Luft, «du bist die Frau meines Lebens.»

Ofra setzte sich auf den Bordstein, und ich ließ mich neben sie sinken. Sie schwieg und schniefte ab und zu. Nach einer halben Stunde hielt ein Dutzend Meter weiter vorn ein Bus, sobald sich seine Türen öffneten, sprang mein Vater heraus. Nach wenigen Schritten stand er vor uns, zog mich am Arm hoch und zerrte mich zum Auto. Lächerlich schnell fuhren wir zum Busbahnhof. Währenddessen zählte er sämtliche Strafen auf, die ein desertierender Soldat zu erwarten hat, obwohl ich den Militärstützpunkt nur einen halben Tag zu früh verlassen hatte. Er wartete, bis ich im Bus nach Hebron saß, wies den müden Busfahrer an, mich nicht aussteigen zu lassen, bis wir beim Militärstützpunkt wären.

Meine Strafe fiel angesichts der Situation noch relativ milde aus. Eine Woche später teilte man mir mit, dass ich anderthalb Monate Urlaubssperre hätte, die Ermittlungen waren bereits abgeschlossen: Man nahm mir meine Geschichte ab, ich war unschuldig. Das Gericht befand nur, dass ich emotional extrem labil sei, weshalb ich erst mal versetzt wurde, zu einem Militärstützpunkt in einem gottverlassenen Kaff in der Wüste Negev, wo ich nicht viel falsch machen konnte, bloß sinnlos Wache schieben, zusammen mit Soldaten, die sich bereits im Vorfeld über mich lustig gemacht hatten. Von so etwas wie Respekt war keine Rede mehr – ich fand mich ganz unten in der Hackordnung wieder.

Ich drehte mir einen neuen Joint, stopfte so viel Gras wie möglich hinein. Die Waffe baumelte mir vor dem Oberkörper, die Granate schaukelte im Rhythmus meiner Atmung.

«Wie geht's dir jetzt eigentlich, Mann?» Moshe war irgendwo hinter mir in der Dunkelheit zu hören. «Es hilft, darüber zu ...»

«Halt's Maul Moshe.»

«Okay.»

Vor einer Woche hatte ich das erste Mal wieder Urlaub. Ofra wollte spazieren gehen, also gingen wir spazieren, es war eine sternenklare Nacht, und der Mond warf sein weißliches Licht auf die hügeligen Gartenanlagen der Knesset, weshalb wir in den Gartenanlagen der Knesset spazieren gingen. Sie lief in einem halben Meter Entfernung, und immer wenn ich mich nähern wollte, ging sie wieder auf Distanz. Sie war gerade mit dem Wehrdienst fertig und würde in wenigen Tagen zum Studium nach Tel Aviv ziehen. Das klang irgendwie vertraut, bis sie sagte, dass sie nicht mehr mit mir zusammen sein wolle.

«Du hast dich kein bisschen verändert, Immanuel», sagte sie, bevor ich erwidern konnte, dass von nun an alles anders werde, zumal ich versetzt worden sei. «Ich hab keinen anderen», sagte sie, noch ehe ich danach fragen konnte, daher schwieg ich, als ich wissen wollte, ob das nur eine Auszeit sein sollte oder wirklich das Ende, sogar dieses Gespräch verlief in eingefahrenen Bahnen.

«Ich liebe dich», sagte ich, es klang wie eine Frage.

«Nein», sagte sie. «Ich liebe dich nicht mehr.»

Im nächsten Moment drückte ihr derjenige, der meinen Körper in seiner Gewalt hatte, die Kehle zu. Sie war schwächer als ich, sie zitterte unter meinem Griff, und ihre Haut fühlte sich vertraut an, ihr Haar fühlte sich vertraut an, und ihr Duft war der Duft meiner Jugend, ich zerrte sie zu einem Blumenbeet neben dem Kiesweg, sie wehrte sich, war aber schwächer als ich, ich drückte sie in den feuchten Boden, ihren Kopf zwischen den Stiefmütterchen, ließ meine Hände von ihrem Hals zu ihren Schultern gleiten, legte mich auf sie und küsste sie, so als könnte ich sie wachküssen, als lägen wir wieder auf dem Boden der Jerusalemer Wohnung, wenn meine Stiefschwestern schon im Bett waren und wir auf dem Teppich rumknutschten, fünfzehn Jahre alt, die jeweilige Liebe unseres Lebens, doch sechs Jahre später ist es damit vorbei, und sie wendet das Gesicht ab, weshalb ich ihr Gesicht in die modrige Erde drücke, ich bin stärker als das, was da gerade geschieht.

«He, ihr da!» Nicht stärker als der Parkaufseher. «Es ist verboten, sich auf die Wiese zu legen. Nehmt euch ein Zimmer!»

«Du bist krank, Immanuel», schrie Ofra, als wir wieder auf dem Kiesweg standen. «Total irre! Und das war das letzte, was sie sagte, bevor sie davonrannte, ihr langer brauner Pferdeschwanz flog von einer Schulter zur anderen, winkte mir zum Abschied.

Ich drehte mich um, bekam gerade noch mit, wie der Parkaufseher mit den Schultern zuckte. «Frauen ...», gestikulierte er.

Inzwischen dürfte die Granate beinahe gezündet sein, die Erinnerungen waren wie ein Nebel, der meinen Kopf einhüllte, ich bekam das gar nicht mit, ich ging einfach weiter, auch als Moshe stehen blieb, sich den Bauch hielt und sagte, etwas mit dem Ofenhuhn heute Abend sei vermutlich nicht in Ordnung gewesen, «Das fühlt sich gar nicht gut an, Mann», auch in diesem Moment, «Ist es schlimm, wenn du hier kurz auf mich wartest?», hatte ich gar nicht mitbekommen, dass die Granate bereits schon so gut wie explodiert war. Ich sah zu, wie er zu den Latrinen auf der anderen Seite des Militärstützpunkts rannte. Ich stand dort, wo der Zaun eingebrochen war, neben mir die endlose Weite der Wüste Negev, bewachsen mit niedrigen Gestrüpp und Dornensträuchern, und ich war allein.

Es konnte nichts passieren. Das war ein gottverlassener Ort. Jeder, der hier war, alle Soldaten, alle Vorgesetzten, hatten Todesaufschub bekommen. Alles an ihnen war träge geworden, war abgestorben beim Warten auf etwas, das ihrem Leben einen Sinn geben konnte. Dieser Ort war dermaßen abgelegen, dass der einzige Kampf, den wir kämpften, der gegen die Zeit war, die uns die Jugend raubte.

Ich wartete. Von hier aus konnte ich die Latrinen nicht sehen, sie waren von den Schlafbaracken versperrt, in denen unsere Mitsoldaten friedlich schnarchten – sie, die sehr wohl Schlaf fanden, diese Verräter! Wann hatte ich zuletzt länger als ein paar Stunden am Stück geschlafen? Das war jetzt Monate her. Ich zog den Tabak erneut aus meiner Hosentasche, befeuchtete ein Paper, drückte das Gras hinein, hielt die Flamme ans Ende und nahm einen tiefen Zug. Ich schickte Ofra eine SMS, schon die zwölfte an diesem Tag. Ich wusste, dass sie nicht darauf antworten würde, auf das Verschicken an sich kam es an, es gab mir ein letztes bisschen Kontrolle über die Situation, sie wissen zu lassen, dass es mich gab, es gab mich.

Ich sehnte mich nach einer Strafe von ihr, nach etwas, das ich tun konnte, um anschließend begnadigt zu werden, damit diese Trennung nicht endgültig war. So wie ich auch an diesem gottverlassenen Außenposten wusste, dass das irgendwann vorbei sein würde, denn das ging gar nicht anders, die Armee konnte unmöglich vergessen, was für ein guter Soldat ich gewesen war, und dann würde ich einfach wieder bei ihr sein können, und sie würde «Ja» sagen, endlich, und ich würde den Rest meiner Wehrzeit ein lächerlich guter Soldat sein, sodass jeder sagen würde, «er hat sich in die Scheiße geritten, aber seht nur, wie er sich da wieder rausgearbeitet hat, ein echtes Vorbild für alle.»

Der ganze Militärstützpunkt zitterte im Dunkeln, ich konnte sehen, wie man ihn einfach hier hingeklotzt hatte, ich sah jeden Ziegel auf dem anderen ruhen, jede Fuge dazwischen, jeden einzelnen Kiesel des Hofs sah ich, ich sah die Konturen der Dachziegel auf den Nebengebäuden, und wie all das den Militärstützpunkt bildete, ich sah, wie jeder noch so kleine Bestandteil auf einem anderen beruhte, nichts existierte ganz für sich allein. Dazu hatten sich die Soldaten gefügt, als Kitt, der alles zusammenhielt. Und ich befand mich davor, und neben mir die Ebene, die endlose Weite unseres Landes, das sich jenseits seiner Grenzen erstreckte, das sich an Füßen zu Millionen von Köpfen hocharbeitete und sich dort in ebenso viele Hirnstämme verzweigte, bis es die Form eines Schleiers annahm, eines Netzes, an dem die Welt hing, meine Welt, mein Israel, das hier zu meinen Füßen lag, auf einmal sah ich die ganze Situation so unglaublich klar vor mir und kurz darauf war es damit wieder vorbei, weil ich etwas hörte.

Es kam von hinten. Kurz erstarrte ich, mein ganzer Körper konzentrierte sich darauf. Ich drehte mich vorsichtig um, machte meine Taschenlampe an. Bloß Gras. Wehende Halme. Ich drehte die Lampe ab, ging ein paar Schritte auf den Zaun zu, stellte mich auf den verrosteten Draht, der unter meinem Gewicht leicht nachgab. Wieder ein lang gezogenes Geräusch, ein tiefes Rauschen. Ich spitzte die Ohren und hielt die Luft an. Drückte den Joint mit den Fingern aus, es tat nicht weh. Ich machte die Taschenlampe aus, schloss die Augen, war mir sicher, mich in der Dunkelheit auflösen zu können. Das war jetzt völlig eindeutig.

Etwas kroch auf mich zu. Langsam und selbstbewusst.

Aus einem Dutzend Meter Entfernung näherte es sich gleichmäßig. Ich kniff die Augen zu schmalen Schlitzen zusammen, konnte in der Dunkelheit kaum mehr als das wehende Gras erkennen. Es herrschte ein leicht pfeifender Wind, aber ich konnte das Geräusch klar davon unterscheiden. Jetzt hatte es kurz aufgehört, jemand hielt wie ich die Luft an. Ich wagte es, die Taschenlampe wieder einzuschalten, leuchtete langsam die Wiese vor mir ab, der Militärstützpunkt gab mir von hinten vermeintliche Deckung, alles schlief, und der Einzige, der mich retten konnte, war gerade auf dem Scheißhaus. Ich machte die Lampe wieder aus, und auf einmal war da wieder dieses lang gezogene Geräusch, diesmal in kürzeren Abständen. Es kam näher, zwanzig Meter, fünfzehn Meter, ich griff nach meiner Waffe. Es verstummte. Ich zielte.

Da war nichts als weite Leere, so sah es zumindest aus, aber irgendwo dort hatte es irgendwas oder irgendwer auf mich abgesehen. Ich wollte schreien, Alarm schlagen, stand wie versteinert am Zaun. Es war ganz einfach: entsichern, zielen und schießen, ich hatte das schon so oft getan, doch jetzt, wo ich mich selbst verteidigen musste, war ich vollkommen blockiert, ich schaffte es nicht, die simple Handlung auszuführen.

Ich griff nach der Granate. Ich spaltete mich auf: Ein Teil von mir konzentrierte sich weiterhin auf das Geräusch, das jetzt völlig verstummt war, der andere versuchte das Zittern meiner Hände zu kontrollieren, damit ich den Stift aus der Granate ziehen konnte. Während der eine Teil Zweifel bekam, denn es blieb bestimmt mehrere Sekunden lang still, hatte der andere mit etwas begonnen, dem unmöglich noch Einhalt geboten werden konnte.

Endlich bekam ich den Stift raus.

Der eine Teil brüllte den anderen an, er müsse endlich werfen, der andere starrte weiterhin in die endlose Weite, die mit dem stockfinsteren Nachthimmel verschmolz. Das lang gezogene Geräusch ertönte erneut. Ich erstarrte. Einer nach dem anderen erhob sich aus dem hohen Gras, Schatten, sie nahmen die Form von Menschen an, kamen näher, ich glaubte meinen Großvater als jungen Mann zu erkennen, so wie ich ihn mal auf einem Foto gesehen hatte, er hatte eine Schaufel umgehängt und eine Schiebermütze auf dem Kopf, neben ihm lief mein Vater, er war noch ein Kind, hinter ihm ein Schäferhund, und auf der anderen Seite liefst du, Mama, du lachtest mich an, in diesem Moment rutschten meine Finger vom Sicherungsstift, schweißnass und wie gelähmt spürte ich, wie er meinen Fingern entglitt, einundzwanzig, zweiundzwanzig, ich streckte die Hand nach dir aus, und irgendwo in mir fand etwas die Kraft, die Granate zu werfen, in eure Richtung, ihr kamt näher, immer näher kamt ihr, als sie explodierte.

–

«Zeig die Hände», brüllte ich auf Arabisch. «Sofort!»

Es war spätabends, dunkel, in diesem Teil der Straße funktionierte die Straßenbeleuchtung nicht. Er hatte das Gesicht abgewandt. Ich kam näher, bis zur Straßenmitte, meine Soldaten hinter mir. Er sah kurz auf, erschrak, wandte sich abrupt ab, als könnte er uns einfach so aus seiner Welt verschwinden lassen, schüttelte weiterhin das, was er in der Tasche seiner Djellaba verborgen hielt. Ich konnte fast nichts erkennen und war mir der Anwesenheit der anderen trotzdem deutlich bewusst, vielleicht eben weil ich sie nicht sah, wusste ich, dass Menschen hinter den Hauswänden mithörten, dass sie die Türen zu den Zimmern, in denen Kinder schliefen, geschlossen hatten, um ihre kleinen Ohren vor dem x-ten Vorfall zu beschützen; ich war mir der Graffiti auf der Betonabsperrung hinter dem Mann bewusst, der Intention, mit der die Worte da hingeschmiert worden waren, der Risse im Beton, die wie Blitzstrahlen zu Boden rasten, der Soldaten hinter mir, ich sah sie ausnahmslos, und meine Worte schienen durch ihre Anwesenheit noch lauter zu werden. «Hände hoch», rief ich erneut, ich rief es auf Hebräisch, auf Arabisch, auf Englisch.

«Ich glaube, wir sind sicher», zischte mir einer der Soldaten hinter mir zu. Es war Yaniv, ein junger Mann, der seit ein paar Wochen in meiner Einheit war, hochtalentiert, ein ausgezeichneter Kandidat für die Kommandantenausbildung. «Der tut nichts.» Seine Worte spalteten die Situation in sicher oder nicht sicher, in etwas unternehmen oder abrücken. Ich machte noch ein paar Schritte auf den Mann zu, entsicherte mit einem dumpfen Klicken meine Waffe. Die Soldaten folgten mir nicht, nur Yaniv blieb in meinem Schatten, leuchtete mir mit seiner Taschenlampe, wodurch der Mann in einem Lichtkegel gefangen war, aber auch Yaniv wollte nicht mehr weiter, ich fühlte mich wie von einem Magneten nach hinten gezogen. Das bestärkte mich nur in meiner Vorstellung, dass ich der Einzige war, der diese Situation richtig einschätzte, dass ihrer aller Leben in meiner Hand lag, in meinen Händen, die das Gewehr umklammerten.

Der Mann schaute auf, er schaute mir jetzt direkt in die Augen und ich sah, wie sich die Angst bei ihm verzweigte, ein elektrisch geladenes Feld zwischen ihm und mir erzeugte. Er wich ein paar Schritte zurück, verschwand dann in einer dunklen Ecke hinter den Stufen zur Tür eines Hauses, und da war ich mir sicher. Das war eine Falle. Er lockte uns weiter in die Straße hinein, um das, was auch immer er da in den Taschen seiner Djellaba verbarg, explodieren zu lassen. Ich schrie erneut. Der Mann war jetzt nicht mehr zu sehen, verschmolz mit dem Schatten der Stufen. Der atmosphärische Druck veränderte sich, wir wurden zu Boden gedrückt, so fühlte sich das an, so als hielte uns etwas unter Wasser, wir befanden uns in einer Welt, die von der anderen, großen Welt getrennt war, in einem Mikro-Universum, das nur zwei Pole kannte: sicher, unsicher; Leben, Tod. Die Angst schaltete überflüssige Körperfunktionen aus, wir vereinfachten, wurden auf einen bestimmten Teil von uns reduziert. Während ich das Gewehr anlegte, wurde ich eins mit der Armee, mit allen Soldaten, die je gedient, ihr Leben riskiert und manchmal verloren hatten, und langsam machte sich Stolz breit, ich gehörte irgendwo dazu, ich stand hier nicht allein, das ganze Land stand hinter mir, das ganze Land krümmte den Finger um den Abzug, ich brüllte mit den Stimmen Tausender von Menschen, dass er da rauskommen und seine Hände zeigen solle, verdammt noch mal.

«Ich glaub, mit dem stimmt was nicht.»

Genau das, was ich auch denke, schoss es mir durch den Kopf, mit dem stimmt was nicht, natürlich nicht, er trägt eine Bombe am Körper, und wenn ich nicht handle, fliegen wir hier gleich alle in die Luft. Ich machte ein paar Schritte nach vorn, spürte dann eine Hand auf meiner Schulter.

«Ich bin mir ziemlich sicher, dass er harmlos ist, er ist einfach nicht ganz bei ...»

Ich ließ die Waffe ein wenig sinken, winkte Yaniv herbei, ohne den Blick von der Nische abzuwenden. Er trat neben mich. Kurz standen wir Schulter an Schulter, da wurde mir bewusst, dass er das hier eindeutig ganz anders einschätzte als ich, ich schaute zur Seite und sah, dass auch er Angst hatte, aber nicht vor dem Mann, wie mir so langsam dämmerte, er ließ mich keine Sekunde aus den Augen, mit seiner ganzen Körpersprache versuchte er mich wegzuziehen, weg aus dieser Straße, weg von meiner Waffe.

Ich starrte ihn kurz an: Kenn ich dich? Kenn ich dich überhaupt?

Er war auf diesen Militärstützpunkt gekommen, als ich gerade meine Strafe wegen der Shoarma-Sache verbüßte. Der Witz hatte die Runde gemacht, Soldaten rissen ihn jetzt ständig mit Kindern aus Hebron, und obwohl mir dieses neue Spiel einen gewissen Status verlieh, begann es irgendwann doch zu nerven, dass ich bloß der Shoarma-Typ war, und niemand, der dem Land einen wichtigen Dienst erwiesen hatte. Yaniv war auf Anhieb beliebt. Er besaß eine natürliche Autorität, wir fühlten uns alle zu ihm hingezogen, sogar ich, der ranghöher war als er. Er schien mehr zu wissen als wir, obwohl er einer der Jüngsten war. Wenn wir uns in der Gruppe zu Kraftausdrücken oder albernen Spielchen anstachelten, hielt er sich da raus, was ihn unangreifbar und stark machte.

Er wurde mir unterstellt, und als wir nachts einige Leute in der Peripherie von Hebron aus dem Bett holen mussten, machte er das auf eine so elegante, fast höfliche Art, dass ich Gänsehaut bekam. Das passte nicht in diesen Kontext, so als stünde er über den Dingen und wäre nicht für das Geflenne der Mutter verantwortlich, die uns bis auf die Straße nachlief und die wir auf Abstand halten mussten, weil sie sich sonst vor den Transporter geworfen hätte. Für ihn war das hier nur ein Zwischenschritt auf dem Weg zu einem höheren Ziel, das strahlte auch seine Gelassenheit aus, mit der er die Jungs vernahm. Ich versuchte das später selbst, als ich einige Kinder, die Steine geworfen hatten, verhaften musste. Bei mir klang es entschuldigend, Yaniv strahlte Überlegenheit aus.

Er packte mich am Handgelenk, drückte die Waffe so etwas nach unten. «Immer mit der Ruhe, Immanuel», sagte er, und als ich meinen Namen hörte, wachte ich wieder auf, so als wäre ich wieder ich selbst. Erst wusste ich nicht, worauf ich mich jetzt konzentrieren sollte – auf den Mann mit der Mütze oder auf Yaniv, der meine Autorität untergrub und dadurch versuchte, die Situation an sich zu reißen. «Das wird schon», sagte er leise, tröstend. Langsam hob ich erneut meine Waffe, und dabei dämmerte mir, dass er bestimmt dachte, ich wollte wieder angeben – ausgerechnet jetzt, wo wir in Lebensgefahr schwebten.

Ich hob die Waffe noch mehr, gegen den von Yaniv ausgeübten Druck, bis ich sie erneut so anlegte, wie es sich gehörte. Ich konzentrierte mich auf den Mann, der sich in der Ecke versteckt hielt und jetzt leise jammerte, hoch und schrill, ein Ablenkungsmanöver um unser Vertrauen zu gewinnen. Ich war der Einzige, der uns aus dieser Situation retten konnte, der nicht den Verstand verloren hatte, das war die Chance, alles wiedergutzumachen, das Vertrauen endgültig zurückzugewinnen, mich diesmal wirklich nützlich zu machen, und da schrie ich noch mal, sah, wie sich ein Schatten bewegte und größer wurde, langsam kam der Mann hervor.

Er zeigte die Hände. Sie waren leer. Mit gesenktem Kopf ging er auf uns zu. Yaniv schob mich beiseite, «Siehst du», zischte er. Das genügte, damit der Kreis sich schloss, keine Sekunde spätere kam es irgendwo in mir zur Explosion. Dann begann der Mann mit der Mütze zu rennen, er rannte auf uns zu, ich zielte auf seine Beine, schoss ein Mal, zwei Mal. Die Schüsse hallten durch den Hof, dumpf, blechern. Ein paar Sekunden, bevor es ganz kurz still wurde.

DAMALS, IRGENDWO IM NORDEN BELGIENS

Wollen wir nicht einfach noch mal von vorn anfangen?

Einfach wieder ein Name füreinander sein, nur das: ein Name.

An diesem Morgen, vor langer Zeit: Ich werde wach, weil die andere Betthälfte leer ist. Die Decken auf deiner Seite sind zurückgeschlagen. Ich laufe durch die Wohnung, kann dich nirgends finden. Die Tür zum Garten steht offen. Ich schlüpfe in meine Gartenclogs und lege mir eine Jacke um die Schultern. Ich rufe nach dir. Ein paar Schritte durchs taufeuchte Gras. Hinter den Kronen der Pappeln, die die Weide am Ende unseres Gartens säumen, färbt sich der Himmel langsam rot.

Eine Leiter lehnt an der Wand des Gartenhauses. Du sitzt auf der obersten Sprosse, nur in T-Shirt und Unterhose, dafür mit deiner Kippa auf dem Kopf, die Beine angezogen. Als ich neben die Leiter trete, schweigst du. Ich lege die Finger um die Metallstangen, schaue in dieselbe Richtung wie du, wohlwissend, dass ich nicht dasselbe sehe.

Wann kommen wir uns abhanden?

«Wir schaffen das schon», sage ich leise. «Wir können zusammen hinfahren. In den Ferien.»

Ich spüre, wie du dein Gewicht auf der Leiter verlagerst. Ich setzte mich ein paar Sprossen tiefer, lehne den Kopf an deine Füße. Die Weide färbt sich orangerot, Millionen Tautropfen reflektieren das träge Morgenlicht.

«Hier ist es nicht gut für Immanuel», sagst du. «Man greift uns körperlich an.»

Ich grabe die Nägel in die Haut. Letzten Monat ist in der Innenstadt von Antwerpen auf eine jüdische Frau eingestochen worden. «Immanuel, lass mich eines klarstellen», hast du an diesem Abend beim Essen gesagt. «Die wollen uns tot sehen. Niemand auf der Welt will uns.» Und abends, als wir im Flüsterton in der Küche stritten, hast du gezischt, dass du ihn vor dem Schmerz beschützen musst, den alle Juden kennen und den nur Juden kennen. Und dass man anderen manchmal Schmerzen zufügen muss, um vor Schmerzen zu schützen – das sei ja das Traurige, ich müsse endlich die Augen aufmachen und richtig hinschauen, vor allem aufhören so zu tun, als wäre immer alles in bester Ordnung.

«Da seid ihr ja.» Immanuel taucht plötzlich neben dem Gartenhaus auf, seine Haare sind verstrubbelt, seine Augen noch vom Schlaf verklebt.

«Doch nicht barfuß, Immanuel!», sage ich mit einer schrillen Stimme, die gar nicht zu mir passt. «Zieh die Hausschuhe an.» Ich schicke ihn wieder rein, doch er bleibt stehen, in seinem T-Shirt, auf dem Buzz Lightyear für immer das Weltall erobert, deshalb schiebe ich ihm meine Clogs hin. Er setzt sich unter mich, zwischen meine Beine. Ich lege ihm die Arme um die Schultern. «Vorsicht!», höre ich Joachim über mir sagen, und um mich zu ärgern, wehrt sich Immanuel noch mal dagegen, und ich lache, ich bin die Einzige, die lauthals lacht, die Einzige, die lauter lacht als nötig.

Hält man die Augen geschlossen, drehen sich die Augäpfel nach hinten. Die Iris starrt in den dunklen

Raum des eigenen Kopfes, in einen Raum, wo kein Licht hinkommt. Alles, was man sieht, sind Fantasiebilder.

Es ist gegen Abend, als du fragst, ob wir kurz reden können. Immanuel ist beim Basketballtraining, wird anschließend bei einem Freund übernachten. Du sagst, dass wir es nicht schaffen werden. Dass wir uns das eingestehen müssen. Dass es nur einen Ort gibt, der deine Heimat ist.

«Und Immanuel?», frage ich. Du schweigst.

Ich schreie, dass es dort gefährlich ist. Dass er zur Armee muss. Dass er mich braucht.

Du erwiderst, ich sei so ehrgeizig, dass alles nach mir gehen müsse, dass ich mir meiner Stärke gar nicht bewusst sei.

Ich nehme die Autoschlüssel. Du erhebst dich vom Sofa und kommst auf mich zu, als ich den Schmerz in deinem Gesicht sehe, stürme ich aus dem Wohnzimmer raus in die Auffahrt. Ich setzte mich ans Steuer und lasse den Motor an.

Ich wünschte, wir könnten uns wieder zum ersten Mal sehen, ohne die ganzen Schichten, die sich inzwischen um uns herum aufgetürmt haben, ohne all die Vermutungen, die wir inzwischen über den jeweils anderen angestellt haben, ohne all die gemeinsamen Erinnerungen, auch ohne die schönen: erneut nur zwei Arme sein.

Er braucht mich. Ich brauche ihn. Ich habe es zu spät gemerkt, Joachim. Ich habe viel zu viel verdrängt.

IM NORDEN

Mit einem lauten Scheppern schleift der Unterboden meines Autos über eine Verkehrsschwelle. Ich bremse nicht ab und gebe Gas, Richtung Verkehrskreisel bei der Kirche. Die Dorfmitte ist schlecht beleuchtet, ich sehe kaum, wo ich hinfahre. Häuser huschen an meinen Fenstern vorbei, und schon bin ich wieder auf einem dieser Feldwege, und da sind sie, blaue Lichter in meinem Rückspiegel, sie schließen zu mir auf. Ich fahre rechts ran, brauche betont lange, um den Wagen zum Stehen zu bringen. Zwei Polizisten steigen aus, leuchten mir mit ihren Taschenlampen ins Gesicht. Ich lasse meine Scheibe herunter. Einer von ihnen beugt sich zu mir.

«Also wirklich! Sind Sie völlig verrückt geworden? Sie wissen schon, warum wir Sie anhalten?»

Die Autopapiere rausholen, die Versicherungspapiere, erklären, dass ich nicht betrunken bin, trotzdem pusten müssen, meinen Führerschein abgeben, ohne ihn zurückzubekommen. Aussteigen.

«Siebenundachtzig Stundenkilometer in einer geschlossenen Ortschaft, Sie wissen schon, was das heißt?» Die Polizisten stellen sich zwischen mich und mein Auto. Ich bin eine Verbrecherin. Verbrecher können fliehen.

«Sie können von Glück sagen, dass Sie niemanden umgenietet haben», sagt der Dickere von beiden.

«Wir lassen Sie jedenfalls nicht mehr nach Hause fahren», sagt der andere.

Sein Kollege schüttelt nachdrücklich den Kopf. «Das gibt eine Anzeige wegen verantwortungsloser Raserei», bestätigt er, während er sich in seinem Handy Notizen macht. «Sofortiger Führerscheinentzug für zwei Wochen.»

«Und wie soll ich dann nach Hause kommen?», frage ich einfältig.

Schweigen. «Wir warten gern, bis Sie jemand abholt», sagt der eine.

«Es ist eine ruhige Nacht», ergänzt der andere. Sie gehen zu ihrem Streifenwagen, knallen die Türen zu und machen die Innenbeleuchtung an.

Ich setze mich wieder in mein Auto, hinters Steuer und zücke mein Handy. Ich scrolle mein Adressbuch durch, um mir von A bis Z meine Freundinnen und Freunde in Erinnerung zu rufen, jemanden zu finden, der mich um diese Uhrzeit ungefähr sechzig Kilometer von Antwerpen entfernt abholen kann.

Ich bin schon bei J, ohne jemanden gefunden zu haben. Zweifel bei deinem Namen, die Liste zur Sicherheit bis ganz nach unten durchscrollen.

Das Handy klingelt.

«Sie haben den Anschluss von Joachim Polak gewählt. Ich bin gerade nicht zu Hause, hinterlassen Sie eine Nachricht nach dem Piep.» Piep.

Ich lege das Handy in den Schoß, starre in die Nacht, während ich zuhöre, wie die Leere des Autos von deiner Mailbox aufgenommen wird, bis sie sich wieder ausschaltet.

14

Unter den Füßen seines Gartenstuhls knirscht Kies. Alle paar Sekunden sucht der Rabbiner nach einer anderen Position. Beim Lesen fährt er sich über den Bart und murmelt einen Kommentar. Neben sich eine Stehlampe mit drei Verlängerungskabeln, die an eine Steckdose im Souterrain angeschlossen sind. Die Lampe summt, aber das können auch die unzähligen Fliegen und Mücken sein, die das Licht umschwirren. Es ist das einzige Licht hier zwischen den dunklen Hochhäusern. Mit unter dem Nachthemd angezogenen Beinen sitze ich in einigem Abstand im Schutz der Dunkelheit, ich kann ums Verrecken nicht schlafen. Ab und zu wedelt er Mücken weg. Ich schließe die Augen.

Das Knacken und Rascheln der Nacht hüllt mich ein.

Ansonsten: vollkommene Stille. Immanuel schweigt.

Ich nehme die Arme nach hinten und recke die Schultern. Yitzhak macht die Lampe aus. Nur im Souterrain brennt noch Licht. Der Rabbiner lehnt sich erneut in seinem Stuhl zurück und mustert mich ungeniert. Wir gehen uns ein wenig aus dem Weg in letzter Zeit. Vielleicht bin ich schon zu lange hier, vielleicht wird es Zeit, nach Hause zu fliegen. Ich kann ein Ticket kaufen und meinen Koffer packen, noch am selben Abend im eigenen Bett schlafen. Die Vorstellung, dass das problemlos möglich ist, dass ich keinen Tag brauche, um in mein Leben zurückzukehren, beruhigt mich nicht – im Gegenteil. Noch vor ein paar Tagen habe ich meine Kollegin gebeten, eine weitere Woche für mich einzuspringen. «Es ist dringend», schrieb ich. Mit zahlreichen Entschuldigungen. Wann hört der Tod auf, dringend zu sein?

«Was ist eigentlich mit dir?», frage ich.

Der Rabbiner tut so, als wäre er tief in Gedanken. Er ist ein schlechter Schauspieler. «Wie meinst du das?»

«Was ist damals passiert.»

Er bückt sich nach dem Buch auf dem Boden, fährt mit den Fingern über die Seiten. «Ich habe gerade eine fantastische Passage gelesen», sagt er. «Ein Duell. Käpt'n Hook steht auf einem Felsen unter Peter, und der möchte einen ehrlichen Kampf, deshalb reicht er Käpt'n Hook die Hand, um ihn zu sich auf den Felsen zu ziehen. In diesem Moment beißt Hook ihm in die Hand. Und dann steht da: ‹*Jedem Kind geht es so, wenn es zum ersten Mal ungerecht behandelt wird. Es kommt arglos und voll gutem Willen zu dir und rechnet nur mit einem: Fairness. Und wenn du es dann ungerecht behandelst, wird es dich zwar irgendwann wieder lieben, aber es wird nicht mehr dasselbe Kind sein. Niemand kann die erste Ungerechtigkeit verwinden, niemand. Bis auf Peter. Er hat sie schon oft erlebt, aber immer wieder vergessen. Das war wahrscheinlich der eigentliche Unterschied zwischen ihm und den anderen.*›»

«Yitzhak», ich flüstere seinen Namen, behutsam, als wäre er der Schlüssel zu einer Welt, zu der er mir lieber keinen Zutritt gewährt.

Der Gesang der Grillen gräbt Kerben in die Nacht. Irgendwo jault ein Schakal, in der Ferne ist ein einzelnes Auto zu hören.

«Ach, Lydia», sagt er. «Ich war Hauptrabbiner an einer

bedeuteten Yeshiva in Tel Aviv. Ich hatte großen Einfluss. Irgendwann bildet man sich ein, Gott zu sein. Und dann geht es meistens schief.» Er legt die Hand auf den Einband, fährt sanft mit dem Daumen über den Buchrücken. «Ich habe mich verliebt. Ihm ein wichtiges Stipendium zugeschanzt. Das blieb nicht unbemerkt.»

Ich krümme die Finger um die Lehne des Gartenstuhls, fahre mit dem Nagel über ein Stück Dreck, dass sich in einer Ritze angesammelt hat. In seinem Gesicht scheint ein anderer Yitzhak zum Vorschein zu kommen, einer, der einem Mann, den ich zu kennen glaubte, um eine weitere Schicht bereichert. Er zieht eine Gartenkerze zu sich, nimmt ein Streichholz aus der Schachtel daneben und entzündet es mit einer energischen Geste.

«Du hast mir übrigens noch gar nichts von deinem Ausflug nach Hebron erzählt», sagt er. Es dauert einen Moment, bis der Kerzendocht brennen will.

«Was gibt es da schon groß zu erzählen.» Ich konzentriere mich auf den Dreck, der sich unter meinem Nagel sammelt. «Das ist überhaupt nicht sein Konflikt. Er hätte einfach in Edegem aufwachsen sollen, ich hätte es nie soweit kommen lassen dürfen, dass sie nach Israel gehen.»

Yitzhak seufzt. «Ich fürchte, man hat weniger Kontrolle über seine Kinder als man gerne hätte.»

«Wie fühlt es sich an, auf der Seite der Besatzer zu stehen?», frage ich.

Er legt *Peter Pan* zurück ins Gras neben die Kerze. Die Flammen erhellen den Ledereinband. «Wer sich einbildet, er wäre unschuldig, ist schuldig. Wir könnten uns natürlich an einem Checkpoint in die lange Schlange der Palästinenser einreihen, aber wir haben immerhin die

Wahl. Man steht so oder so auf der privilegierten Seite, da kann man sich gar nicht mehr fair verhalten, denn alles, was man tut, wird dadurch überhaupt erst ermöglicht.»

«Ich hätte mir Immanuel gern als aufrechten Soldaten vorgestellt. Dass Palästinenser lieber mit ihm zu tun hatten als mit irgendeinem Deppen, der vom System einer Gehirnwäsche unterzogen wurde.» Die Grillen werden lauter, sie sind in meinen Kopf eingedrungen, ich spüre, wie sie mit den Beinen über ihre Leiber reiben, wie sie herumwuseln und sich abmühen, gegen meine Schädeldecke prallen – nichts als Grillen im Kopf.

Yitzhak kommt mit seinem Gartenstuhl etwas näher. «Ein paar Mal im Monat fahre ich nach Bethlehem. An der Grenze hole ich palästinensische Kinder ab, die in israelischen Krankenhäusern versorgt werden, weil wir das bessere Gesundheitssystem haben. Aber die Kinder haben Todesangst vor mir, wegen meiner Kippa. Was nicht weiter verwunderlich ist, Männer mit Kippa sind für sie zum Symbol der Besatzer geworden. Wirklich gut fühlt es sich bestimmt nicht an, wenn einem der Feind hilft. Damit sie sich wohler fühlen, spiele ich immer arabische Musik. Jetzt lerne ich über Skype von einer Frau aus Gaza Arabisch. Die Leute, die im Stillen Widerstand leisten – von denen hört man nichts.»

«Ich bin ihm in Hebron sehr nahe gekommen», erzähle ich. «Irgendwie traf alles, was Ofra mir erzählt hat, tatsächlich zu. Es wurde so konkret.» Ich mache eine kurze Pause, entnehme dann dem Blick des Rabbiners, dass ich alles sagen darf. «Ich habe ihn gehört. Er war mir so nah, als würde er tatsächlich mit mir sprechen.»

Der Rabbiner lächelt. «Wir alle sind Besatzer, weil wir

uns ständig vereinnahmen», sagt er. «Das sollte uns viel mehr bewusst sein.»

«Wie meinst du das?»

«Auch du hast wieder eine Geschichte rund um deinen Sohn fabriziert. Du kannst ihn nur über Umwege kennenlernen.»

«Das hilft mir auch nicht weiter Yitzhak.»

«Was ich damit sagen will, ist, dass du nicht viel machen kannst, Lydia. Alles andere ist eine Illusion.»

Ich dränge sie zurück, die Grillen, zurück ins Gras, es klappt nicht, und dann befürchte ich, selbst Gras geworden zu sein, die Hochhäuser, dass die Grillen und der Garten und die ihn umgebende Stadt für immer in mich eingedrungen sind, wo bleibe ich bei alledem, wo bleibe ich? Ich erhebe mich von dem Gartenstuhl, viel zu schnell. Ich suche Halt an der Rückenlehne.

«Lydia.» Yitzhak wird nicht laut, er sieht mich gelassen an, was mich auf einmal wütend macht. «Du solltest dir einfach bloß eingestehen, dass du ihn hier nicht finden wirst. Wenn du dir einbildest, zu wissen, was in ihm vorging, tust du dir nur noch mehr weh.»

«Jetzt hör schon auf, Yitzhak.»

«Unsere Kinder sind nicht unser Eigentum», sagt er.

«Unsere Kinder.» Ich keife es, lauter als gewollt.

Er sieht mich erschrocken an. Ich bücke mich nach seinem Buch, greife danach, werfe es wieder ins Gras, neben Yitzhak, der zusammengesunken auf seinem Gartenstuhl sitzt. «Du hast doch keine Ahnung. Es sind zwar alle gern zum Feiern und Übernachten hier, aber wenn es drauf ankommt, wenn du stirbst, wird dich niemand vermissen.» Ich sehe, wie er in sich zusammenfällt, und das erleichtert mich, es ist, als könnte ich seine Worte ungesagt machen. Meine Wangen glühen, als hätte ich gerade Fieber bekommen. «Das ist auch der Grund, warum du den Gönner spielst, weil dein Leben dann wenigstens einen Sinn gehabt haben wird.»

Er macht den Mund auf, will etwas sagen. Doch noch ehe es dazu kommt, muss ich lachen. Er fährt sanft mit der Hand über die Stange der Stehlampe. Ich lachte. Übe einen alten Mann mit schütterem Haar, das die kahlen Stellen auf seinem Kopf nicht überdecken kann. Über einen alten Mann, der etwas braucht, was er streicheln kann, die Stange einer Stehlampe. Langsam schüttelt er den Kopf. Ich lache über einen Mann, den ich bisher noch nicht in ihm gesehen habe. Ich lache, um nicht weinen zu müssen.

15

Anscheinend habe ich den Garten verlassen, bin durchs Souterrain ins Treppenhaus gerannt, die Stufen hinauf, um die Haustür hinter mir zuzuknallen, denn ich stehe jetzt auf dem Bürgersteig, mitten auf dem verlassenen Bürgersteig. Der Bürgersteig ist deshalb verlassen, weil es mitten in der Nacht ist, alles schläft. Alle Lichter in den Wohnungen sind gelöscht, nur ein Stück weiter flackert eine einzelne Straßenlaterne. Ich hoffe auf Regen, der Abkühlung bringt und alles wegwäscht, den Staub der letzten Wochen in die Kanalisation schwemmt, die Straßen reinigt, Frischluft bringt. Natürlich regnet es nicht. Es ist schon seit Wochen trocken. Das Gras ist verdorrt, und die Blätter an den Sträuchern sind hart und zerkrümeln zwischen den Fingern, ich weiß das, weil ich sie von einem Strauch zupfe, und sie zwischen meinen Fingern zerkrümeln.

An nichts kann man erkennen, dass diese Ansammlung von Häuserblocks, umgeben von verdorrten Rasenflächen mit lauter kahlen Stellen, und diese unebene, leicht abschüssige Straße Israel sind und nicht irgendein anderes Land, in dem es keine Wehrpflicht gibt und sich Kinder nicht an Gardinenstangen erhängen, weil sie sich unbedingt nützlich machen wollten und dabei gescheitert sind.

Ich nehme den Weg zurück zum Hochhaus. Die Tür ist zugefallen. Von hier aus komme ich nicht in den Garten. Ich habe keinen Schlüssel dabei. Ich werde nicht in Panik geraten, denke ich, ich denke das, als ginge es um jemand ganz anders, und das muss auch so sein, das kann unmöglich passiert sein. Ich marschiere los, verlasse die Straße, gehe bergab.

In hundert Jahren werden alle, die ich kenne, tot sein. Nichts wird noch so sein wie jetzt. Es werden andere Leute in meiner Krankenhausabteilung arbeiten, solche, die heute noch nicht mal geboren sind, sie werden das Leben von Menschen retten, die noch nicht geboren sind. Ich bin weg, Joachim wird weg sein, seine neue Frau ebenfalls. Der Rabbiner wird weg sein, vielleicht wird es auch Israel gar nicht mehr geben. Dann werden es viele sinnlos finden, dass so viele Menschen für etwas gestorben sind, das nach wenigen Jahrzehnten wieder verschwunden ist.

Oder aber es wird Israel durchaus noch geben in hundert Jahren, und es wird sich gar nicht mal so viel geändert haben. Die Sperranlagen stehen immer noch, neue junge Männer in grünen Uniformen rennen sich beim Training in der Wüste Negev die Seele aus dem Leib, neue Mütter trösten ihre Kinder, während sie am Checkpoint anstehen, und neue Panzer rollen über die staubigen Straßen zwischen Gaza und Be'er Scheva.

Vielleicht hilft es ja, wenn ich mir denke: In hundert Jahren wird dieser Schmerz vorbei sein, denn dann sind wir so oder so ausgelöscht, tot, weshalb dieses Leid zeitlich begrenzt ist. Ich versuche es zu denken, aber deswegen tut es nicht weniger weh.

Ich biege um die Ecke, in eine Straße, die genauso aussieht wie die, in der der Rabbiner wohnt. Daneben windet sich ein schmaler Weg bergauf zum höher gelegenen Viertel. Ich nehme ihn, oben angekommen, sehe ich dass er noch weitergeht, zu wieder einem anderen Viertel, und ich gehe bergauf, lasse das Hochhaus weit hinter mir, und damit den Rabbiner, der sich jetzt vielleicht fragt, wo ich bleibe oder einfach schlafen gegangen ist.

Wolken haben sich vor den Mond geschoben. Nur wenige Straßenlaternen funktionieren, sie werden nicht gebraucht, niemand ist unterwegs, ein jeder dort, wo er hingehört. Ich weiß nicht mehr, wo ich bin. Die Straßen hier sind breit, die Bäume eingezäunt – man weiß nicht recht, wovor sie geschützt werden sollen.

Er ist nicht hier.

Niemand begleitet mich, niemand weiß, dass ich hier rumlaufe, ich bin allein. Ich biege in neue Straßen ein, in Straßen, die ich wiedererkenne, obwohl ich nie dort gewesen bin. Wo ist der Notausgang?

Ich will nicht zurück nach Hause. Nach Hause zu fliegen, bedeutet, meinen Koffer auszupacken, meine Kleidung zu waschen, alles dorthin zu räumen, wo es hingehört, und selbst dorthin zu gehen, wo ich hingehöre: jeden Morgen ins Krankenhaus, mir das Briefing anzuhören, wie die Nacht war, um so und so viel Uhr meinen Dienst anzutreten und immer wieder mitzuerleben, wie neue Kinder geboren werden, die beinahe oder tatsächlich sterben. Ich kann nicht einfach wieder dorthin gehen, wo ich hingehöre. Denn dann würden diese Wochen nicht zu meinem Leben gehören, ganz so als wären sie kaum mehr als ein vorübergehender Einschnitt. Dann würde ich an einen Ort zurückkehren, an dem Immanuel auch vorher nicht gewesen ist.

Ich setze mich auf eine Bank vor einem Häuserblock, der genauso aussieht wie der Häuserblock des Rabbiners, nur dass ich ganz genau weiß, dass es nicht der Häuserblock des Rabbiners ist. Es ist warm, obwohl es drei Uhr nachts ist. Es kühlt nie richtig ab. Ich habe wirklich nicht die leiseste Ahnung, wo ich bin, wie weit ich gelaufen bin. Bevor ich die Mail von Immanuel «Komm nach Israel, Mama» bekam, wäre ich nie in der Lage gewesen, einfach so eine Tür hinter mir zufallen zu lassen und ohne Schlüssel raus auf die Straße zu rennen, in der Peripherie einer Stadt, die ich nicht kenne. Selbst als meine Ehe scheiterte, habe ich es geschafft, pragmatisch zu bleiben und nach meinem Geldbeutel und meinen Hausschlüsseln zu greifen, bevor ich ins Auto sprang. Irgendwo in mir hat sich etwas geregt, dem völlig egal ist, wer ich einmal war, und das eigenmächtig handelt, gegen meinen Willen. Ich bin jetzt jemand, der aus Hitze und Tausenden Grillen besteht sowie aus Menschen, die mir alles Mögliche über Immanuel erzählen, jemand, der aus Israel besteht und den es nicht mehr geben wird, wenn ich nach Hause zurückkehre – das hoffe ich zumindest, dass ich wenigstens wieder zu mir finde, wenn ich erneut zu Hause bin.

Zu meiner Erleichterung finde ich das Handy in meiner Hosentasche. Dann merke ich, dass ich keine Telefonnummer vom Rabbiner habe, nicht einmal das. Verdammt! Alle WLANs hier sind passwortgeschützt. Eines heißt *«I watch you in the shower»*. Ich klicke auf mein mobiles Datennetzwerk, und das arbeitet langsam. Noch ehe ich die ganze Adresse in Google Maps eingeben kann, bekomme ich eine SMS von Telenet, dass ich mein

Datenvolumen aufgebraucht habe. Wenn ich neues dazu buchen will, soll ich auf deren Webseite gehen.

Ich spiele gedankenlos mit der Hülle meines Handys, ziehe den Zettel hervor, auf dem ich Joachims Adresse und Telefonnummer notiert habe – auf den Kronjuwelen eines Mannes, der in Unterwäsche posiert. Seine Muskeln sind so straff gespannt wie Drahtseile. Ich gebe die Nummer ein, zögere kurz bevor ich die Wähltaste drücke. Ich will gleich wieder auflegen, aber zu spät: Ich höre, wie das Telefon läutet und läutet, bis jemand drangeht. Die Frau meines Mannes.

«Zivat?»

«Ja?»

«Ich ... Entschuldigung, dass ich anrufe, ich ...»

«Wer ist da? Sie wissen schon, dass es mitten in der Nacht ist? Meine Kinder schlafen längst.»

Kurz weiß ich nicht, wie ich diese Frage beantworten soll, ich würde gern wissen, warum sie mitten in der Nacht ans Handy ihres Mannes geht, warum sollte man überhaupt mitten in der Nacht ans Handy gehen?

«Ich bin Lydia», sage ich. «Immanuels Mutter.»

Schweigen. Dann: «Seine Mutter ist tot.»

«Ich weiß.» Ich starre auf die verlassene Straße und die dunklen Häuser, die schwarzen Sträucher. Die Welt scheint sich von mir entfernt zu haben.

«Hören Sie», sagt sie. «Ich wüsste es wirklich sehr zu schätzen, wenn Sie mir kurz erklären, warum Sie glauben, uns um halb vier Uhr nachts stören zu müssen.»

«Ich bin in Israel», sage ich. (Die weißen Gebäude, die

schmutzigen Straßen, das gelbe Gras: Israel.) «Ich würde mich gern mit Joachim treffen.»

«Das müssen Sie mit ihm besprechen, aber wenn möglich zu einer vernünftigen Uhrzeit.»

«Einen Moment noch», sage ich, bevor sie auflegt. «Kann ich morgen vorbeischauen?»

Wieder dieses Schweigen. «Mittags um zwölf. Dann kommt er für eine Stunde von der Arbeit nach Hause.»

«Danke», sage ich noch.

Anschließend schicke ich Eran eine SMS, bei der ich jetzt schon weiß, dass ich mich morgen dafür schämen werde, aber das macht nichts, es ist ohnehin eine andere, die hier auf der Bank sitzt, sich umschaut und wieder losläuft, erneut an den Parks vorbeigeht, bergab, eine nächtliche Schaukel auf einem schlafenden Spielplatz anschubst, die mitten auf der Straße läuft, weil kein Verkehr ist. Die Einzige, die bei mir ist, ist Edyth, die ich schon seit Jahren nicht mehr wahrgenommen habe. Wir gehen durch die schlecht beleuchteten Straßen, Immanuels Mutter und die Frau, die sich als seine Mutter bezeichnet hat.

An jedem Geburtstag kaufte ich eine Torte und aß sie an dem Küchentisch, an dem meine Familie gesessen hatte. Neben dem Gartenhaus stand seine Plastikrutsche, die bereits vergilbt war, als er noch bei mir lebte und damals schon überholt war, trotzdem blieb sie stehen, und nachdem sie ausgezogen waren, war ihre Beseitigung dermaßen mit Bedeutung aufgeladen, dass ich alles so ließ, wie es war. Ich schaute darauf, die Rutsche gehörte zum Garten so wie Joachim und Immanuel auch weiterhin zum Haus gehörten. Genau zwei Mal habe ich einen

Mann mit heimgenommen. Wie sich herausstellte, war es schwierig, jemanden zu finden, der sich von meinem anspruchsvollen Beruf nicht erdrückt fühlte, und nach einer Weile promovierte ich lieber ein zweites Mal statt wieder zu Dates zu gehen, die keinen der Beteiligten glücklich machen würden.

Ich biege um eine Ecke und erkenne endlich die Synagoge am Ende der Straße des Rabbiners. Ein Stück weiter sein Hochhaus. Die Haustür steht einen Spalt offen, etwas hindert sie am Zufallen. Ich bücke mich. Es ist ein Herrenschuh. Ich taste mich die Treppe hinunter ins Souterrain, suche nach dem Lichtschalter, auch hier sorgt ein Schuh dafür, dass ich wieder rein kann.

16

Ich werde vom Lärm des Rabbiners geweckt, der in der Küche sein Frühstück zubereitet, Kaffee aufsetzt, eines der hohen Fenster öffnet. Dann ein paar Minuten Stille (jetzt betet er bestimmt), bevor er wieder rumschlurft, Schubladen und Schränke öffnet und wieder schließt, um danach in den Flur zu gehen und auf seine Schuhe zu stoßen, die ich ordentlich neben die Haustür gestellt habe, sie anzuziehen und die Tür hinter sich zuzumachen.

Dann ist es still. Ich drehe mich im Bett noch mal auf die andere Seite, versuche wieder einzuschlafen. Kurz bevor es mir zu glücken scheint, bekomme ich eine Nachricht aufs Handy.

Seine Wohnung sieht anders aus als beim letzten Mal, auch wenn das Porträt von Ariel Sharon immer noch über dem Sofa hängt und auch das Foto von Eran im Panzer an der Pinnwand. Alles ist aufgeräumt und wirkt jetzt irgendwie leer. Bewusst leer, eine Einrichtungszeitschrift würde es Minimalismus statt Junggesellenwohnung nennen.

«Wo ist Uzi?», frage ich.

«Der nimmt an einer Aktion in den Bergen Galiläas teil», ruft Eran aus der Küche.

Einen Raum zu dominieren, obwohl man gar nicht da ist, das ist nicht vielen gegeben. Eran kommt mit zwei Tassen arabischem Kaffee herein und stellt sie auf den Couchtisch neben dem Sofa. Er lässt sich neben mich in den Sessel fallen, legt sich die Hand aufs Knie, und es dauert nicht lange, bis er sie auf meine legt. Wir sitzen eine Weile so da: Spiegelbildlich zueinander, nur dass meine Hand auf meinem Bein liegt und zittert, sie würde gern zu seinem Bein wandern, aber mein Gehirn weigert sich, mitzuspielen, findet, dass sich mein übriger Körper anstellt, wenn er sich dermaßen nach Berührung sehnt.

Er beugt sich zu mir. Eine unsichtbare Staubflocke liegt auf meinem Haar, die er behutsam entfernt. Ich kenne diese Sprache und würde sie liebend gern mit Eran sprechen, aber meine Worte wollen keine Sätze ergeben. Es bleibt dabei, dass ich ihn nur ansehe und sehe, was ein flüchtiger Passant nicht sieht: die Fältchen um seine Augen, die langen Wimpern, die Bartstoppeln an seinen Wangen. Er führt das Leben eines Menschen, der jünger ist als er, während ich das Gefühl habe, viel älter zu sein als ich es tatsächlich bin.

«Ich höre ihn nicht mehr», sage ich.

«Wen?»

«Immanuel. Er ist weg.»

«Er ist nicht weg», sagt Eran.

Es ist still in der Wohnung, alle sind in der Arbeit, muss Eran nicht auch arbeiten? Ich verkneife mir die Frage in der unrealistischen Angst, dass er es sich anders überlegen und doch noch ins Büro aufbrechen könnte. Ich versuche mich zu entspannen, wenigstens so zu wirken, als wäre ich entspannt, während ich Eran anschaue und versuche die Zahlenkombination hinter seinem Geburtsdatum zu verdrängen.

Das ist neu: Seit einigen Tagen sehe ich manchmal einfach so mein Geburtsdatum vor mir und frage mich, welches Datum ihm wohl eines Tages hinzugefügt werden wird.

«Woran denkst du?», fragt Eran. Ohne die Antwort abzuwarten, springt er auf und eilt in die Küche. «Noch Kaffee?»

«Ja, gerne», erwidere ich. Meine Finger fahren behutsam über den Sofasamt, in Webrichtung, gegen die Webrichtung. Eran bleibt lange in der Küche – unnötig lange.

Eine Tasse Kaffee, ... – ...

Erans Hand auf meinem Knie, ... – ...

Ein Moment, in dem ich kurz an gar nichts denke, ... – ...

«Zucker?», ruft er, obwohl er mich vorhin nicht gefragt hat, ob ich Zucker will.

«Ja, gerne», echoe ich. Wenn dieser Tag anbricht, werde ich nicht wissen, dass es mein letzter Tag ist. Werde ich an Immanuel gedacht haben, bevor ich mich verabschiede? Ich schaue seitwärts aus dem Fenster, es ist vergittert, auch hier ist nicht ganz klar, wovor wir beschützt werden müssen, es gibt so viele Dinge, die uns beschützen, ohne dass wir uns einer Gefahr überhaupt bewusst wären. Irgendwann wird dieser Tag kommen, und in den letzten Tagen werde ich einfach das Gefühl nicht los, dass bereits feststeht, wann er kommt, dass die Zahlenkombination bereits bekannt ist, ich darf nicht zu lange darüber nachdenken, denn ich merke, dass ich in Panik gerate. Vielleicht bin ich schon seit Tagen in Panik.

Panik ... – ...

«Lydia Lamont ...» Eran hat die Kaffeetassen auf den Couchtisch gestellt und nimmt mein Gesicht in beide Hände, irgendwo ist ein Stück Zeit verloren gegangen, wo war ich, wo bin ich eigentlich? Er schüttelt den Kopf. «Woran denkst du?»

Das zweite Datum darf nicht kommen, der Schmerz darf nicht zeitlich begrenzt sein, jemand muss an Immanuel denken können. Zehn Jahre haben wir uns nicht mehr gesehen, gesprochen, und jetzt ist es zu spät. Ich war zu spät. Zehn Jahre. Wo ist der Notausgang?

Er fährt mir mit den Daumen über die Wangenknochen. Ich spüre seine Lippen, ohne dass sie mich berühren. Ohne dass es tatsächlich geschieht, umarmt er mich, und das genügt, das genügt um zu wissen, dass jemand bei mir ist.

Hinter seinem Ohr befindet sich ein kleines Muttermal. Hellbraun, unregelmäßig geformt. Ich sehe Eran als Baby mit diesem Muttermal vor mir, als Schüler und Panzerkommandant, er sitzt hoch oben auf dem Panzer und hat den Blick abgewandt, das Muttermal ist nach wie vor hinter seinem Ohr, egal, wo er ist, wer er ist. Ich fahre sanft darüber, als könnte ich es wegwischen, so sanft, dass ich ihn nicht anfasse, mein Finger bleibt irgendwo zwischen meinem und seinem Hals schweben, wischt nur die Luft weg, die uns voneinander trennt.

Er legt den Kopf schräg, lehnt seine Schläfe an meine. Nur seinen Kopf an meinen, aber es ist eine vollkommene Umarmung, seine Gedanken greifen auf meine über. Und was bereits seit einigen Wochen geschieht; geht jetzt weiter, mein Körper löst sich langsam von mir. In unseren Gedanken geschieht alles, was jetzt nicht geschieht, der Zwischenraum zwischen unseren Körpern verschwindet, und wir legen unsere oberste Schicht ab, bis all unsere Kleidung zu unseren Füßen liegt, bis unsere

Hände genau wissen, was sie tun müssen und wir eins werden, endlich werden wir eins, aber es geschieht nicht, es ist alles noch genau so wie vorher, nur dass sein Kopf an meinen gelehnt ist, seine Finger auf meiner Wange ruhen. Ich bin ganz starr, mir ist kalt, irgendwo muss mein Herz noch schlagen, aber ich spüre es nicht, da stimmt etwas nicht.

Er lehnt sich zurück, lässt die Hand in den Schoß sinken.

«Ich muss gehen», sage ich. «Ich bin mit Immanuels Vater verbredet.»

«Du musst nicht gehen», sagt Eran.

Ich wiederhole, dass ich gehen muss.

Er schaut zu mir auf, anscheinend bin ich aufgestanden. Er hat sich seit ein paar Tagen nicht mehr rasiert, sieht unglaublich erschöpft aus. Warum ist er erschöpft?

«Bist du müde, Eran?»

Er blinzelt kurz, als wäre ich ein grelles Licht. «Geht schon», sagt er und seufzt. «Egal. Weißt du was? Wir machen einen Ausflug. Morgen muss ich Uzi in Nazareth einsammeln. Geh du erst mal zu Joachim, gleich danach holen wir deine Sachen beim Rabbiner ab und am Nachmittag fahren wir los. Ich werde dir was zeigen, was du nie erwartet hättest.»

Ich antworte, ohne darüber nachzudenken. «Gut.»

«Auf Anhieb einverstanden?» Er lacht.

«Unter einer Bedingung», sage ich.

«Aha?»

«Ich fahre.»

Er steht auf, ist jetzt wieder größer als ich. Er legt mir die Arme um die Schultern, zieht mich an sich. «Lydia

Lamont, du seltsame Frau.» Ein Zittern durchläuft mich, er spürt es auch, das weiß ich genau, er lässt mich zu früh wieder los. Bevor er etwas sagen kann, drehe ich mich um und gehe zur Wohnungstür. Als ich im Treppenhaus stehe, mache ich nach ein paar Schritten kehrt. Eran lehnt in der Tür.

«Ich weiß, wo wir übernachten können», sage ich.

«Wo denn?»

«Auf einem Kräutercampingplatz in Safed.» Und dann bin ich weg.

17

Joachim wohnt näher an der Jerusalemer Altstadt, ein ganzes Stück von Erans und Uzis Wohnung entfernt. Ich könnte den Bus nehmen, beschließe aber zu laufen, sonst geht es mir zu schnell, so kann ich mich auch besser vorbereiten, Schritt für Schritt überlegen, was ich ihm sagen will, jeden Gedanken, den ich haben werde, schon mal gedacht haben, damit er mir nicht zuvorkommt, er darf nicht stärker sein als ich.

Die Stadt zwingt mich, langsamer zu werden. Beim Bürgersteig fehlen Platten, die Bordsteinkanten sind hoch. Der Verkehr schneidet mir den Weg ab, Taxis fahren hupend vorbei, nein, ich möchte kein Taxi, ich möchte laufen, mich Schritt für Schritt meinem Mann nähern, der an einem Donnerstagabend vor zehn Jahren unser Haus in Edegem verließ. Und als es dann soweit war, fühlte sich auch seine Leere feindselig an – etwas, worauf ich nicht vorbereitet war.

Ab und zu endet der Fußweg abrupt, und ich muss auf die Straße ausweichen. Ich laufe an einer grauen Mauer entlang, an der meterhohe Fotos hängen, Kunstwerke, und erst nach einigen hundert Metern begreife ich, dass das nicht irgendeine Mauer ist, sondern die Mauer, und weil sie so vollkommen ungerührt hier steht, trifft sie mich mit viel größerer Wucht als damals, als ich im Westjordanland mit Exodus Tours daran vorbeifuhr. Außerdem brauche ich ihr anscheinend bloß zu folgen, um zum Hochhaus, in dem Joachim wohnt, zu gelangen, sie führt mich wie von selbst hin. Sie bleibt links von mir, und ich muss sie erst im allerletzten Moment verlassen, um das Viertel zu betreten. Durch eine schmale Gasse laufe ich bergauf, schlängle mich zwischen hervorstehenden Pflastersteinen, Müllsäcken und Hundekot hindurch. In jeder Straße wird irgendwo gebaut, Gebäude in verschiedenen Phasen ihrer Entstehung schießen empor.

Im Eingangsbereich des Hauses an der Adresse, die ich von Ofra bekommen habe, liegt ein alter, räudiger Hund. Ich lasse ihn nicht aus den Augen, als ich mich nach der Klingel strecke. Joachims Name steht auf Hebräisch darauf, sogar sein Name ist unzugänglich geworden. Ich drücke auf die zweite Klingel, und das nur weil Ofra mir gesagt hat, dass er im zweiten Stock wohnt. Der Hund hebt den Kopf, er schaut mich traurig an und kneift seine gelben, vereiterten Augen kurz zusammen. Die Tür geht auf, und ich schlüpfe ins Treppenhaus.

Zwei Stockwerke, dann habe ich jede Stufe gesehen. Über mir geht eine Tür auf, niemand heißt mich lautstark willkommen, ich höre nur meine eigenen dumpfen Schritte auf der Treppe. Es dauert gefühlt Minuten, bis ich Joachim in dem Mann erkenne, der in der Tür auf mich wartet.

«Lydia», sagt er. Er betont deutlich das Y und lässt die letzte Silbe folgen wie einen Seufzer. Mein Name bedeutet für ihn inzwischen etwas ganz anderes, er hat einen Beiklang bekommen, den er nicht mehr verbergen kann. Ich bin nicht mehr die Lydia, würde ich am liebsten sagen, seit du mich das letzte Mal gesehen hast, bin ich eine andere Verkörperung meines Namens geworden. Stattdessen sage ich das Dümmste, das ich nur sagen kann, «Shalom», und schwupp!, sofort bin ich die

Touristin, die das einfachste Wort benutzt, das sie sich in dieser Sprache merken kann. Friede sei mit dir, Hosianna in der Höh.

Joachim lacht. Er hat die Hände lässig in den Hosentaschen, seine Ellbogen zeigen nach außen, wodurch er breiter wirkt. Er hat einen Bauch bekommen. Das Gesicht, das ich kenne, wird von einer Fettschicht versteckt. Er hat sich tatsächlich die Haare wachsen lassen, sie fallen ihm lockig auf die Schultern, Immanuel hatte recht.

Hinter ihm taucht eine Frau auf. Dickes graues Haar, ein markantes Gesicht. Sie ist ein paar Köpfe kleiner als er und wiegt höchstens die Hälfte. «Komm rein», sagt Zivat. Als ich an Joachim vorbei in die Wohnung gehe, merke ich, dass ich genauso groß bin wie sie.

Die Wohnung ist anders, als ich sie mir vorgestellt habe. Größer, dunkel. Am Tisch sitzt ein fünfzehnjähriges Mädchen, das sich über das Heft der Schwester neben ihm beugt, ein Mädchen mitten in der Pubertät. Sie schauen gleichzeitig auf und lächeln mich an.

«Das sind Hodaya und Ruth», sagt Joachim auf Englisch. «Meine Töchter.»

Meine Fassade nickt ihnen zu, lächelt sie an, sagt auf Niederländisch: «Schöne Töchter hast du.»

Joachim schaut mich einigermaßen verwirrt an. Das ist gemein von mir, ein halbherziger Versuch auf etwas anzuspielen, das auch wir einmal hatten, selbst wenn wir diese Sprache nie miteinander gesprochen haben. Versteht er überhaupt noch ein bisschen Niederländisch? War er überhaupt jemals wirklich in Belgien oder lebte er schon damals in seinen Gedanken an einem ganz anderen Ort?

«Ich habe noch eine Tochter in der Armee», sagt Zivat. Bevor ich etwas erwidern kann, dreht sie sich um und geht in die Küche. Joachim fragt nicht, ob ich mich setzen will. Kurz betrachten wir gemeinsam die Mädchen, bis die sich wieder über das Heft beugen und mit was auch immer fortfahren. Um nicht dumm rumzustehen, drehe ich mich um die eigene Achse und schaue mich in der Wohnung um. Antiquitäten, ein Spitzendeckchen auf dem Wohnzimmertisch, schwere Ledersessel. Der Blick zur Straße wird von einer Reihe verwilderter Pflanzen verstellt, ihre Blätter wuchern über die Übertöpfe, aus der Erde kriechen Wurzeln. Es ist eine andere Welt als die, die wir in unserem Haus in Edegem geteilt haben, wo alles flexibel sein musste, hell und praktisch, wo selbst die Unordnung einen eigenen Platz am Tischende hatte. Keine Spur von diesem früheren Leben. Kein Foto am Schrank, kein winziges Möbelstück, keine einzige Erinnerung. Joachim ist niemand, der seine Vergangenheit ausstellen, sich damit umgeben will. Wenn er geht, schaut er sich nicht noch mal um.

Zivat hantiert lautstark in der Küche, setzt hörbar Kaffee auf.

«Wie fühlt sich das an», frage ich, «noch ein Kind bei der Armee zu haben?»

Joachim schaut mich lange an und kratzt sich an der Nase. Dann zeigt er endlich aufs Sofa. Als ich mich setze, bereue ich es gleich wieder, denn ich sinke tief zwischen den Kissen ein, während Joachim stehenbleibt, er bleibt doch tatsächlich stehen, die Arme vor seinem dicken Bauch verschränkt.

«Wir haben vollstes Vertrauen darauf, dass Gal das besser machen wird als Immanuel.»

Als ich zum ersten Mal höre, wie er seinen Namen ausspricht, ist das so, als würde er einen Code sagen, der die Tür öffnet, durch die Immanuel hereinkommt. Er, Immanuel, war natürlich von Anfang an da, seit ich hier hereinkam, im Hintergrund, er stand neben mir und betrachtete seine Stiefschwestern, und jetzt rührt er sich, jetzt weiß ich nicht nur, dass er da ist, jetzt sehe ich ihn auch: Er schält sich aus Joachims Zügen, das Kind, das ich ziehen ließ, zeigt sich im Gesicht seines Vaters. Er, Immanuel, schweigt, ich höre ihn nicht, versuche verzweifelt, ihn zu hören.

Ich rutsche ans Ende des Sofas in dem Versuch, aufrechter zu sitzen, doch es gelingt mir nicht wirklich. Es ist zu niedrig, und meine Knie stehen merkwürdig hoch. *Weiß er, dass er tot ist?*

Joachim schaut mich lächelnd an, fast gönnerhaft. Er passt perfekt zu seiner Einrichtung. Seine Frau in der Küche, seine Stieftöchter (nicht seine Töchter) beim Hausaufgaben machen, Möbel, die Generationen überdauern werden – das ganze Leben, mit dem er sich umgeben hat, passt zu ihm, und er weiß, dass es zu ihm passt, daran, wie er mich ansieht, merke ich, dass er weiß, wie toll er das alles hingekriegt hat. Auf einmal liegt die Verantwortung, ihm die Nachricht zu überbringen, bei mir, sie sickert ein wie ein Gift, weil ich Immanuel auf diese Weise noch mal töten muss – nicht dadurch, dass ich zu spät komme, sondern dadurch, dass ich seinen Tod verkünde. Solange ich schweige, ist er zumindest für diejenigen hier im Raum noch lebendig.

Zivat kommt mit einem Tablett voller Kaffeetassen und einer Plastikthermoskanne mit großen Blumen drauf herein. Ich wende den Blick von ihr ab, sehe den Schrank neben meinem Sofa klar und deutlich vor mir. Es sind Kerben drin. Immanuel ist hier, in den Messerkerben an einem Schrank. Ich strecke den Arm aus, komme nicht dran, kann meine Finger nicht in die Kerben legen, in das Negativ der Kraft, mit der er die Messer geworfen hat. Joachim starrt auf meinen Arm, er begreift nicht, was Immanuels Narben in mir auslösen. Wir umschleichen einander, auch hier sind wir unser jeweiliges Land, allerdings ohne das Niemandsland dazwischen, in dem wir einst zusammengelebt haben.

Erst als Zivat sich setzt, nimmt auch Joachim Platz, neben ihr, mir direkt gegenüber. Sie beugt sich vor. Die Thermoskanne gibt ein leises Pfeifen von sich, das erst verstummt, als sie sie ein wenig aufdreht. Der Kaffee ergießt sich in einem ununterbrochenen Strahl heiß in die Tasse.

«Wir sind stolz auf Gal», bringt Zivat das Gespräch wieder in Gang. «Sie unterrichtet kleine Kinder im Süden des Landes. Ich kann durchaus verstehen, dass du Schwierigkeiten damit hast. Uns wäre es auch lieber, wenn der ganze Wehrdienst nicht nötig wäre.» Sie mustert mich verstohlen. «Von dem Moment an, wenn man weiß, dass man schwanger ist, denkt man daran.»

Joachim lehnt sich zurück. «Warum bist du hier, Lydia? In Israel?»

Ich verschränke die Hände in meinem Schoß. Langsam werde ich zum Abgrund geführt, er nimmt mich an der Hand und bringt mich dorthin. Die Mädchen am Esstisch schauen auf, sie tun so, als wären sie nicht Zeuginnen unseres Gesprächs, aber natürlich lauschen sie, natürlich sind sie ein Teil davon. Wenn Joachim und Zivat die Fragen sind, sind sie die Pausen, die anstelle einer Antwort entstehen. Sie beide werden in einigen Jahren ebenfalls zur Armee gehen. *Und worauf genau bist du stolz, Joachim?*

«Ich bin neugierig, wie ihr hier in Israel lebt», sage ich.

«Nach zehn Jahren möchtest du wissen, wie Immanuel und ich hier leben.» Und wieder verschränkt Joachim die Arme vor der Brust. Er wirkt nicht defensiv, dazu hat er keinerlei Grund, er ist eher ein jovialer Onkel in seinem natürlichen Habitat und nicht so sehr jemand, der sich verteidigen müsste. «Kommt das nicht ein bisschen spät? Immanuel lebt schon lange nicht mehr hier.»

Und gleichzeitig doch. Er sitzt hier bei uns, in den Sesseln, als Dreizehnjähriger, als Vierzehnjähriger, als Fünfzehn-Sechzehn-Siebzehnjähriger, und Ofra hat viele Abende hier mit ihm verbracht, als alles noch gut war.

Ich nehme die Kaffeetasse, in erster Linie um etwas Warmes zu halten. Sofort stelle ich sie wieder ab, weil man dadurch sieht, wie sehr mir die Hände zittern. Sie machen einen Menschen aus mir, der ich nicht sein will, und ich will weg, und ich sehne mich nach Eran, gleichzeitig erwarte ich, Immanuel zu hören – wo sonst sollte ich ihn hören können, wenn nicht hier?

«Hodaya will zur Infanterie», sagt Zivat. «Stimmt's, mein Schatz?» Die Älteste lächelt mich gewinnend an. Zivat beugt sich zu mir. «Ich war so erleichtert, als ich erfahren habe, dass ich mit einer Tochter schwanger bin, Mädchen werden nur seelisch erniedrigt, Jungen geraten tatsächlich körperlich in Gefahr.»

«Hast du Kontakt zu Immanuel?», frage ich Joachim. Zivat stellt ihre Tasse ab, versteckt die Tatsache, dass ich sie ignoriere, hinter einem breiten Lächeln, ja sie legt sogar den Kopf etwas schräg. Sie hat ein Seminar besucht, denke ich, sie hat ein Achtsamkeitsseminar besucht und strotzt jetzt nur so vor Mitleid, dass es fast schon wieder fies ist.

«Nach seinem Armeedienst kaum noch», sagt Joachim. Er wartet kurz, sieht mich forschend an, oder bilde ich mir das bloß ein? Seine braunen Augen, sein offener Blick. Den gibt es noch immer, das haben sie gemeinsam. Seine gerade, kräftige Nase, sein markantes Kinn. Hier sitzt nicht nur Joachim, sondern auch sein Sohn, und eben deshalb ist Immanuel eindeutig doch nicht hier.

Komm nach Israel, Mama. Warum hat er nicht seinem Vater gemailt?

«Es ist normal, dass Kinder eigene Entscheidungen treffen, ihren eigenen Weg gehen», fährt Joachim fort. Er malt einen Kreis in die Luft. Ein Ballon, der sich löst und davonfliegt. «Er hat seinen Wehrdienst übrigens nicht beendet.» Und jetzt scheint etwas zu kippen im Zimmer, da bin ich mir relativ sicher. Joachim beugt sich vor, stützt sich mit beiden Armen auf die Knie. Zivat hört sofort auf, Liebe zu verströmen und konzentriert sich auf den Kaffee in ihrer Tasse. «Er ist irgendwo verwundet worden, ein Unfall mit einer Granate.» Ich spüre den Abgrund hinter mir, er zwingt mich, einen Schritt zurückzuweichen.

Seine Fingerkuppen bohren sich in den Stoff seiner Hose. Seine Nägel sind abgekaut, eine Angewohnheit, die er anscheinend nicht ablegen konnte. Kein Millimeter Haut, den ich nicht berührt habe. Seinen Körper habe ich während unserer gesamten Ehe kartiert. Meine Hände erkannten blind die Wölbung seines Rückens, wussten, an welchen Stellen seine Haut dünner zu sein schien, wo sie nicht mal ein Streicheln ertrug, an den Stellen, die ein Zittern speicherten. Das hier ist ein anderer Körper. Er ist nicht nur umfangreicher und älter, ich erkenne auch kaum noch seine Hände wieder, kann mir nicht vorstellen, wie sie einst meine Hände nahmen. Jetzt sehe ich, wie die Zeit einen Mann aus meinem Mann gemacht hat, den ich nicht kenne. Wo sind sie hin, die Nächte? Wo sind sie geblieben, sind sie irgendwo in diesem massiven Körper gespeichert?

«Komm, Lydia, es muss dich doch irgendwas nach Israel geführt haben?», sagt er laut.

Und ich könnte es aussprechen. Ich könnte problemlos aussprechen, dass Immanuel mich dringend gebeten hat, ihn aufzusuchen, und dass ich vier Wochen lang nicht darauf geantwortet habe. Dass ich erst nachdem ich alles organisiert, meine Arbeit delegiert und die Flugtickets gekauft hatte, ja als ich es wirklich nicht länger hinausschieben konnte, Immanuel am Abend vor meiner Abreise davon unterrichtet habe, dass ich komme, vielleicht weil ich mir bis zum Schluss die Möglichkeit offenhalten wollte, nicht aufzutauchen, keine Ahnung, warum, vielleicht hatte ich Angst, ja, vielleicht hatte ich Angst. Es gibt Worte für so etwas, aber ich darf sie nicht aussprechen, denn wenn ich sie ausspreche, fragt er, ob ich ihn gesehen habe, und dann kommen wir zum nächsten Punkt, nämlich dazu, dass ich zu spät war, dass mein Sohn gehofft hat, dass ich kommen würde, und dass ich zu spät war.

«Nein, Joachim, da steckt nicht mehr dahinter. Ich habe Urlaub, und den verbringe ich dieses Jahr in Israel. Ein schönes Land, gutes Essen, ein angenehmes Klima.»

«Dann hast du deine Meinung über das Land, das nur wegen allem, was hier schiefläuft, in den Nachrichten kommt, also doch noch geändert.» Seine rechte Braue zittert, fast unmerklich, aber ich habe es wahrgenommen. «Deine Worte.»

Wieder diese Lydia aus einem früheren Leben, die mich mit ihren eigenen Worten schachmatt setzt, die mich langsam in ihr Netz verstrickt, schon seit meiner Ankunft in Haifa vor mehreren Wochen spinnt sie ihr Netz.

«Warst du schon bei Immanuel?», fragt er.

«Ja», sage ich.

Zivat steht abrupt auf, stößt mit dem Knie gegen den Wohnzimmertisch, tut so, als täte das nicht weh, obwohl sie eine Grimasse zieht. Sie murmelt eine Entschuldigung und verschwindet in der Küche, ihre Schritte haben etwas Hinkendes. Die Mädchen am Tisch ignorieren uns, sie gehen jetzt ganz in ihren Rechenaufgaben auf oder was immer das ist.

Joachim nickt. «Hatte er was zu sagen?», fragt er, wobei er mich nicht aus den Augen lässt.

Er weiß es. Ich spüre, wie mir das Blut in den Kopf schießt, während wir uns ansehen. Er weiß es. Wo war er, als wir ihn beerdigt haben? Ich starre Joachim an, die Scham zwischen uns ist fast mit Händen zu greifen, die Scham, es auszusprechen und damit zuzugeben, dass wir als Eltern so ziemlich versagt haben. Joachim beugt sich ein Stück weiter vor, spielt mit seiner leeren Kaffeetasse.

«Nicht viel», sage ich. «Wir hatten uns lange nicht mehr gesehen.»

Zum Glück kommt Zivat wieder rein, zwei Teller mit Plätzchen in der Hand.

«Ich wollte gerade gehen», sage ich und greife nach meiner Handtasche.

«Du wirst doch nicht gehen, ohne etwas gegessen zu haben», sagt Zivat dermaßen empört, dass ich mich gleich wieder setze. Sie rennt in die Küche, kehrt mit einer neuen Thermoskanne zurück. «Probier mal», sie zeigt auf den Berg Plätzchen. «Die sind von Teller, vom besten Konditor der Stadt.»

«Mag Immanuel die auch?», frage ich absichtlich im Präsens. Ich spüre, wie mir die Worte in der Kehle brennen.

«Ja», sagt Joachim, bevor Zivat etwas erwidern kann. Sie bringt gerade mal die erste Silbe eines Wortes hervor. «Wenn er zu Besuch kommt. Er lebt jetzt sein eigenes Leben, ich glaube, er ist nach Tel Aviv gezogen. Seine Entscheidung.» Sein Blick weicht mir keine Sekunde aus.

«Er war schon immer ein Freigeist, schon als Kind», sage ich, auch ich spanne ein straffes Seil zwischen seinen und meinen Augen, ein Seil, auf dem Immanuel tanzt, noch kurz tanzt, über dem Abgrund zwischen seinem Vater und mir.

«Ja, so ist er», sagt Joachim. «Für Eltern», er zeigt auf Zivat und sich, «ist das nicht leicht, mitansehen zu müssen, wie das eigene Kind abstürzt. Vielleicht ist das das Schwierigste: zusehen zu müssen, wie das eigene Kind abstürzt, ohne einzugreifen, weil man weiß, dass es daraus lernen wird. Wir haben nach dem Unfall getan, was wir konnten.»

Ich beiße in ein Plätzchen, das in meinem Mund zu Sand zerkrümelt. Es scheint Stunden zu dauern, bis ich es runterbringe, und die ganze Zeit über sagt niemand ein Wort. Zivat starrt auf das Muster der Tischdecke, und Joachim und ich schauen uns an, während ich auf dem Teig herumkaue. Ich schlucke das Plätzchen hinunter, kann endlich sagen, dass ich jetzt wirklich losmuss. Die andere Hälfte lege ich auf den Teller neben der Tasse.

«Nimm die Plätzchen doch mit nach Hause», sagt Zivat. «Wann reist du zurück nach Belgien?»

Ich bin schon halb im Flur, als Joachim mir nachkommt. Er zieht die Tür halb zu. «Warte, Lydia», sagt er.

Unten liegt der Hund und schläft. Er öffnet sein Auge nur halb, als ich die Tüte mit Plätzchen vor seinem Maul ausschütte.

18

Schwierig, aus der Stadt rauszukommen, mitten im Stoßverkehr, unmöglich, auf die Spur zu kommen, die ich nehmen muss, Gehupe und ausgestreckte Mittelfinger, Handys am Ohr und die Ausfahrt verpasst, kehrtmachen und es noch mal versuchen, plötzlich mitten auf der Straße anhalten, wegen Menschen, die sie überqueren, und fast einen Auffahrunfall verursachen, das alles in einem Auto, das, wenn es innerhalb der nächsten Stunde nicht explodiert, bestimmt in seine Einzelteile zerfallen wird, überglücklich, dass wir aus der Stadt raus sind, Eran, der sich auf dem Rücksitz über meine Verzweiflung kaputtlacht, die Arme um die Lehne des kaputten Beifahrersitzes geschlungen, und erst als wir die Landstraße 90 nach Norden nehmen, wieder endlich durchatmen können.

Ab hier ist es leicht. Drei Stunden immer geradeaus, auf einer zweispurigen Straße, ab und zu überholt von einer Militärkolonne aus einem Dutzend Panzern, aber egal, im Großen und Ganzen ist es eine ruhige Fahrt durch eine verlassene Wüstenlandschaft. Ein einziges Mal schaue ich über den Rückspiegel zu Eran, der seine langen Beine über den Beifahrersitz gelegt hat und es schafft, ein Nickerchen zu machen, auch wenn jedes Steinchen, über das wir fahren, in diesem Auto zu spüren ist. Und neben mir haufenweise Sand und niedrige Sträucher und die Grillen in meinem Kopf zirpen leiser, sie sind zu einer Art Hintergrundrauschen geworden, mit dem ich leben kann.

Eran reckt sich, beugt sich über die Sitzlehne. «Geht's noch, Lydia?»

Ich nicke, damit ich nichts sagen muss.

«Warte.» Er quetscht sich zwischen meinem Sitz und dem Beifahrersitz nach vorn, drückt die kaputte Lehne nach hinten, die sofort wie tot gegen den Rücksitz schlägt. Ich konzentriere mich auf die Straße, auf die Erschütterungen des Autos, auf die Wüste links und rechts und den aufwehenden Sand, der zu einem Sandsturm anzuschwellen scheint, mir durch die Windschutzscheibe ins Gesicht weht und sich langsam im Auto anhäuft, bis ich völlig mit Sand bedeckt bin und nicht mehr weiterkann.

«Lydia.» Er legt die Hand auf mein Bein.

«Eran», mühsam wende ich den Blick von ihm ab und schaue wieder nach vorn auf die Straße. «Hast du je etwas getan, was du bereust? Was du wirklich bereust?»

«Puh», sagt er. «Als ich acht war, habe ich meine kleine Schwester bei einem Spaziergang mit den Eltern in einen Teich geschubst.»

«Jetzt komm schon, Eran!», sage ich. Ich umklammere das Lenkrad, meine Knöchel werden weiß. Eran kurbelt seine Scheibe herunter, legt den Arm ins offene Fenster.

«Das ist mein voller Ernst, wirklich», er betrachtet die Sandhaufen, sein Haar weht im Wind. Ich muss geradeaus schauen, auch wenn die Straße keine Kurven hat, ich muss geradeaus schauen, denn gleich springt mir ein Kamel vors Auto oder so, ich darf Eran nicht zu lange anschauen. Warum habe ich in Israel noch keine Kamele gesehen? «Denn seitdem habe ich Angst, es könnte wieder passieren – aber in einem Moment, wo es echt gefährlich ist. Angst, dass ich jemanden von einer Brücke stoße oder aus großer Höhe in die Tiefe oder vor ein Auto. Das Gefühl, jemanden zu stoßen, bleibt in den Händen gespeichert.»

«Und bei deinem Wehrdienst zum Beispiel? Da bereust du nichts?»

«Lydia.» Er dreht sich zu mir.

«Aber nicht so eine Reue wie die hier aus Selbstmitleid, weil du Angst hast, jemanden zu schubsen, sondern Reue wegen etwas, das du anderen angetan hast. Echte Reue.»

Er trommelt gegen die Karosserie und schweigt. Er schweigt, bis wir wieder bewohntes Gebiet erreicht haben und beim Tiberias-See die Küstenstraße nehmen, was dauert. Der See liegt glitzernd im Sandbecken, umsäumt von einer Stadt, die aus scheußlichen Hotelkästen errichtet wurde. Hier und da befinden sich Privatclubs am Wasser, weiß eingezäunt, in denen auf breiten Kunstrasenstreifen reihenweise Strandliegen warten. Türsteher mustern die jungen Leute, die mit ihren Badetaschen Schlange stehen.

«Würdest du bitte kurz anhalten?», sagt Eran an einem Stück Strand ohne Clubs. «Damit wir das Meer sehen können?»

«Lass uns weiterfahren», erwidere ich, obwohl es brutal heiß ist im Auto, etwas frische Luft könnte nicht schaden.

«Ich muss pinkeln», sagt er mürrisch. Als ich den Wagen auf der sanften Böschung abstelle, seufze ich laut. Ich zische ihm zu, dass er sich beeilen soll, dass ich das nur tue, weil ich weiß, dass er gleich wiederkommt. Es gibt nicht viele Menschen, auf die ich wütend sein kann, und es sind immer diejenigen, die ich liebe. Als ich ihn über den Kiesstrand zum Meer laufen sehe, lässt diese Erkenntnis den Kloß in meinem Hals etwas kleiner werden.

Ich steige aus, gehe aber nicht zu ihm, sondern lasse einen Fuß in der Türöffnung. Der Strand ist völlig vermüllt. Ein paar Metern weiter vom Auto sitzt eine punkige Katze, die sich über einen Haufen Federn beugt, mit zwei gelb phosphoreszierenden Augen schaut sie auf und stürzt sich dann wieder auf den Kadaver. Eran ist irgendwo in einem Wäldchen am Wasser verschwunden. Das Licht verändert sich. Es wird diesig, graue Nebelschlieren lassen Wasser und Himmel miteinander verschwimmen.

Eran taucht wieder auf, geht zum Meer, dreht sich dann zu mir um und winkt. «Kommst du nicht?», ruft er. Ich schüttle den Kopf, weiß nicht genau, ob er das mitbekommt. Er läuft ein Stück am Wasser entlang, ein gebückter Schatten. Irgendwann knalle ich die Autotür zu und schließe zu ihm auf. Er legt mir einen Arm um die Schulter und zieht mich fest an sich.

«Gleich regnet es», sage ich.

«Endlich.»

«Ja.»

Er dreht mich zu sich, legt die Arme auf meine Schultern. Jetzt sehe ich wieder, wie müde er ist.

«Wie geht es dir eigentlich, Eran?»

Kurz macht er die Augen zu. «Ganz schön grell, das Licht hier.»

«Hmhm», mache ich zustimmend und schlinge die Arme um seine Hüften. Er riecht nach Holz, nach weichem Leder. Ich schmiege das Gesicht an seine Brust, spüre seinen Herzschlag durchs T-Shirt.

«Ich hab Stress mit meiner Familie. Ein Journalist hat ein großes Porträt über Uzi und mich für *Haaretz* geschrieben. Sie haben es gelesen, und jetzt ist die Bombe geplatzt.» Sein Ton ist spöttisch. «Sie wussten natürlich Bescheid, aber es ist leicht so zu tun, als wäre nichts. Bis sie von ihren Nachbarn und Freunden darauf angesprochen wurden.»

«Wie unangenehm für dich, Eran», sage ich.

«Sie finden, dass ich mein Leben vergeude, wenn ich Uzis Aktionen unterstütze, wenn ich mit ihm zusammenwohne. Es ist auch so schon schwierig genug, Arbeit zu finden, das dürfte meine Lage bestimmt nicht gerade verbessern.» Ein Schwarm Enten landet auf dem Wasser. Sie bleiben in sicherem Abstand zu vier jungen Leuten, die einfach so im Wasser rumstehen. «Vielleicht sollte ich damit aufhören. Es gibt noch so viel mehr im Leben als Politik.»

«Wird dir das helfen?»

«Keine Ahnung.»

Ich presse die Daumen in seine Rückenmuskeln. Wir spielen etwas, das wir gar nicht füreinander sein können, und deshalb fühlt es sich sicher an, weil es zeitlich begrenzt ist.

«Das Land Israel wurde vom Staat erfunden, und der Staat ist allgegenwärtig. Ich möchte aus innerster Überzeugung kundtun, dass seine Macht begrenzt ist. Unser Gewissen ist tabu.»

«Dann finde ich nicht, dass du damit aufhören solltest, Eran», sage ich leise.

«Nein?»

Ich lasse ihn los, wende mich dem Wasser zu. «Ich wünschte, ich könnte stolz auf Immanuel sein.»

«Er muss kein Aktivist sein, um liebenswert zu sein, es gibt so viel dazwischen.»

«Wie kannst du hier nur leben, Eran?», frage ich. «Dieses Land zwingt einem extreme Positionen auf.»

Eran zuckt mit den Schultern. «Du entscheidest doch auch, was du wissen willst und was nicht.» Wir gehen zurück zum Auto. Wind frischt auf, die Palmen biegen sich leicht.

«Eigentlich bin ich mir sicher, dass es ihnen gar nicht um die Politik geht», sagt Eran, während er mir die Autoschlüssel abnimmt. Ich setze mich in die Mitte der Rückbank.

«Wie meinst du das?»

«Meiner Familie. Sie haben bloß Angst, dass ich niemals heiraten werde, das ist es. Ich bin achtunddreißig, Lydia, und da wird es höchste Zeit, eine eigene Familie zu gründen. Was ich so alles tue, schreckt Frauen ab. Und deshalb muss ich vielleicht damit aufhören. Ein Kind bekommen. Es zu einem verantwortungsbewussten Staatsbürger erziehen.»

Ich lehne mich zurück, während er versucht, im dritten Gang anzufahren.

«Hast du dich eigentlich bemüht, Kontakt zu Immanuel zu halten?», fragt er.

Ich schaue nach draußen. «Ich habe Joachim oft angerufen, um Immanuel ans Telefon zu kriegen. Er hat das immer unterbunden, angeblich würde ich verhindern, dass Immanuel sich im neuen Land einlebt. Ich habe weiterhin angerufen, bis er seine Telefonnummer geändert hat.»

Endlich startet Eran den Wagen, stößt rasch zurück und fährt mit quietschenden Reifen wieder auf die Straße. «Zeit für den Höhepunkt unserer Reise.» Grinsend dreht er sich um.

«Pass auf!», rufe ich gerade noch rechtzeitig, bevor er beinahe ein Grüppchen Strandbesucher über den Haufen fährt.

Er lacht und trommelt aufs Lenkrad. Als wir Tiberias verlassen, nimmt er die Autobahn nach Safed. Ich lasse den Kopf auf meine Schulter sinken und schaue nach draußen, während Galiläa vorbeizieht. Eran findet endlich ein angemessenes Tempo, auf der richtigen Straßenseite und in vernünftigem Abstand zum Wagen vor uns, weshalb ich es wage, kurz die Augen zu schließen.

Als ich wach werde, sehe ich, wie wir die Abfahrt nach Safed verpassen.

«Wir kommen heute Abend wieder her», sagt Eran. «Noch eine Stunde Fahrt.»

Am Rande eines weiten Tals durchqueren wir durch eine atemberaubende Landschaft. Eine ockergelbe gebirgige Steppe erstreckt sich vor mir, soweit mein Augen reicht, hier und da Dörfer wie Schorf auf trockener Haut. Graue Wolkenwirbel am Horizont. Ich schweige. Verschweige, dass ich insgeheim versuche, Immanuels jungenhafte Stimme wachzurufen, verschweige Joachim im kalten Treppenhaus des Hochhauses.

Er ist mir gefolgt, hat die Tür zu seinem neuen Leben einen Spalt geöffnet. Er wirkte wie ein vollkommen anderer Mann – jetzt wo wir so nah nebeneinander standen, in einem kahlen Flur. Die Zwischenversion des Mannes, den ich einmal kannte, und des Mannes, den ich soeben kennengelernt hatte. Plötzlich sah ich, wie seine Schultern hingen, genau wie seine Brauen, seine Mundwinkel: alles an ihm hatte sich aufgegeben. «Hast du eigentlich Kontakt zu seiner Freundin Ofra Moaz?», fragte Joachim.

Ich stellte die Tüte mit Zivats Plätzchen auf dem Treppenhausgeländer ab. «Ja», erwiderte ich.

«Hat sie es dir erzählt?»

«Was?»

Er versuchte seinen Worten mit den Händen Nachdruck zu verleihen, aber es kamen keine Worte. Wie leer seine Hände wirkten!

«Wollen wir uns kurz setzen?» Ich zeigte auf die Treppe. Joachim tat, als sähe er sie nicht.

«Keine Ahnung, vielleicht hat sie es dir ja schon erzählt.» Er kratzte sich am Kopf, und als er mich ansah, war es, als wäre seit unserer ersten Begegnung überhaupt keine Zeit vergangen und Immanuel läge zwischen uns in einem gläsernen Krankenhausbett – nur dass wir ihn nicht sehen konnten, er war durch einen Riss in der Zeit gerutscht und verschwunden.

«Gleich nach der Nachricht von dem Unfall bin ich so schnell ich konnte ins Krankenhaus. Noch während Immanuel an der Hand operiert wurde, hat mich sein Vorgesetzter angerufen», sagte er. «Und gesagt, dass er seinen Wehrdienst vorzeitig beenden muss. Weil er sowohl seelisch als auch körperlich nicht mehr dazu in der Lage ist. Als er aus der Narkose aufgewacht ist, habe ich es ihm sofort gesagt.» Joachim schaute mich an, als könnte nur ich ihn von der Last befreien, die ihn zu

Boden drückte. «Ich habe mit Engelszungen auf ihn eingeredet, Lydia. Gesagt, dass er sich bei uns in Jerusalem erholen kann, dass wir ihn dabei unterstützen werden, eine Arbeit zu finden.» Er schüttelte den Kopf. «Schon im Krankenhaus hat er sich geweigert, mit mir zu reden.»

Schwarze Streifen auf den Bodenfliesen, so als könnte man hindurchfallen und immer weiterfallen, immer weiter fallen.

«Eines Tages kam ich in sein Zimmer. Es war leer, seine Sachen waren weg. Panisch habe ich nach einer Krankenschwester gesucht. Sie meinte, er wäre entlassen worden. Wo ist er?, hab ich gefragt, sie wusste es nicht, er hatte niemandem gesagt, wo er hinwill. Abends hat Ofra angerufen: Er stand bei ihr in Tel Aviv vor der Tür. Sag, dass er wieder gehen soll, sonst ruf ich die Polizei, hat sie gesagt.»

Ich legte ihm sanft die Hand auf den Unterarm, zog sie jedoch gleich wieder weg.

«Er wollte nichts mehr mit mir zu tun haben. Noch in derselben Nacht ist er in den Straßen verschwunden.»

«Joachim.» Sein Name, alles, was ich mir ausdenken konnte, war in seinem Namen enthalten. Ich habe ihn so oft gesagt: verliebt, gerührt, verletzt.

«Zu Ofra habe ich ab und zu Kontakt. Ich habe sie angefleht, sich um ihn zu kümmern. Er hatte doch nur noch sie. Aber sie wollte ihr Leben leben. Und meinte, dass sie sich von ihm lösen muss.»

Wir schwiegen einen Moment. Ich hörte ihn laut durch die Nase atmen.

«Sie hat mich gleich angerufen, nachdem sie dich in Tel Aviv getroffen hatte. Es ist ein schwerer Schlag für sie, sie fühlt sich so schrecklich schuldig. Ich weiß nicht, wie es ihr jetzt geht. Ich ...» Er fuhr sich mit den Händen über die Hosentaschen. «Ich hoffe, du hast eine schöne Beerdigung organisiert.»

«I'm sorry.» Ich sagte es zu schnell, aber es war aufrichtig gemeint. *«I'm sorry»*, sagte ich noch mal. Und es stimmt, ich bin Reue, bin nach und nach davon erfüllt worden. Ich kann mir nicht vorstellen, dass das eines Tages anders sein wird. Es ist sicher. Es ist der einzige Weg, Kontrolle über das zu haben, was passiert ist. Solange es Reue gibt, bin ich schuldig, und solange ich mich schuldig fühle, bin ich unschuldig, weil ich dann nicht zulasse, dass es in Vergessenheit gerät.

19

Eran macht das Radio an. *«Galgalatz»*, säuselt eine Frauenstimme. Jingle, Radionachrichten. Sie gehen im Knattern des Autos, dem Brausen des Gegenverkehrs, dem Hintergrundrauschen Galiläas unter. Wieder ein Jingle. Stampfende Musik.

«Siehst du es?», fragt Eran plötzlich. Und da sehe ich es, hinter den Bergen im leuchtendroten Abendlicht funkelt in der Ferne das Mittelmeer.

Eine halbe Stunde später biegt Eran auf eine Schotterstraße ein, gegenüber lehnt ein verbeultes blaues Schild mit weißen Lettern an einer Böschung. ELI AVIVI. Wir überqueren die Straße. Eine Frau in einem langen weißen Kleid sitzt an einem Picknicktisch unter den tiefen Zweigen eines Olivenbaums. Als Eran nach ihr ruft, sieht sie genervt auf und schlendert zum Zaun.

Eran fragt etwas auf Hebräisch. Ohne uns anzusehen, brummt sie etwas zurück, macht eine weit ausholende Geste, die das ganze Gelände miteinschließt. *«Toda* - danke», sagt Eran und nimmt meine Hand. Wir betreten das Gelände. Die Frau ruft Eran etwas zu, bevor sie sich wieder an den Picknicktisch setzt und uns von dort aus im Auge behält. Gegenüber steht ein Gebäude aus Holz, ein mehrstöckiges Haus, Balkone, Erker, Anbauten auf allen Seiten, halb von Kletterpflanzen überwuchert.

Eran nimmt mich mit hinters Haus, über einen sandigen Pfad durch die Dünen. Der endet vor einer niedrigen Mauer, über die wir klettern. Nur wenige Meter Strand trennen uns vom bleigrauen Meer.

«Wow», sage ich. Ich setzte mich neben ihn, als die ersten Tropfen fallen.

«Schön, was?»

Über dem Meer hängt hauchdünner Nebel, eine silberne Wand. Zwischen großen Felsblöcken Sand, soweit ich schauen kann – von der unregelmäßigen Flutlinie bis zu den Dünen. Hinter uns erhebt sich das Haus aus dem Strandhafer, ruhig und majestätisch wie ein Aussichtsturm aus Holz.

«Und das Beste ist», so Eran, während er sich zu mir umdreht und mich mit dem schelmischen Lachen eines Mannes, der ein Kind geblieben ist, anschaut, «dass du nicht mehr in Israel bist.»

Ich muss lachen.

«So ein Typ hat hier seinen Mikrostaat ausgerufen. Mit eigener Flagge und eigenen Pässen. Israel erkennt ihn natürlich nicht an, aber weil er ein Touristenmagnet ist, lassen sie ihn in Ruhe.»

«Typisch.»

«Manchmal reicht es, etwas zu behaupten, und dann wird es auch so.»

Links und rechts ist der Strand verlassen, obwohl es nach wie vor schwülheiß ist. Der Regen fällt in dicken Tropfen auf die Kiesel. Wir ziehen unsere Schuhe aus.

Ich laufe ein paar Meter über den Sand zum Meer, gehe ins Wasser, bis es meine Knöchel umspült. Es ist warm und seidig-weich, unter meinen Füßen knirschen Muscheln. Über mir segelt eine Möwe zur Wasseroberfläche und landet ein paar Meter weiter mit ausgebreiteten Flügeln. Ich marschiere weiter, bei dem feinen Regen merke ich gar nicht, dass mein Gesicht nass wird, der Wind zerrt an meinen Haaren, sie verfilzen zu dicken Strähnen. Ich rufe noch mal nach ihm. Er schwimmt bereits weit draußen, aber er kennt keine Grenzen, und wenn er sich mal etwas in den Kopf gesetzt hat, ist er genau wie sein Vater, dann kennt er kein Zurück. Eine kleine Gestalt, noch ein Kind an einem Sommertag. Meine Stimme verliert sich im Wind. Es fehlt nicht viel, und ich schwimme auf ihn zu, ich zögere, verliere ihn keine Sekunde aus den Augen. Er scheint den Regen nicht zu spüren; hinter dem Vorhang, der mich umhüllt, liegt ein strahlender Tag, der ideale Tag um mir zu zeigen, wie weit er es schafft. Und genau in dem Moment, als ich beschließe, auch ins Wasser zu springen, lässt er sich von einer meterhohen Welle emportragen, er jubelt, während er auf mich zu rollt, und dann sieht er mich endlich.

QUELLEN

Für diesen Roman bin ich den letzten Jahren vier Mal in Israel gewesen, wo ich intensive Gespräche mit unzähligen Israelis geführt habe, mit (Ex)-Soldatinnen und Soldaten und ihren Familien. Obwohl Ähnlichkeiten mit real existierenden Personen und tatsächlichen Begebenheiten nicht zufällig sind, ist alles, was in diesem Buch steht, durch meine Hände gegangen und insofern erfunden.

Der Witz, den Yitzhak Lydia auf Seite 84 erzählt, stammt aus dem Buch *Juden und Worte* von Amos Oz und Fania Oz-Salzberger. Die deutsche Ausgabe in der Übersetzung von Eva-Maria Thimme ist 2013 im Jüdischen Verlag im Suhrkamp Verlag, Berlin, erschienen.

Das Buch, aus dem Yitzhak auf Seite 210 zitiert, ist *Peter Pan* von James Matthew Barrie, die deutsche Übersetzung von Christiane Buchner und Martina Tichy ist 2018 bei Diogenes, Zürich, erschienen. Der Abdruck der deutschen Übersetzung erfolgt mit freundlicher Genehmigung des Verlags.

Das Video, in dem Immanuel den palästinensischen Jungen verhaftet, beruht auf einem tatsächlich existierenden Video, das sich auf Al Jazeera English finden lässt. Es heißt «Israeli night raid in Nabi Saleh», und wurde am 26. Februar 2012 aufgenommen.

Etgar, der junge Mann, mit dem Immanuel seinen Wehrdienst beginnt, ist ein Cameo-Auftritt meines literarischen Vorbilds Etgar Keret, und die Szene orientiert sich an dem, was er Ben Ehrenrech am 1. April 2006 für das *Believer Mag* erzählt hat. Auch die Figur Uzi ist eine Anspielung auf Kerets Welt.

Auf meiner ersten Reise 2014 habe ich die Arbeit der White Soldiers (Yud Braun und Matan Goldberg) kennengelernt. Den Film, den sich Lydia anschaut, ist eine Doku von Danielle Zini aus dem Jahr 2013.

Beim Schreiben habe ich viele Bücher über den israelisch-/palästinensischen-Konflikt gelesen. Einige habe ich immer wieder zur Hand genommen. Das waren *Mein gelobtes Land* von Ari Shavit (C. Bertelsmann, 2015), *Im Land der Verzweiflung* von Nir Baram (Hanser, 2016), *Goliath: Life and Loathing in Greater Israel* von Max Blumenthal (Nation Books, 2013), *Breaking the Silence: Israelische Soldaten berichten von ihrem Einsatz in den besetzten Gebieten* (Econ, 2012) und *Israël en Palestina: De kaarten op tafel* von Ludo Abicht und Brigitte Herremans (Pelckmans Pro, 2016). Dokumentarfilme, die ich mir mehrmals angesehen habe, sind: *The Fog of War: Eleven Lessons from the Life of Robert S. McNamara* von Erol Morris, 2003, *Shadow World* von Johan Grimonprez, 2016, *Kleine Helden: Israël en Palestina* von Rudi Vranckx, 2015, *In Gesprek met Amos Oz*, Tegenlicht, VPRO, 2007 und *Plaats des oordeels*, Tegenlicht, VPR, 2007.

DANK

Das Schreiben dieses Romans war eine intensive, spannende Reise mit vielen Menschen an meiner Seite. Ohne sie hätte es dieses Buch nie gegeben. Ich danke:

Tamar und Suzy Reiss für meinen ausgedehnten Haifa-Aufenthalt im Sommer 2015, wo sich ein Haufen Ideen und Figuren endlich zu einem Roman entwickeln konnte.

Prof. Dr. Fania Oz-Salzberger für das unglaublich spannende Gespräch über Schuldgefühle und über Israel als ein zerbrochener Spiegel im März 2017.

Nir Baram für das Gespräch im Jahr 2014, bei dem ich meine Figuren besser kennenlernte.

Orit Gidali für meinen Aufenthalt im Jahr 2018 und seinen kritischen Blick auf meinen Plot.

Rabbiner Y. E. für meinen Jerusalem-Aufenthalt 2014 und 2018 sowie für die stundenlangen Gespräche darüber, wie es ist, auf der Seite der Besatzer zu stehen, für den Austausch jüdischer Witze und Trost, wenn nötig. *We are sailors.*

Katharina Konarek und Mona Kreissl für den Haifa-Aufenthalt im Jahr 2018, für ihre Freundschaft und Inspiration, dafür, dass sie meine Welt um ihre Perspektive erweitert haben.

Ainat Raizner und Guy S. für die Tipps, die richtigen Farben, Begriffe und Details, die Cafés und die Freundschaft.

Dr. Sabrina Laroche, die mich im Anfangsstadium

dieses Buches tagelang in ihrem Schlepptau duldete, damit ich Lydias Beruf besser verstehe.

Joris Oele, für das lange Gespräch über Trauer.

Allen (Ex-)Soldatinnen und Soldaten und ihren Familien, die mir auf meinen Reisen ihre Geschichten anvertraut haben.

Hendrik und Christel Lattré-Moerman für die Möglichkeit, es immer mal wieder langsamer angehen zu lassen, zu verschwinden, und zwar mit Ausblick.

Mara Matthyssens und Runa Svetlikova fürs Gegenlesen, für die langen Abende, das Sofa und die Dachterrasse.

Jeroen Olyslaegers, meinem Mentor, dafür dass er mir vor fünf Jahren gesagt hat, dass es noch nicht fertig ist.

Fleur van Groningen, dafür, dass du an mich geglaubt hast, als ich den Glauben verloren hatte.

Bart Moeyaert, Jan Stuyck und den anderen Dozenten des Studiengangs Wortkunst am Konservatorium von Antwerpen, dafür dass sie mich werden ließen, wer ich schon war.

Jan De Visscher und Anne Schepers dafür, dass ihr Vieles auf die Goldwaage gelegt habt: Ihr hattet fast immer recht.

Saskia Veen und der Lebowski-Crew für die Erkenntnisse, die lästigen Fragen, die literarische Heimat.

Meinen Eltern und meinem Bruder, dafür dass ich Umwege nehmen durfte, bei denen das Ergebnis nicht von Anfang an feststand.

Bram. Dafür dass du ein Ort bist, an dem alles sicher ist.

Anneleen Van Offel
über das Schreiben ihres Romans

Für mich ist das Schreiben eine Möglichkeit, eine persönliche Frage in einem größeren sozialen, internationalen Kontext zu untersuchen. In diesem Fall: inwieweit die eigene Familiengeschichte den eigenen Platz in der Welt bestimmt. In *Hier ist alles sicher* lasse ich eine Mutter danach suchen, wer ihr Sohn geworden ist, wobei sie immer wieder mit ihrer eigenen begrenzten Sichtweise konfrontiert wird.

Es ist keine Untersuchung über die Identität Israels, sondern darüber, wie wir Israel sehen. Es geht vor allem um die Spannung zwischen dem, was meine Figuren von der Welt, in der sie leben, erwarten, und dem, was diese Welt ihnen zu bieten hat. Sie alle erwarten etwas von Israel, aber Israel liefert es nicht. Das Ergebnis bleibt eine Untersuchung; das Buch zieht keine Schlussfolgerungen. Die Geschichte durchbricht die Oberfläche des Zeitgeschehens und sucht nach dem, was darunter liegt: die Risse im Leben der Menschen, die blinden Flecken, die wir alle haben, die Spannungen zwischen Eltern und Kindern, der Schmerz einer Mutter, die ihren Sohn nicht hat aufwachsen sehen. Eine Liebe unter hohem Druck, zwischen Sohn und Vater.

Es geht um die Suche einer Mutter nach dem, was aus ihrem Sohn geworden ist, und um die Frage: Kannst du dein Kind verstehen, können wir uns gegenseitig verstehen. Daher die belgische Perspektive, denn dies ist eine universelle Geschichte, die Grenzen überschreitet.

–

Mehr zur Entstehungsgeschichte des Romans finden Sie hier:

Bregje Hofstede

Verlangen

Aus dem Niederländischen von Christiane Burkhardt
431 Seiten, geb. mit Schutzumschlag und Lesebändchen

«Fest steht: Eine junge Frau heiratet ihre Jugendliebe. Fest steht: Kurz darauf läuft sie ihrem Mann bei Nacht und Nebel davon. Sie nimmt alle ihre Tagebücher mit. Diese Frau bin ich. Diese Nacht ist jetzt. Alles, was davor und danach kommt ist erfunden.»

Verlangen ist die freimütige Geschichte einer jungen Frau, die von zu Hause flieht, weil sie jahrelang vor sich selbst geflohen ist. Sie handelt davon, wie überwältigend die erste Liebe ist – bis sie einen einengt. Und davon, ob es in jeder Liebesgeschichte letztlich um Betrug geht.